O princípio do coração

HELEN HOANG

O princípio do coração

Tradução
ALEXANDRE BOIDE

paralela

Copyright © 2021 by Helen Hoang
Publicado mediante acordo com Berkley, um selo do Penguin Publishing Group, uma divisão da Penguin Random House LLC.

A Editora Paralela é uma divisão da Editora Schwarcz S.A.

Grafia atualizada segundo o Acordo Ortográfico da Língua Portuguesa de 1990, que entrou em vigor no Brasil em 2009.

TÍTULO ORIGINAL The Heart Principle

DESIGN DE CAPA ORIGINAL E ILUSTRAÇÃO Colleen Reinhart e Emily Mahar

IMAGENS DE CAPA Background: Nikiparonak/ Shutterstock
Motocicleta: draco77vector/ Shutterstock

PREPARAÇÃO Cristina Yamazaki

REVISÃO Natália Mori e Marise Leal

Dados Internacionais de Catalogação na Publicação (CIP)
(Câmara Brasileira do Livro, SP, Brasil)

Hoang, Helen
 O princípio do coração / Helen Hoang ; tradução Alexandre Boide. — 1ª ed. — São Paulo : Paralela, 2023.

 Título original: The Heart Principle.
 ISBN 978-85-8439-309-1

 1. Romance norte-americano I. Título.

23-143342   CDD-813

Índice para catálogo sistemático:
1. Romances : Literatura norte-americana   813

Henrique Ribeiro Soares — Bibliotecário — CRB-8/9314

Todos os direitos desta edição reservados à
EDITORA SCHWARCZ S.A.
Rua Bandeira Paulista, 702, cj. 32
04532-002 — São Paulo — SP
Telefone: (11) 3707-3500
editoraparalela.com.br
atendimentoaoleitor@editoraparalela.com.br
facebook.com/editoraparalela
instagram.com/editoraparalela
twitter.com/editoraparalela

*Dedicado a todas as pessoas que prestam cuidados:
às que cuidam porque querem,
às que cuidam porque não têm escolha,
e principalmente às que atuaram como profissionais de saúde
durante a pandemia de covid-19,
a todos e todas sem exceção.*

PARTE UM
ANTES

1

ANNA

É a última vez que recomeço tudo do zero.

Pelo menos é isso que eu digo para mim mesma. E essa é sempre a minha intenção. Só que, todas as vezes, alguma coisa acontece — eu cometo um erro, sinto que posso fazer melhor ou então fico pensando no que as pessoas vão dizer.

Então paro tudo e volto para o começo, para fazer do jeito certo desde o zero. E dessa vez é sempre realmente a *última*.

Só que nunca é.

Passei os últimos seis meses assim, repetindo os mesmos compassos sem parar, como um rinoceronte andando em círculos no zoológico. As notas até deixam de fazer sentido para mim. Mas continuo tentando. Até os meus dedos e as minhas costas doerem, e o meu punho latejar a cada vez que encosto o arco em uma corda. Ignoro tudo isso e me dedico totalmente à música. Só quando ouço o som do timer é que tiro o violino do queixo.

Minha cabeça está zonza, e estou morrendo de sede. Devo ter desligado o alarme do almoço e esquecido de comer. Isso acontece muito mais vezes do que eu gostaria de admitir. Se não fossem os zilhões de alarmes programados no meu celular, a esta altura eu poderia já ter me matado sem querer. É por consideração pela vida que não tenho plantas. Mas tenho uma criaturinha de estimação, sim. Uma pedra. E tem um nome bem criativo: Pedra.

Na tela do alarme, a notificação diz TERAPIA, e eu desligo fazendo uma careta. Tem gente que gosta de terapia. Para essas pessoas, é uma forma de desabafo e validação. Para mim, é um trabalho exaustivo. E o fato de eu achar que a minha terapeuta na verdade não gosta de mim não ajuda em nada.

Mesmo assim, me forço a sair do quarto para me trocar. Tentar dar um jeito na minha cabeça sozinha não funcionou, então estou disposta a insistir na terapia. Os meus pais ficariam horrorizados com o desperdício de dinheiro se soubessem, mas estou desesperada, e eles não vão reclamar se não souberem que estou gastando com isso. Tiro o pijama que usei o dia todo e visto roupas de ginástica, apesar de não ter a menor intenção de me exercitar. Por algum motivo, é mais aceitável sair em público com esses trajes, apesar de eles serem bem mais reveladores. Não questiono por que as pessoas fazem coisas assim. Só observo e imito. É assim que eu lido com o mundo.

Do lado de fora, o ar tem cheiro de fumaça de escapamento de carro e comida de restaurante, e as pessoas estão por aí cuidando da própria vida — andando de bicicleta, fazendo compras, comendo nos cafés no finalzinho da hora do almoço. Vou andando pelas ruas íngremes, me esgueirando entre os pedestres, me perguntando se alguém aqui pretende ir ao concerto esta noite. Vão tocar Vivaldi, meu compositor favorito. E sem mim.

Tirei uma licença porque não consigo me apresentar quando estou em parafuso, como agora. Não contei para minha família porque sei que eles não entenderiam. Só me diriam para eu deixar de ser tão mimada e sair dessa. É assim que demonstramos amor na nossa família.

Só que ser dura comigo mesma não está funcionando no momento. E não tenho como pegar ainda mais pesado.

Quando chego ao predinho modesto onde fica o consultório da minha terapeuta e de outros profissionais de saúde, digito o código 222 na fechadura eletrônica para entrar e subo a escada impregnada de umidade que leva ao segundo andar. Não tem recepcionista nem sala de espera, então vou direto para a sala 2A. Levanto a mão para bater na porta, mas hesito antes de encostar na madeira. Uma olhada rápida para o meu celular revela que são 13h58. Pois é, estou dois minutos adiantada.

Começo a remexer os pés, sem saber o que fazer. Todo mundo sabe que chegar atrasada não é legal, mas chegar adiantada não é muito melhor. Uma vez, apareci em uma festa bem antes da hora marcada, e literalmente peguei o anfitrião com as calças na mão. E com a cara da namorada colada na virilha dele. Não foi uma coisa divertida para nenhum dos envolvidos.

Claro que o melhor é chegar em qualquer lugar na hora *marcada*.

Então fico aqui parada, atormentada pela indecisão. Bato na porta ou espero? Se bater na porta antes da hora, vou ser inconveniente e irritá-la de alguma forma? Por outro lado, se ficar esperando, o que pode acontecer se ela sair para ir ao banheiro e me pegar aqui parada, com um sorriso bizarro no rosto? Não tenho informações suficientes a respeito, mas tento imaginar o que ela vai pensar e assim adaptar as minhas atitudes. Quero tomar a decisão "correta".

Olho para o celular sem parar e, quando vejo que são duas em ponto, suspiro de alívio e bato na porta. Três vezes, com convicção, como alguém que sabe o que está fazendo.

Minha terapeuta abre a porta e me cumprimenta com um sorriso, mas nada de aperto de mãos. Nunca teve aperto de mãos. No começo fiquei confusa, mas, agora que sei o que esperar, passei a gostar.

"Que bom ver você, Anna. Pode entrar. Fique à vontade." Ela faz um gesto para mim e aponta para as xícaras e a chaleira elétrica no balcão. "Quer um chá? Uma água?"

Pego uma xícara de chá porque parece ser isso o que ela quer, e apoio na mesinha de centro para esfriar antes de sentar no assento do meio do sofá que fica diante da poltrona dela. Seu nome é Jennifer Aniston, aliás. Não, não é *aquela* Jennifer Aniston. Acho que ela nunca apareceu na tevê nem namorou o Brad Pitt, mas é uma mulher alta e, na minha opinião, bonita. Tem cinquenta e poucos anos, acho, está mais para magra do que para gorda e está sempre usando mocassins e bijuterias artesanais. Os cabelos compridos são castanho-claros com fios grisalhos, e os olhos... não lembro a cor deles, apesar de estar olhando para ela agora mesmo. Não consigo me concentrar nos olhos das pessoas. O contato visual bagunça meu cérebro de tal maneira que não consigo pensar, e essa é uma boa forma de fazer parecer que sempre sei o que estou fazendo. A cor dos mocassins dela eu sei qual é.

"Obrigada por me receber", eu digo, porque sei que preciso parecer grata. O fato de me *sentir* ou não grata não vem ao caso, mas é assim que me sinto, de qualquer forma. Para enfatizar ainda mais, abro meu sorriso mais caprichado, fazendo questão de enrugar os cantos dos olhos. Treinei na frente do espelho tantas vezes que tenho certeza de que é essa a aparência desejada. O sorriso que ela abre em retribuição confirma isso.

"Não seja por isso", ela responde, levando a mão ao coração para mostrar que está comovida.

Fico me perguntando se ela não está só fingindo, assim como eu. Quanto do que as pessoas dizem é sincero e quanto é só por educação? Existe alguém realmente vivendo ou estamos todos só lendo as falas de um roteiro infindável escrito pelos outros?

E então começa a recapitulação da minha semana, como me senti, se consegui algum avanço com meu trabalho. Explico com os termos mais neutros possíveis que nada mudou. Esta semana foi igual à anterior, e igual à que veio antes também. Meus dias são basicamente idênticos uns aos outros. Eu acordo, tomo um café, como metade de um bagel e pratico no violino até os diversos alarmes programados no meu celular me mandarem parar. Uma hora de escalas e quatro de música. Todos os dias. Mas não faço nenhum progresso. Chego à quarta página de uma composição de Max Richter — isso se tiver sorte — e então recomeço. E recomeço. E recomeço. Várias e várias vezes.

É desafiador falar sobre essas coisas para Jennifer, principalmente sem deixar transparecer minha frustração. Ela é minha terapeuta, o que na minha cabeça significa que deveria me ajudar. Só que não conseguiu fazer isso, na minha opinião. Mas não quero que ela se sinta mal por isso. Gente como eu prefere fazer as pessoas se sentirem *bem*. Por isso estou sempre avaliando as reações dela e tentando tornar as minhas palavras mais agradáveis aos seus ouvidos.

Quando ela franze a testa ao ouvir minha descrição nada estimulante desta semana, entro em pânico e digo: "Acho que estou chegando perto de melhorar". É uma mentira deslavada, mas para o bem, porque a expressão dela imediatamente se torna mais leve.

"Fico feliz em ouvir isso", Jennifer comenta.

Abro um sorriso, mas estou me sentindo meio enjoada. Não gosto de mentir, apesar de fazer isso o tempo todo. As mentirinhas inofensivas agradam as pessoas. São fundamentais para o convívio social.

"Você pode tentar pular para o meio da composição em que está tendo dificuldades?", ela pergunta.

Sinto meu corpo reagir fisicamente a essa sugestão. "Preciso recomeçar do início. É assim que funciona. Se a música fosse feita para tocar a partir do meio, esse seria o começo."

"Eu entendo, mas isso pode ajudar você a superar seu bloqueio mental", ela argumenta.

Eu só consigo balançar a cabeça negativamente, apesar de estar berrando por dentro. Sei que não estou me comportando como ela quer, e isso me parece errado.

Ela suspira. "Fazer sempre a mesma coisa não resolveu o problema, então talvez esteja na hora de tentar algo diferente."

"Mas eu não posso pular o começo. Se não conseguir acertar, então não mereço tocar a parte seguinte, e não mereço chegar ao fim", respondo, com convicção.

"A questão então é o merecimento? É uma canção. Pode ser tocada na ordem que você quiser. A música não vai julgar você."

"Mas as pessoas vão", murmuro.

Aí está. Sempre empacamos na mesma questão. Baixo os olhos para as mãos e vejo que meus dedos estão entrelaçados e pálidos, como se eu estivesse puxando a mim mesma para baixo e para cima ao mesmo tempo.

"Você é uma artista, e a arte é subjetiva", Jennifer me diz. "Precisa parar de se importar com o que as pessoas dizem."

"Eu sei."

"Como você conseguia tocar antes? Como era a sua mente na época?", ela pergunta, e sei que com "antes" quer dizer antes de eu me tornar famosa sem querer na internet, e minha carreira decolar, e eu fazer uma turnê internacional, e assinar um contrato de gravação, e o compositor contemporâneo Max Richter criar uma peça exclusivamente para mim, o que é uma honra como nenhuma outra no mundo.

Toda vez que tento executar essa peça tão bem quanto uma composição como essa merece — como todo mundo espera que eu faça, porque agora sou uma espécie de prodígio da música, apesar de ter sido considerada apenas regular no passado —, eu fracasso. *Toda vez.*

"Antes eu tocava porque gostava", digo por fim. "Ninguém dava bola pra mim. Ninguém sabia nem que eu existia. A não ser minha família, meu namorado, colegas e tal. E tudo bem. Eu *gostava disso*. Agora... as pessoas têm expectativas, e eu não suporto a ideia de ser uma decepção pra elas."

"Você *vai* decepcionar algumas pessoas", Jennifer diz em um tom firme, mas sempre cordato. "Mas também vai impressionar outras. É assim que são as coisas."

"Eu sei", respondo. E, de verdade, eu entendo, em termos lógicos. Mas, em termos emocionais, a questão é outra. Morro de medo de que, se cometer um deslize, se fracassar, todo mundo vai deixar de gostar de mim. E então como vai ser?

"Acho que você esqueceu por que começou a tocar", ela complementa com um tom gentil. "Ou, mais exatamente, para *quem* você toca."

Dou um suspiro profundo e afasto as mãos para dar uma folga aos meus dedos tensionados. "Você tem razão. Faz muito tempo que eu não toco só por diversão. Vou tentar fazer isso", digo, abrindo um sorriso otimista. No fundo, porém, sei o que vai acontecer quando tentar. Vou entrar em parafuso e me perder. Porque agora nada é bom o suficiente. Não, "bom o suficiente" não é a expressão certa. Eu preciso ser *mais* do que isso. Tenho que ser *deslumbrante*. E gostaria de poder ser assim sempre que quisesse.

Por um instante, parece que ela vai dizer alguma coisa, mas acaba só levando um dedo ao queixo enquanto inclina a cabeça para o lado, me observando de um outro ângulo. "Por que você faz isso?" Ela aponta para os próprios olhos. "Essa coisa com os olhos."

Eu fico pálida. Sinto a pele esquentar e então ficar fria e tensa, e meu rosto perder qualquer expressão. "Que coisa?"

"Enrugar os olhos desse jeito", ela explica.

Fui flagrada.

Não sei como reagir. Isso nunca aconteceu antes. Queria poder abrir um buraco no chão, ou me enfiar em um dos armários e fechar a porta. "Os sorrisos são sinceros quando os olhos sorriem junto. É o que dizem os livros", admito.

"E você faz muitas coisas desse tipo, coisas que leu nos livros ou viu outras pessoas fazendo e que imita?", ela pergunta.

Engulo em seco, constrangida. "Talvez."

Jennifer fica pensativa e anota alguma coisa no caderno. Já tentei ver o que ela escreve sem parecer que estou espiando, mas não consigo.

"Que diferença isso faz?", questiono.

Ela me observa por um instante antes de responder: "É uma forma de mascaramento".

"O que é mascaramento?"

Falando em um tom solene, como se estivesse escolhendo as palavras, ela responde: "É quando alguém adota maneirismos que não são naturais para se adaptar melhor à sociedade. Isso te diz alguma coisa?".

"É muito ruim se disser?", pergunto, incapaz de disfarçar o desconforto na minha voz. Não estou gostando do rumo desta conversa.

"Não é bom nem ruim. É simplesmente um fato. Posso te ajudar mais se eu conseguir entender melhor como a sua mente funciona." Ela faz uma pausa e larga a caneta antes de prosseguir. "Durante boa parte do tempo, acho que você só me diz as coisas que pensa que eu quero ouvir. Espero que você entenda o quanto isso é contraproducente em um processo de terapia."

Meu desejo de me trancar em um armário se intensifica. Eu costumava me esconder em lugares apertados assim quando era criança. Só parei porque meus pais sempre me encontravam e me arrastavam para o evento caótico da vez: festas, jantares com a nossa enorme família, concertos escolares, coisas que exigiam que eu usasse meias-calças que me pinicavam e vestidos desconfortáveis, além de ficar sentadinha, sofrendo em silêncio.

Jennifer põe o caderno de lado e cruza as mãos sobre o colo. "Nosso tempo acabou, mas, na próxima semana, quero que você tente fazer alguma coisa nova."

"Pular para o meio da música e tocar alguma coisa divertida", eu digo. Sempre me lembro da lista de afazeres que ela me passa, apesar de nunca cumprir nada.

"Isso seria ótimo, se você conseguir", ela responde com um sorriso sincero. "Mas tem outra coisa." Ela se inclina para a frente, olhando bem para mim, e complementa: "Eu queria que você observasse o que faz e o que fala e, se alguma coisa não parecer certa ou coerente com a sua personalidade, se alguma coisa te deixar esgotada ou te incomodar, pense *por que* está fazendo isso. Se não encontrar um bom motivo... então tente parar".

"E para que fazer isso?" Me parece um passo para trás, e não tem nada a ver com a música, que é a única coisa que importa para mim.

"Você não acha que existe uma chance de seu mascaramento ter se espalhado para a sua forma de tocar violino?", ela questiona.

Abro a boca para falar, mas ainda demoro um tempinho antes de dizer: "Não entendi". Alguma coisa me avisa que não vou gostar do que vou ouvir, e começo a transpirar.

"Acho que você aprendeu a mudar seu jeito para deixar os outros contentes. Reparei como você adapta suas expressões faciais, seus gestos, e até o que me diz, para se moldar ao que pensa que eu prefiro. E agora desconfio que esteja tentando, talvez de forma inconsciente, mudar o modo como toca para ser do jeito que as pessoas gostam. Só que isso é impossível, Anna. Porque é uma arte. É *impossível* agradar todo mundo. Assim que você mudar para agradar uma pessoa, vai aparecer outra dizendo que preferia como era antes. Não é isso o que você está fazendo agora, enquanto está andando em círculos? Você precisa aprender a se ouvir de novo, a *ser* quem é de verdade."

Essas palavras me deixam perplexa. Uma parte de mim sente vontade de ficar furiosa, de gritar para ela parar com esses absurdos. Mas outra parte sente vontade de chorar, porque é sério mesmo que sou assim tão patética? Acho que ela conseguiu me enxergar direitinho. No fim, não grito nem choro. Fico sentada como um cervo assustado diante dos faróis de um carro, que é a minha reação padrão na maioria dos casos — a inação. Não tenho esse instinto de fugir ou lutar. Meu instinto é ficar paralisada. Quando as coisas ficam feias, não consigo nem falar. Fico muda.

"E se eu não souber como parar?", pergunto por fim.

"Comece com as pequenas coisas, e em um ambiente seguro. Que tal com a sua família?", ela sugere.

Eu faço que sim com a cabeça, mas não sinto que estou de fato concordando. Ainda estou processando tudo. Minha cabeça está a mil quando encerramos a sessão, e só mais tarde, na caminhada de volta para casa, é que me dou conta de onde estou.

Meu celular está vibrando sem parar na bolsa, e quando o pego vejo três ligações não atendidas do meu namorado, Julian — e nada de mensagens de voz, porque ele detesta. Dou um suspiro. Ele só me liga várias vezes nas raras ocasiões em que não está viajando a trabalho e quer sair comigo à noite. Saí exausta da terapia. A única coisa que eu quero fazer agora é deitar no sofá com meu roupão atoalhado horroroso, pedir comida e ver documentários da bbc com narração do David Attenborough.

Não quero ligar para ele.

Mas acabo ligando.

"Oi, linda", Julian atende.

Estou andando pela calçada sozinha, mas forço um sorriso e tento mostrar entusiasmo na voz. "Oi, Jules."

"Ouvi falar bem daquela hamburgueria nova na Market Square, então fiz uma reserva pra nós dois às sete. Vou tentar passar na academia antes, então preciso desligar. Estou com saudade. A gente se vê lá", ele diz às pressas.

"Qual hamburgueria no...", começo a perguntar, mas me dou conta de que ele já desligou. Estou falando sozinha.

Pelo jeito vou sair hoje à noite.

2

ANNA

Confesso: não gosto de fazer boquete.

Provavelmente não é lá uma coisa boa de pensar quando estou com o pau do meu namorado na boca, mas enfim.

Algumas mulheres gostam, e acho que o prazer que sentem as torna boas no ofício. Mas, para mim, é como um trabalho monótono e cansativo, e duvido que eu seja boa nisso. Minha mente divaga quando estou com a boca lá embaixo.

Por exemplo, agora estou pensando no que Jennifer disse na terapia hoje. *Eu queria que você observasse o que faz e o que fala e, se alguma coisa não parecer certa ou coerente com a sua personalidade, se alguma coisa te deixar esgotada ou te incomodar, pense por que está fazendo isso. Se não encontrar um bom motivo... então tente parar.*

Enquanto Julian vai guiando a minha cabeça para cima e para baixo, penso no desconforto no meu maxilar e que já estou cansada de chupar — por acaso ele está concentrado no que estou fazendo? Foi um dia bem longo, e depois de sorrir sem parar e parecer animada para ele durante o jantar, o cansaço está batendo. Mas eu não paro. Supostamente, o prazer dele é o meu também. Não deveria me importar se demorar uma eternidade.

Por favor, não demore uma eternidade.

Naturalmente, essa linha de pensamento me leva a uma lembrança do que toda mãe sempre diz em algum momento para o filho: *Se ficar fazendo essa cara, vai ficar assim pra sempre.* Senhoras e senhores, se é para eu ficar com essa cara de chupadora pelo resto da minha vida, é melhor me matarem agora mesmo.

Ele enfim termina, e eu levanto, esfregando as rugas ao redor da minha boca, que formam um vinco profundo na pele e que, por experiência própria, sei que vão demorar um bom tempo para sumir. Minha boca está cheia, e faço um esforço para engolir, apesar do calafrio que isso me provoca. Quando começamos a namorar, Julian me disse que ficava chateado quando as mulheres não engoliam, que se sentia rejeitado. Por isso, eu já devo ter engolido litros e litros de sêmen em nome do bem-estar emocional dele.

Julian me dá um beijo na testa — não na boca. Ele se recusa a me beijar na boca depois de uma chupada, mas hoje eu não ligo. Quando nos beijamos antes, a boca dele estava com gosto de hambúrguer. Vestindo de novo a calça e subindo o zíper, ele sorri para mim, pega o controle remoto para ligar a tevê e se recosta na cabeceira da cama. É a imagem de alguém relaxado e satisfeito.

Vou para o banheiro escovar os dentes, fazendo questão de passar bem o fio dental e de usar enxaguante bucal. Não gosto da ideia de ficar com esperma preso nos dentes ou na língua.

Quando estou voltando para a cama a fim de assumir meu lugar de sempre ao lado dele, onde fico navegando nas redes sociais no celular enquanto ele assiste a *sitcoms*, Julian pausa a tevê e me lança um olhar pensativo.

"Acho que a gente precisa conversar sobre o futuro", ele avisa. "Decidir o que fazer daqui pra frente."

Meu coração dispara, e minha pele se arrepia inteira. Isso é… um pedido de casamento? Qualquer empolgação que eu pudesse sentir diante dessa ideia logo é superada pelo terror absoluto. Não estou preparada para casamento. Para as mudanças que isso traria. Mal estou conseguindo me manter dentro do status quo.

"Como assim?", questiono, fazendo questão de manter um tom neutro, para não deixar transparecer minha ambivalência.

Ele estende o braço e aperta minha mão de forma carinhosa. "Você sabe o que eu sinto por você, linda. Nós nos damos muito bem juntos."

Abro o melhor sorriso de que sou capaz. "Eu também acho." Meus pais adoram Julian. Os pais dele me adoram. Nós combinamos um com o outro.

Ele acaricia o dorso da minha mão, mas então vê uns fiapos presos na minha camiseta, tira e joga no carpete. "Acho que você é a pessoa certa para mim, para eu casar e ter filhos e uma casa, essa coisa toda. Mas, antes de dar o último passo e oficializar a coisa, quero ter certeza."

Não sei onde ele quer chegar com essa conversa, mas mesmo assim sorrio e digo: "Claro".

"Acho que precisamos sair com outras pessoas por um tempo. Só pra garantir que eliminamos todas as outras possibilidades", ele explica.

Pisco várias vezes enquanto meu cérebro luta para se recuperar do choque. "Nós estamos... terminando tudo?" Só de dizer essas palavras, meu coração já dispara. Posso não estar pronta para casar, mas também não quero encerrar o nosso relacionamento. Investi muito tempo e muita energia para fazer a coisa dar certo.

"Não, é só um tempo, enquanto consideramos outras opções. Começamos a namorar quando eu ainda estava na pós-graduação, lembra? Você compraria o primeiro carro que visse, depois de fazer só um *test drive* no estacionamento? Não seria melhor fazer um *test drive* em alguns outros modelos antes de decidir que aquele primeiro carro é mesmo tão bom quanto você pensava?"

Balanço a cabeça, horrorizada com a comparação entre um pedido de casamento e a compra de um carro numa concessionária. Eu sou uma *pessoa*.

Julian suspira e se inclina para mais perto de mim e aperta minha perna. "Acho mesmo que é uma boa ideia passarmos um tempo separados, Anna. Sem terminar, só... saindo com outras pessoas também."

"Por quanto tempo? E quais seriam as regras?", pergunto, torcendo para que a coisa faça mais sentido se eu me informar melhor.

Ele se concentra na imagem pausada na televisão quando responde: "Seria bom dar uns meses, não acha? E sobre regras...". Julian encolhe os ombros e lança um olhar para mim. "Vamos deixar rolar e ver como ficam as coisas."

"Você vai fazer sexo com outras pessoas?" Uma sensação desagradável se instala no meu estômago só de pensar nisso.

"Além de você, só fui para a cama com uma pessoa. Se é para casar, não quero me arrepender depois. Não quero sentir que estou perdendo alguma coisa. Não faz sentido pra você?", ele pergunta.

"E você não ligaria se *eu* dormisse com outro?", questiono, magoada e sem saber ao certo por quê. Ele está fazendo tudo parecer bem sensato.

Ele abre um sorrisinho. "Não acho que você vá dormir com outro. Eu conheço você, Anna."

Eu fecho a cara diante dessa demonstração arrogante de confiança.

"Que foi? Você nem gosta de sexo", ele diz com uma risadinha.

"Isso não é verdade." Não totalmente. Já tive dois orgasmos com ele. (Duas vezes em cinco anos.) E, mesmo quando não gosto do sexo em si, gosto da proximidade com ele, dessa conexão entre nós.

Assim eu me sinto menos sozinha. Às vezes.

Com um sorriso, ele segura minha mão e a aperta. "Eu só preciso saber se não existe outra pessoa por aí", Julian explica, voltando ao ponto central da conversa. "Porque, quando me casar com você, quero que seja pra sempre. Não quero me divorciar dois anos depois, sabe como é? Você entende meu raciocínio?"

Olho para as nossas mãos dadas. Sei que preciso responder que sim ou assentir com a cabeça, mas não consigo. Essa proposta me deixou triste, não sei explicar por quê.

"Vou embora", digo, afastando a mão dele da minha e me levantando da cama.

"Ah, qual é, Anna. Não vai", ele pede. "Não fica assim."

Esfrego as rugas em torno da minha boca, que ainda não desapareceram por completo. "Preciso de um tempo antes de..." Paro de falar quando me dou conta de que ele não vai esperar até que eu esteja pronta para pôr seu plano em prática. Ele não pediu minha permissão. Já está decidido. Eu posso aceitar ou posso perdê-lo. "Preciso pensar."

Apesar dos muitos protestos da parte dele, eu vou embora. No elevador, me encosto na parede, abalada e à beira das lágrimas. Pego meu celular e digito uma mensagem para as minhas amigas mais próximas, Rose e Suzie. *Julian acabou de me dizer que quer que a gente saia com outras pessoas por um tempo. Ele acha que é comigo que quer casar, mas antes de oficializar a coisa quer ter certeza. Não quer se arrepender depois.*

Já é tarde, então não espero uma resposta imediata, principalmente de Rose, que está em outro fuso horário. Eu só precisava sentir que tenho alguém a quem recorrer quando as coisas estão desmoronando ao meu redor. Para minha surpresa, minha tela logo se enche de mensagens.

O Q? COMO ASSIM?! EU ACABO COM A RAÇA DELE, Rose escreve.

QUE BABACA!!!!!, Suzie escreve.

A indignação delas arranca uma risada de mim, e aninho o celular junto ao peito. Essas duas são preciosas para mim. É um tanto irônico que nunca tenhamos nos conhecido pessoalmente. Nos conhecemos através de grupos de musicistas clássicas nas redes sociais. Rose toca violino na Orquestra Sinfônica de Toronto. Suzie é violoncelista na Filarmônica de Los Angeles.

Ainda bem que vocês não gostaram, eu respondo. *Ele agiu como se estivesse sendo muito sensato, e isso me deixou insegura.*

ISSO NÃO É NADA SENSATO, Rose escreve.

Não mesmo!, Suzie concorda. *Não acredito que ele falou isso!!!*

A porta do elevador se abre, e atravesso o saguão elegante do prédio de Julian (seus pais compraram esse apartamento como presente de formatura depois que ele terminou o MBA na faculdade de administração de Stanford). Vou digitando as mensagens enquanto caminho de volta para casa. *Perguntei se ele ia dormir com outras, e ele se esquivou da pergunta. Com certeza tem sexo na jogada. Estou sendo careta por detestar essa ideia?*

Eu não toparia isso de jeito nenhum, Rose escreve.

E Suzie responde: *Eu também não!!!!*

Não sei o que fazer agora. A não ser, sei lá, sair por aí e transar por vingança com um monte de caras aleatórios, escrevo.

Fico esperando as risadas em resposta, mas, em vez disso, o grupo de mensagens fica em silêncio por vários instantes. Os carros passam por mim, barulhentos como nunca na calada da noite. Franzindo a testa, verifico se estou sem sinal — tem só uma barrinha. Levanto o aparelho para ver se isso me garante mais um tantinho de conexão.

A mensagem de Suzie chega primeiro. *De repente você pode tirar vantagem dessa oportunidade de sair com outras pessoas.*

Eu concordo com a Suz. Seria bem feito pra ele, acrescenta Rose.

Não estou dizendo pra você ir pra cama com ninguém, mas você pode usar isso a seu favor. Pra ver se ELE é o cara certo pra VOCÊ. Pode ter alguém melhor por aí, Suzie explica.

Isso faz muito sentido, Suz. Pensa bem, Anna, Rose escreve.

Não consigo evitar a careta enquanto digito a resposta com os polegares. Conhecer gente nova não é o meu ponto forte. *Eu não saio com ninguém novo há cinco anos. Acho que até esqueci como funciona. Para ser sincera, estou com medo.*

Não precisa ter medo!, Rose garante.

Pode ser divertido e até relaxante, explica Suzie. *Não é como um teste pra uma orquestra nem nada do tipo. Você só está vendo se tem alguma coisa a ver com outra pessoa. Se não gostar do cara ou acontecer alguma coisa constrangedora, vocês nunca mais vão se ver de novo mesmo. Não existe pressão nenhuma. Toda vez que saí com uma pessoa nova, aprendi um pouco mais sobre mim mesma. Você não tem motivo pra tentar ser o que não é, sabe?*

Além disso, falando como alguém que já fez isso muitas vezes, uma transa casual pode ser uma coisa bastante empoderadora. Foi assim que aprendi a exigir o que eu gosto de fazer na cama sem sentir nenhuma vergonha. É 100% recomendável, Rose complementa, acrescentando um emoji com uma piscadinha no final.

Você quase fez eu me arrepender de ter casado, Suzie responde.

O conselho de Rose faz sentido para mim, apesar de eu não entender exatamente como. Sei que vou ficar repassando essa conversa na minha mente durante dias, analisando tudo de vários ângulos diferentes.

Vejo meu prédio antigo, com seus telhados vitorianos e suas pequenas varandas de ferro fundido com canteiros de plantas bem cuidados. Estou em casa. De repente, me dou conta de que estou exausta em todos os sentidos. Até meus polegares estão cansados quando digito as últimas mensagens. *Preciso pensar. Acabei de chegar em casa. Vou para a cama. Obrigada por conversarem comigo. Estou me sentindo melhor. Desculpa incomodar vocês assim tão tarde. Eu adoro vocês.*

Não é incômodo nenhum. A gente adora você!, Suzie responde.

Disponha, quando quiser! AMO VOCÊ! Boa noite!, Rose escreve.

3

QUAN

Talvez eu seja um cara viciado.

Um viciado em correr. Se minha mãe me pegasse usando drogas, viria pra cima de mim com um cabide para me bater — só que ela não conseguiria me pegar. Ontem eu corri durante três horas, e estou repetindo a dose hoje, apesar dos protestos do meu joelho esquerdo. Pelo jeito, não consigo parar. Nos últimos tempos, é a única coisa capaz de clarear a minha mente.

Quando volto para a minha rua, minha cabeça está tranquila, e as únicas coisas que quero são uma água gelada para beber e gelo para o joelho, mas Michael está me esperando na frente do meu prédio. Está de óculos escuros, com um penteado impecável, como se estivesse pronto para uma sessão de fotografias de moda. Chega a embrulhar o estômago.

"E aí", eu digo, usando a camiseta para limpar o suor da testa. "E aí, aconteceu alguma coisa?" Hoje é sábado, dia em que Michael sempre tem coisas para fazer com Stella, sua mulher. É estranho ele estar aqui.

Michael põe os óculos em cima da cabeça e olha bem para mim. "Você não anda atendendo as ligações, então fiquei preocupado."

"Devo ter esquecido de desativar o modo Não Perturbe." Tiro o celular do suporte amarrado no meu braço e, de fato, vejo um monte de ligações perdidas. "Foi mal."

"Isso não é nem um pouco a sua cara", Michael comenta.

"Eu esqueci", repito, encolhendo os ombros, mas estou desviando do assunto de propósito. Sei onde ele está querendo chegar. Mas não quero falar sobre isso.

Ele insiste na questão mesmo assim. "E então, teve notícias do médico? O que disseram pra você?" O rosto dele está todo crispado, e percebo o inchaço sob seus olhos.

Acho que é por minha causa, e lamento muito por isso. Depois de me dar apoio integral nos últimos dois anos, ele está bem cansado. Mas existem coisas que preciso encarar sozinho. Aperto o braço dele e abro um sorriso reconfortante. "Agora é oficial. Estou bem. Completamente recuperado."

Ele estreita os olhos. "Você está mentindo porque acha que eu não consigo encarar a verdade?"

"Não, eu melhorei de verdade", digo com uma risada. "Eu te falaria se não estivesse bem." Fora o joelho meio baleado, nunca me senti mais saudável. As coisas poderiam estar bem piores, e sei a sorte que tive. E sinto uma gratidão que palavra nenhuma consegue expressar.

Mas os grandes acontecimentos da vida mudam as pessoas, e a verdade é que estou diferente agora. Ainda estou me adaptando.

Michael me surpreende com um abraço apertado. "Seu filho da puta. Quase me mata de susto." Ele se afasta, solta uma risada ofegante e esfrega os olhos, que estão suspeitamente vermelhos. Isso faz meus olhos arderem, e estamos prestes a compartilhar mais um momento de emotividade masculina quando ele faz uma careta e esfrega as mãos na calça. "Você está todo suado e nojento."

Dou uma risadinha, aliviado porque o momento mais intenso já passou, e preciso me segurar para não dar uma gravata nele e prender sua cabeça no meu sovaco suado. Dois anos atrás, eu teria feito isso sem pensar duas vezes. Viu? Estou diferente.

Ele provavelmente vai querer conversar, então eu me sento nos degraus na frente do prédio e, com um gesto, convido Michael a fazer o mesmo, e ele aceita. Por um tempo, ficamos só sentados curtindo a tarde, o ar frio, o farfalhar das folhas das árvores na rua, o movimento dos poucos carros que passam. É meio como quando éramos mais novos e nos sentávamos na varanda da minha casa e ficávamos vendo o morador de rua passar usando só a camiseta. Sério mesmo, por que usar a camiseta se vai deixar o pau de fora?

"Eu até convidaria você para subir, mas o apartamento está fedendo.

Acho que é por causa da louça." Eu não lavo os pratos desde... sei lá quando. Com certeza está criando bolor. Ultimamente ando comendo fora por pura preguiça e para evitar a louça suja.

Michael dá uma risadinha e balança a cabeça. "Acho que você devia contratar alguém pra vir fazer uma faxina."

"Pff." Na verdade, não sei como explicar que não gosto da ideia de ter uma pessoa desconhecida no meu apartamento. Sou um cara extrovertido. Em geral não me incomodo em lidar com estranhos.

"O que seu médico falou sobre sair com garotas e... coisas assim? Você está liberado para isso?", Michael pergunta, lançando um olhar cuidadosamente neutro na minha direção.

Esfrego a nuca enquanto respondo: "Estou liberado faz um bom tempo. Alguns caras voltam à ativa poucas semanas depois da cirurgia, mas isso é meio arriscado. Porque ia doer, sabe como é?".

"Mas agora está tudo bem, não é?"

"É." Mais ou menos.

"Então você vai voltar a sair?", Michael insiste.

"Na verdade, não." Pelo seu semblante, sei que entendeu que eu quis dizer "de jeito nenhum". Tirar a roupa na frente dos outros nunca foi um problema para mim no passado. Nem o *sexo*. Isso sem contar que eu era bom de cama, o que sempre ajuda a manter a confiança lá no alto. Mas agora meu corpo está marcado e um tanto danificado. Eu não sou mais o mesmo homem.

Michael me encara por um tempo e então chuta algumas pedrinhas na calçada. "Andei pensando em como você deve estar se sentindo. Não posso dizer que sei como é, porque não foi comigo que aconteceu. Mas você já pensou que pode ser melhor arrancar o Band-Aid de um puxão só?"

"Tipo, arrancar a roupa e participar da Pedalada Pelada de San Francisco?", questiono.

Michael faz uma careta. "Você ainda consegue andar de bicicleta depois de tudo isso?"

Lanço um olhar de desdém para ele. "Se você pedala sentado em cima das bolas, então está fazendo tudo errado."

Ele dá uma risada e esfrega o rosto com ar de cansaço. "Desculpa, você tem razão. E não, eu não estava falando da Pedalada Pelada. Eu estava perguntando, sei lá, se você se sente à vontade para ficar com alguém de novo, de repente pode ser bom pensar num lance bem casual, sem maiores consequências mesmo. Tipo uma noite e nada mais, sabe como é? Só para tirar a pressão da primeira vez. E você entende o que eu quero dizer com 'primeira vez'."

"Ah, sim. Eu também andei pensando nisso." Só que essa ideia provoca um vazio dentro de mim, o que não é nem um pouco a minha cara. O sexo casual, sim. Sem compromissos. Sem expectativas. Sem promessas. Só uma diversão consentida entre dois adultos.

"Eu tenho uma amiga que..."

Sinto o corpo todo se enrijecer, e não quero ouvir o fim da frase, então digo: "Beleza, mas *não*, obrigado. Eu não quero que ninguém marque nada para mim". Muito menos com uma amiga do Michael. Elas tentam esconder porque ele é casado, mas todas essas garotas são apaixonadas pelo cara. Não quero ser um prêmio de consolação. E que tipo de prêmio eu seria, na minha condição? "Eu sei me virar sozinho."

"Mas vai fazer isso mesmo?", Michael questiona. "Pelo que estou vendo, a única coisa que você anda fazendo é trabalhar e correr."

Dou de ombros. "Eu posso reinstalar meus aplicativos de encontros. Isso é moleza." E meio tedioso. É sempre a mesma coisa — trocar mensagens com garotas gostosas, reciclando as mesmas frases engraçadinhas, combinar um horário e um lugar, o processo de conhecer e flertar e tudo mais, então o sexo e no fim voltar para casa sozinho.

Michael me lança um olhar desconfiado, e solto um grunhido de irritação enquanto desbloqueio o celular.

"Tá bom, vou fazer isso agora mesmo. Na sua frente." Baixo uma porção de aplicativos, alguns que já usei, outros que nunca testei.

Michael aponta para um dos aplicativos e levanta as sobrancelhas. "Acho que esse aqui hoje em dia só é usado por prostitutas e traficantes."

"Tá brincando." É um aplicativo famoso, que todo mundo usava dois anos atrás.

Ele balança a cabeça, convicto. "Tem um código que o pessoal usa para evitar a polícia e os informantes e tal. Eu não recomendaria esse aplicativo pra você. As coisas podem ficar estranhas. Você por acaso está precisando de umas dicas ou coisas assim? Estou começando a ficar assustado."

Deleto o aplicativo e lanço um olhar ofendido para ele. "Eu tive câncer, não amnésia. Ainda sei conversar com uma garota. E como é que você sabe sobre esse app? Você está fora do mercado há mais tempo que eu."

Michael encolhe os ombros, sem se deixar abalar. "As pessoas me contam as coisas. *Você* também pode contar. Quando quiser. O que quiser. Você sabe disso, né?"

"Sei, sim." Dou um suspiro tenso. "E fiquei feliz que você veio. Preciso seguir em frente. Vai ser bom pra mim. Então... obrigado."

Ele abre um sorrisinho. "Vou indo nessa. Os pais da Stella vão jantar lá em casa, e ainda não passei no mercado. Quer vir jantar também?"

"Não, valeu", me apresso em dizer. Os pais da Stella até que são legais, mas tão educados e certinhos que falar com eles sempre me dá a impressão de que fui mandado para a sala da diretoria ou coisa assim. Já passei tempo demais da minha vida nesse tipo de situação.

"A gente vai se falando, não é?", Michael pergunta.

Faço um sinal de positivo com o polegar, apesar de me sentir meio idiota fazendo isso.

Ele se despede com um aceno e vai embora. Só depois que Michael vira a esquina eu reconheço o vazio que sinto no peito. Sinto falta do Michael. É fim de semana, daqui a pouco anoitece, e mais do que nunca estou ciente da solidão.

Abro um dos meus antigos aplicativos e começo a editar meu perfil.

4

ANNA

Na manhã seguinte, estou acordada no sofá na mesma posição em que me deitei na noite passada, cansada demais inclusive para esticar a caminhada até o quarto. Dormi como um cadáver, e basicamente é assim que estou me sentindo hoje. Com a cabeça latejando, e todos os músculos do corpo doloridos. É como estar de ressaca, mas sem a parte divertida de ter bebido. O dia de ontem foi demais para mim. Os infinitos recomeços na prática com o violino. A terapia. O jantar com Julian. O boquete. A discussão.

Caramba, eu estou em um relacionamento aberto. Preciso decidir se quero começar a sair com outras pessoas. Soltando um grunhido, cubro a cara com uma almofada. Preciso levantar e começar o dia, mas estou sem nenhuma vontade de fazer o que quer que seja.

Meu pulso vibra, encostado na coxa, e enfio a mão no bolso a contragosto para pegar o celular. Se for minha mãe para gritar comigo por causa de alguma coisa, vou ignorá-la até a hora do almoço. Não estou com cabeça para lidar com ela agora.

No fim, não são mensagens da minha mãe. É uma imagem da gata persa branca e peluda de Rose, vestida com um tutu cor-de-rosa. Ela mandou a foto só pra mim porque Suz costuma acordar tarde.

O que você achou?, ela pergunta.

Solto uma risadinha silenciosa enquanto respondo: *Você arrisca a sua vida toda vez que faz uma coisa dessas com ela.*

Eu sei. É muita sorte minha ainda ter todos os dedos. Mas ela fica tão lindinha vestida assim!, ela escreve.

Ela está com cara de quem está tramando seu assassinato, respondo.

Pode ser, mas vai fazer isso COM ESTILO, ela responde, dando uma breve pausa antes da mensagem seguinte. *E você, como está hoje?*

Não tenho energia suficiente para entrar em detalhes, então decido me ater ao básico. *Tudo bem. Ainda processando tudo. Obrigada por perguntar.*

Ainda acho que você devia tentar sair com outras pessoas. Eu estava falando sério sobre o lance do empoderamento, ela escreve.

Ainda estou pensando, respondo e, como não quero que a conversa seja só sobre mim, pergunto: *E você, não está cansada? Ficou mandando mensagens até depois da meia-noite aí no seu horário.*

Estou exausta, sim. Não consegui dormir ontem. Estou esperando a resposta dos produtores daquele especial de TV para esta semana, ela conta.

Acho que a notícia vai ser boa. Você é exatamente o que eles precisam, eu escrevo.

Espero que sim! Eu gosto muito, muito, muito dessa composição, ela responde.

A inveja começa a fervilhar dentro do meu peito ao ler essa resposta, e sinto raiva de mim mesma por isso. Eu gostaria de ainda amar a música assim como ela, de ter a música como motivo de alegria na minha vida, e não como uma pressão sufocante. Mas vou ficar feliz por Rose se essa oportunidade rolar. Afinal, eu não sou um monstro.

E você, como está indo com a composição do Richter? Algum progresso?, ela pergunta.

Eu detesto falar sobre esse assunto — porque nunca tenho progresso nenhum para relatar —, então não me alongo. *Não. Mas vou continuar tentando mesmo assim. Uma hora eu consigo.*

Boa sorte!, ela escreve. *Em algum momento a coisa vai fluir. Isso é só uma constipação criativa, vai passar.*

Não acredito nisso, mas mando uma resposta curta e simples para não acabar em um bate-papo motivacional. *Espero que sim. Um bom dia pra você!*

Apesar de eu não querer, minha bexiga me obriga a levantar e me arrastar até o banheiro. Depois de uma xícara de café instantâneo ruim e metade de um bagel, vou até a escrivaninha no canto da sala, onde fica o estojo do meu instrumento. Pedra está em sua caixinha, com seu sorriso pintado voltado para mim, e faço um carinho para cumprimentá-lo.

"Você é um bom menino", digo. "A pedrinha mais linda que eu já vi."

O sorriso dele permanece imóvel, claro, mas sei que a atenção foi bem-vinda. Se tivesse um rabo, Pedra o estaria balançando freneticamente agora. Admito que não deve ser um bom sinal ter antropomorfizado uma pedra, mas alguma coisa nesses olhos tortos e nessa boca confere a ele uma personalidade interessante. Depois de um instante, percebo que ele quer que eu me concentre no meu trabalho, então dou um suspiro e me volto para o estojo do meu instrumento.

Minha vida está contida nesta caixa. As melhores partes. E as piores também. Os maiores sucessos e os piores fracassos. A alegria transcendente, o desejo, a ambição, a dedicação, o desespero, a angústia. Está tudo bem aqui.

O ritual é o seguinte: passo os dedos pela tampa, solto os fechos e abro o estojo. Pego o arco, aperto a crina, aplico o breu. Fecho os olhos e sinto o cheiro de pinheiro da resina encher meus pulmões. Esse é o aroma da música para mim: pinheiro, poeira e madeira. Pego meu violino e começo a afinar, sempre iniciando pela corda "lá". O som dissonante me relaxa. Ajustar a tensão das cordas me relaxa. Fazer as notas soarem como deveriam me relaxa — a familiaridade, o costume, a ilusão de controle.

Começo pelas escalas. Os críticos podem falar o que quiserem sobre mim em termos artísticos, mas, em termos de técnica, sempre fui uma boa violinista. E é por causa das escalas, por eu praticá-las durante uma hora todos os dias, chova ou faça sol, na saúde ou na doença. Ajusto o timer e repasso meus sons favoritos — os sustenidos, os bemóis, os diferentes graus, os arpejos, as harmonias. As notas saem do violino sem esforço, com fluidez, com a lentidão ou a rapidez que eu desejar.

Mas, no fim das contas, as escalas são apenas padrões. Não são arte. Não têm arma. Até um robô sabe reproduzir escalas. Mas fazer música...

Quando o alarme do celular toca, desligo e vou até a estante de partituras ao lado das portas francesas que se abrem para a pequena varanda com vista para a rua. A partitura está lá à minha espera, mas eu não preciso ler. Já memorizei as notas faz tempo. Eu as vejo até durante o sono, na maior parte das vezes.

No alto da página está escrito "Peça sem nome para Anna Sun, por Max Richter", e só de ler isso a hiperventilação quase começa. Provavelmente existem violinistas que até matariam se isso inspirasse Max a compor alguma coisa para eles, mas aqui estou eu, deixando as páginas acumularem poeira no canto da sala.

Olho para Pedra, e o sorriso dele parece meio forçado agora, um tanto impaciente. Ele quer que eu comece logo.

"Tudo bem, tudo bem", eu digo. Respirando fundo, endireito as costas, posiciono o violino sob o queixo e levo o arco às cordas.

É a última vez que recomeço tudo do início.

Só que nada soa como deveria e, quando chego ao décimo sexto compasso, sei que está tudo uma porcaria. Não estou tocando a composição com o sentimento que deveria. Dá para *ouvir* isso e, se eu consigo perceber, os outros também vão perceber. Então paro e volto para o começo.

Esta é a última vez que recomeço tudo do início.

Mas agora fica parecendo que estou me esforçando demais. É uma péssima crítica a receber. De volta para o começo.

Esta é *realmente* a última vez que recomeço tudo do início.

Só que não é. Sou uma mentirosa. Recomeço tantas vezes que, quando toca o alarme da hora do almoço, já perdi a conta de quantas vezes voltei para o início. Só sei que estou exausta e faminta e à beira das lágrimas.

Guardo o violino, mas, em vez de ir para a cozinha esquentar as sobras das sobras de ontem, sento no chão e escondo o rosto entre as mãos.

Não posso continuar assim.

Tem alguma coisa errada com a minha mente. Eu consigo perceber isso quando dou um passo atrás e analiso as minhas atitudes, mas na hora, quando estou praticando, nunca me dou conta. Meu desespero para agradar os outros me deixa surda a tal ponto que não consigo mais ouvir a música como antes. Só escuto o que está errado. E essa compulsão está começando a parecer insuperável.

Só existe um lugar onde a perfeição de verdade existe — na página em branco. Nada do que sou capaz de fazer se compara ao potencial ilimitado do que eu *poderia* fazer. Mas, se eu permitir que o medo da imperfeição me prenda num ciclo perpétuo de recomeços, nunca mais vou criar nada. E nesse caso ainda poderia me considerar uma artista? Qual seria o meu propósito, então?

Preciso de uma mudança. Tenho que *fazer* alguma coisa e assumir o controle da situação, ou vou continuar presa neste inferno para sempre.

Jennifer falou que eu preciso parar com o mascaramento, parar de querer agradar as pessoas o tempo todo. E que é melhor começar com as pequenas coisas, em um ambiente seguro. Mas a sugestão de começar com a minha família é absurda. Meu ambiente familiar *não* é seguro. Não para mim. É de uma sinceridade brutal, um amor que machuca antes de ajudar. Um amor que corta quando você já está ferida e ainda esbraveja porque a cicatrização não é imediata.

Se eu parar de tentar agradar as pessoas, preciso de um ambiente oposto ao familiar, o que significa... estar entre completos desconhecidos.

As peças vão se encaixando na minha cabeça uma depois da outra, como se a chave certa tivesse destrancado tudo. Parar com o mascaramento. Parar de agradar as pessoas. Me vingar de Julian. Entender quem eu sou. Empoderamento.

Uma determinação impulsiva toma conta de mim, e levanto do chão, vou para o quarto e abro a porta do armário. Tenho quinze vestidos pretos diferentes aqui, mas nenhum decotado, nenhum com a saia curta — só trajes perfeitamente adequados para o palco de uma sala de concertos. Empurro todos eles para o lado e procuro por algo que mostre meu decote e minhas coxas.

Quando vejo o vestido vermelho, fico paralisada. Comprei para um Dia dos Namorados em que Julian não estava aqui para comemorar comigo. Pelo jeito como as coisas vão indo, eu provavelmente nunca vou ter a chance de usar a roupa para ele. E nem sei se quero.

Mas posso usá-la para mim.

Tiro a roupa de ginástica que vesti ontem para não me exercitar e coloco o vestido. Está mais justo do que da última vez que experimentei, mas ainda serve. Quando me viro, arregalo os olhos ao ver como a minha bunda cresceu. Uma pena. Julian ia adorar, mas não ia aprovar meus métodos. Não bebi *shakes* de proteína nem passei horas na academia fazendo exercícios específicos para os glúteos e agachamentos. Essas curvas são feitas de Cheetos.

Enfio a mão debaixo do braço e puxo a etiqueta de preço até o plástico estourar. Eu *vou* usar esse vestido. Talvez não hoje. Mas em breve.

Depois de pegar meu celular, faço uma busca por "aplicativos de encontros" na loja de apps e instalo os três mais populares.

5

QUAN

É noite de sexta, e depois de uma longa semana estou relaxando com uma pizza inteira só para mim, uma cerveja gelada e um documentário sobre um polvo. Não tenho vida social há dois anos, então a essa altura já vi praticamente todo o catálogo da Netflix, até aquela série sobre o assassino samurai que é pago para matar um gato. Para minha sorte, sou fascinado pelo oceano e acho os polvos bacanas.

Mas quando o cineasta exausto fica amigo do polvo e eles fazem um cumprimento de mão e tentáculo, sei lá, eu fico... triste. Começo a mexer nos aplicativos de encontros que ignorei a semana toda. Deu *match* com um monte de gente.

Tammy. Cabelos claros, olhos escuros, sorriso bonito, corpo legal. Quer ter uma família grande, adora cerveja artesanal e está estudando para ser professora de educação especial. Suspiro. Ela é perfeita — se eu estiver procurando uma namorada. O que não é o caso. Passo.

Naomi. Olhos castanhos lindos, sorriso misterioso, curvas até não poder mais. Uma executiva que sonha em viajar pelo mundo com uma pessoa especial. Gosto de tudo no perfil dela, mas está na cara que está à procura de um relacionamento sério. Passo.

Sara literalmente parece uma Barbie, e só quer se divertir. Meu interesse cresce. Mas então leio um pouco mais e vejo que a intenção dela é acrescentar um sétimo homem para seu harém. Já vi umas coisas bem loucas no passado, mas uma orgia com oito pessoas não é o que tenho em mente para meu retorno à ativa — e nem para qualquer outra ocasião, para ser sincero. Passo.

Savannah, passo. Ingrid, passo. Jenny, passo. Murphy? Uau, vamos lá.

Murphy é muito gata, faz trabalho voluntário em asilos e — aí vem o porém — está preservando a virgindade para quando encontrar seu verdadeiro amor. Passo.

Naya. Fran. Penelope. Passo. Passo. Passo.

Estou começando a pensar em trocar de aplicativos ou repensar meus critérios de busca quando aparece Anna. A foto dela é tão fofinha que a princípio quase deixo passar, mas continuo lendo porque não consigo evitar. Ela tem um sorriso tímido e olhos escuros que são ao mesmo tempo meigos e penetrantes. E me atraem.

No perfil, ela escreveu: "Em busca de uma noite descomplicada com alguém legal. Só uma noite, por favor". Na parte de profissão e hobbies, só diz: "Não vem ao caso".

A foto e o perfil dela parecem tão desconectados entre si que olho mais uma porção de vezes, tentando entender como podem pertencer à mesma pessoa. Com base na foto, eu diria que ela é do tipo monogâmica em série que deveria estar em busca de flores e relacionamentos que durem para sempre, e não de uma transa casual e sem sentido.

Pode ser que ela esteja enfrentando algum problema e só esteja em busca de uma forma de descontrair. Isso seria bom. Não é muito diferente da minha situação.

Balanço a cabeça para mim mesmo quando aperto o botão para mandar uma mensagem privada. Com um perfil assim, ela já deve ter recebido centenas de contatos. Só que eu não sou do tipo que desiste sem tentar, então penso um pouco a respeito, decido que o melhor a fazer é ser sincero e começo a digitar.

Oi, Anna,

Gostei desse seu jeito direto. No momento estou comendo pizza e vendo a única coisa na Netflix que ainda não tinha visto. Estou livre para conversar quando você quiser.

Q

Mando a mensagem, desligo a tela do celular e jogo o aparelho no sofá ao meu lado. Não vou ficar esperando ansiosamente uma resposta. Em vez disso, pego outro pedaço de pizza e volto a atenção para a tevê, onde o polvo está sendo caçado por um tubarãozinho listrado. Ele pula para fora da água, anda um pouco em terra firme — dá para ser mais malandro que isso? — e então mergulha de novo, mas o tubarão recomeça a perseguição logo em seguida. Fico tão distraído com a cena que só percebo a notificação no celular quando vou pegar a cerveja.

Limpo as mãos e a boca num pedaço de papel-toalha rasgado todo torto e pego o celular. É uma mensagem do aplicativo.

Oi, Q,

O que você está vendo?

A

Enquanto olho para a tela, o tubarão morde o polvo e sacode a cabeça de um lado para o outro, e acabo dando risada, apesar de me sentir mal pelo bicho. *Um documentário sobre um cara e um polvo, HAHA*, respondo, e sim, talvez meu rosto tenha ficado meio vermelho. Seria mais bacana estar vendo *Star Wars* ou *Deadpool* ou coisa do tipo.

Eu adorei! Já vi duas vezes, ela admite, e não consigo conter o sorriso. É a última coisa que eu esperava que ela fosse dizer.

Esse polvo é demais, só que eu acho que o tubarão vai comer mais que só a perninha desta vez.

Continua vendo, ela avisa.

Então é o que eu faço, e em seguida respondo: *Estou impressionado.*

Né? Esse bicho é incrível. Acho que preciso ver mais uma vez.

Hesito por alguns segundos antes de pausar o vídeo e sugerir: *Estou em 1h05 do filme se quiser ver o final comigo.*

Ela me surpreende respondendo: *Ok*. E até adiciona uma carinha sorridente.

Nós sincronizamos o tempo de filme e logo começamos a ver juntos, apesar de separados. É uma experiência estranha para mim. Um lance meio nerd — quer dizer, *muito* nerd. Não posso esquecer do que estou assistindo aqui. Em geral, as pessoas na nossa situação estariam mais preocupadas em flertar. Haveria mensagens de duplo sentido, talvez até umas fotos mais safadinhas. Mas acho que estou gostando disso.

Ah, eu adoro essa parte, ela comenta.

Quando vejo do que ela está falando, eu concordo. *O polvo está só brincando com o peixe, não está tentando comer. Não sabia que um bicho desses podia ser tão fofinho.*

HAHA! Eu também não, ela responde, e me pego sorrindo de novo.

Continuamos trocando mensagens, e em pouco tempo o documentário acaba, e eu meio que lamento.

O final não é uma coisa meio agridoce?, ela pergunta.

Sim, mas é um bom final, respondo.

Ficamos em silêncio depois disso, e ainda espero um tempo antes de perguntar: *Quer me passar seu número para a gente conversar fora do aplicativo?*

Ela não responde de imediato, e fico impaciente enquanto espero. Percebo que estou nervoso. Estou gostando dessa garota esquisita que gosta de polvos.

Ah, por favor. Essa interface é muito confusa. Mandei comentários sobre o polvo para outras pessoas sem querer enquanto a gente assistia, ela conta.

A minha risada ecoa alto pelo apartamento, apesar de sentir um certo incômodo com a ideia de que ela está conversando com outros caras. *As respostas devem ter sido ótimas.*

Foram mesmo. Um cara falou que não estava ali pra isso. O outro disse: "Gata, eu só tenho duas mãos, mas posso usar os pés se você quiser". Eu ri tanto que um cachorro começou a latir lá fora.

Um instante depois, ela me manda o número do celular, e me sinto como se tivesse ganhado na loteria. Acho que ela não fez isso com o outro cara, apesar da disponibilidade dele para fazer de tudo com os pés.

Já fora do aplicativo, eu pergunto: *Quer conversar por mensagem de texto ou por ligação?*

Ela demora um pouco para responder: *Você tem alguma preferência?*

Queria ouvir a sua voz, eu digo.

Tudo bem, ela responde.

Mas, quando eu ligo, o celular chama algumas poucas vezes e ela logo desliga.

Desculpa, estou nervosa, ela me escreve.

Pode ser por mensagem, então. Não esquenta, Anna. No fundo da minha mente, começo a me perguntar se não pode ser um cara de meia-idade me enganando enquanto digita no celular de cueca no porão da casa da mãe. Mas meu instinto diz que ela é uma pessoa de verdade.

Obrigada. Eu nunca fiz isso antes, ela justifica.

Faz um tempão que eu não saio com ninguém, então estou meio sem jeito também, eu assumo.

Você estava em um relacionamento sério também?, ela pergunta.

Então é isso. Ela está saindo de um relacionamento sério e procurando sexo só por curtição. Entendo perfeitamente.

Não, tive uns problemas de saúde, precisei de cirurgia. Mas não se preocupa que agora já estou bem, respondo, torcendo para que ela entenda "problemas de saúde" e "cirurgia" como um joelho com ligamentos rompidos ou coisa do tipo.

Que bom que você já está bem. Ela acrescenta outra carinha sorridente, e pode ser idiotice minha, mas isso me deixa contente.

Obrigado, respondo.

E agora, nós fazemos o quê?, ela pergunta.

O que você quiser, mas em geral trocar telefones significa que as pessoas pretendem se ver em breve.

Quer sair hoje à noite?, ela propõe.

Arregalo os olhos ao ler a mensagem. São só nove e pouquinho, mas parece ser muito tarde e cedo demais ao mesmo tempo. Tarde porque só temos uma noite, e metade da noite de hoje já passou. E cedo porque acabei de conhecer a garota, e estou quase me despedindo dela para sempre. *Que tal amanhã à noite?*

Claro, por mim tudo bem, ela responde.

Mando o link de um bar local. *Neste lugar às sete?*

Parece ótimo!

Legal, respondo e, depois de alguns segundos, mando uma carinha sorrindo.

Então ficamos em silêncio. Sinto vontade de continuar conversando, de ver outro filme, mesmo se for esse documentário esquisito de novo, mas não quero incomodar. E não quero agir como se isso fosse uma coisa mais importante do que é. Essa é a beleza da coisa toda — não significar nada.

Tive que me segurar a noite toda para não mandar outra mensagem para ela.

6

ANNA

A primeira coisa que faço quando acordo no sábado de manhã é ver se tem alguma mensagem dele no meu celular.

Não tem nenhuma. Claro que não. Eu não estou surpresa. Na verdade, estou aliviada. Mas também um pouco decepcionada. Só um tantinho.

Ainda na cama, releio a nossa conversa de ontem à noite. A mesma empolgação surge dentro do meu peito, e eu mordo o lábio.

Eu fiz mesmo isso. Conheci uma pessoa na internet, nós conversamos e marcamos um encontro. Sendo bem sincera, até que foi legal. Ele gosta de polvos! E, o que é ainda melhor, consegui ser eu mesma. Não precisei fingir. Pela primeira vez, eu me sinto no controle da minha vida. É uma experiência atordoante.

Demorei um tempão para pegar no sono ontem à noite, porque minha cabeça não parava. Eu devia estar um caco hoje, mas estou uma pilha de nervos. O tempo passa voando.

Na hora de praticar o violino, quando me pego recomeçando sem parar, como sempre, sinto o impulso de deixar de lado a composição de Richter e tocar outra coisa, como Jennifer sugeriu. Depois de clarear a mente e respirar fundo várias vezes, levo o arco às cordas e deixo fluírem as primeiras notas de "The Lark Ascending", de Vaughan Williams.

É a música favorita do meu pai. Ele sempre me pede para tocar no seu aniversário e quando temos eventos familiares ou visitas em casa, então são notas que já estão profundamente enraizadas na minha memória muscular. Não sei o que o agrada mais — a música em si ou poder me exibir para as pessoas. Mas para mim não importa. Eu gosto de deixá--lo feliz.

A música vai saindo lentamente do violino, flutuando para cima e sendo levada pelas correntes de ar. Vou sendo transportada junto, tão arrebatada que por um momento me deixo levar. Me esqueço do tempo, me esqueço de *mim*. Só existe essa sensação deliciosa de flutuar sobre vastos campos verdejantes. E percebo que estou tocando, realmente tocando.

É essa a minha razão de viver.

Então percebo. Estou um pouquinho fora do tempo, bem pouco mesmo. Fazia tantos meses que eu não tocava essa música que fui meio desleixada com o arco. Posso fazer melhor que isso.

Então recomeço. Como é minha marca registrada, se não sair perfeita, os críticos podem ser cruéis. Não vou dar essa satisfação para eles. Tenho como evitar isso. Posso ser *ainda mais* cruel comigo mesma do que eles, e assim consigo sair vencedora no final.

A arte é uma guerra.

Ainda não estou satisfeita, então começo outra vez. Tento acertar exatamente o tempo. E consigo. As notas saem como pequenas asas batendo ao vento. Mas então começam a se arrastar. Faltou mais ênfase nessa parte.

Começo de novo.

E de novo.

E de novo.

Então o alarme do meu celular toca, eu desligo e fico olhando para a sala, sem reação. Estou de volta à estaca zero. Ao começo. Minha garganta arde, e engulo em seco.

Houve um breve momento em que a música cantou para mim e me fez esquecer de ouvir as vozes na minha cabeça. É um avanço.

Estou perto de superar isso. Dá para sentir. A solução está logo ali. Consigo até *ver*. Se conseguir alcançá-la com os dedos, vou destravar minha mente e tudo vai voltar a ser como era.

Determinada, guardo o violino e me preparo para outra batalha. Tenho um encontro esta noite. Vou flertar. Vou me divertir. Não vou me torturar analisando as reações dele e tentando ser o que ele quer. Sendo quem sou, é inevitável, sei que vou cometer alguma gafe. Mas vou me esforçar ao máximo para não ligar para isso. Não preciso me preocupar com nada — a não ser com o convívio humano mais elementar. Esse não é nem de longe o cara certo para mim. Não pretendo voltar a vê-lo. Não preciso conquistar o seu respeito. Não preciso da aprovação. Não preciso do seu amor.

E isso o torna perfeito. Com ele, posso experimentar ser corajosa.

Tomo um banho, raspo as pernas, escovo os dentes, cumpro todo o ritual de higiene, passo maquiagem e arrumo o cabelo, como se estivesse me preparando para um concerto importante. Acho que esta noite vai ser uma espécie de apresentação na qual meu desempenho vai ser totalmente baseado em improvisação. Depois de colocar o vestido vermelho e calçar meu melhor sapato de salto alto, tiro uma foto minha no espelho e mando para Rose e Suzie, junto com uma mensagem: *Tenho um encontro. Me desejem sorte.*

Suzie é a primeira a responder desta vez. *UAU, você está incrível! Divirta-se!*

O QUÊ? ENCONTRO COM QUEM? ELE É BONITO? CONTA TUDO!!!!, Rose exige.

Abro um sorriso com meus lábios ressecados e digito: *Preciso ir. Estou tão nervosa que meu estômago está até embrulhado. Conto tudo mais tarde.*

Depois, guardo o celular na bolsa e deixo a segurança do meu apartamento. Antes passo na farmácia, onde o que preciso está confusamente localizado entre kits de ovulação e fraldas masculinas, e o adolescente no caixa fica morrendo de vergonha quando passa minha compra. Mesmo assim, chego ao bar cedo o bastante para pegar a última mesa com vista para a rua.

Mando uma mensagem para ele: *Estou no bar. Última mesa à direita*, e me sento para esperar. É um lugar meio rústico, decorado com barris antigos e fotografias de fazendas nas paredes. Está bem cheio, mas a música não está muito alta, e a iluminação é confortável. Fica fácil fingir que estou confiante e ignorar meu nervosismo.

Pela janela, vejo uma moto parar junto ao meio-fio. O motoqueiro desce, põe as luvas no bolso e tira o capacete, revelando uma cabeça raspada que fica bem em pouquíssimos homens. Mas nele cai bem. Considerando o conjunto, com a jaqueta justa, a calça preta, as botas e o físico imponente, ele parece até um herói da Marvel — ou então um vilão. Sem dúvida tem uma aparência um pouco perigosa. Ou bastante. É essa a impressão que transmite a maneira como ele se move, os contornos fortes e acentuados de seu corpo, seu ar de firmeza inabalável.

Fico paralisada quando me dou conta. É ele. Não era só um perfil em um aplicativo. É o mesmo cara tatuado e durão da foto, que considerei perfeitamente descartável, porque está longe de ser a pessoa certa para mim. É uma pessoa de verdade, com uma vida e um passado e sentimentos. E está aqui.

Enquanto eu observo, ele prende o capacete na traseira da moto. Perto de outro, que está preso do outro lado do assento. Dois capacetes. Pelo jeito, ele trouxe um para mim.

Por algum motivo, isso faz uma onda de pânico crescer dentro do meu peito. Minha ansiedade aumenta ainda mais quando ele tira o celular do bolso, digita uma mensagem rápida e meu celular, que está sobre a mesa, se ilumina com as palavras: *Acabei de chegar.*

Meus músculos se enrijecem, e minha pele se arrepia inteira. Digo para mim mesma que aquilo tudo é insignificante, uma noite e nada mais. As pessoas fazem isso o tempo todo.

O problema é que não sei se *eu* consigo. E se, quando estiver tentando ser verdadeira comigo mesma, eu for grosseira com ele? É verdade que parece ser um cara durão, mas isso não significa que tenha coração de pedra. E se eu o magoar?

Quando ele desaparece na direção da porta do bar, esse sentimento de estar cometendo um erro se intensifica. E se torna desproporcional. Simplesmente explode.

Não consigo me controlar. Recolho as minhas coisas e fujo. Não tem fila no banheiro, então não preciso esperar para me trancar em um dos reservados. Sentada no vaso com o celular na mão e a bolsa agarrada junto ao peito, começo a me balançar para a frente e para trás. Bato os dentes uns nos outros, me sentindo reconfortada com a sensação que isso me proporciona. Meu rosto está queimando. Minha pulsação ecoa nos meus ouvidos.

Meu celular começa a vibrar com a chegada das mensagens, mas não olho. Não quero ver. Só quero que ele vá embora, para eu poder ir para casa e fingir que isso nunca aconteceu. Preciso encontrar outra maneira de resolver meu problema, mas faço isso depois, quando estiver conseguindo pensar direito.

Fico esperando, contando os segundos na minha cabeça. Um minuto se passa. Depois mais outro. Acabo perdendo as contas — nunca fui muito boa com números —, então recomeço do um e me concentro em contar só até sessenta, várias e várias vezes.

Quando um bom tempo já passou, recebo outra mensagem. Já estou calma o suficiente para checar as próximas.

Oi, acho que já estou aqui na mesa, diz a primeira mensagem.

E então: *Está tudo bem com você?*

Em seguida: *Acho que aconteceu algum imprevisto.*

A mensagem mais recente diz: *Estou indo embora. Preocupado com você.*

Cubro os olhos com as mãos. Por que ele precisa ser assim tão legal? Seria mais fácil se ele fosse um babaca. Aliviada, e me sentindo culpada por isso, saio às pressas do banheiro.

E dou de cara com ele.

Peitoral forte. Corpo todo firme. Quente. Vivo. Real.

Isso é terrível. Absolutamente terrível.

Suas mãos me seguram pelos braços por um instante enquanto ele estabelece alguma distância entre nós, e o choque provocado por seu toque reverbera pelo meu corpo.

"Oi", ele diz, com uma expressão de surpresa.

Meus lábios formam a palavra *oi*, mas minhas cordas vocais se recusam a emitir o som. A garganta dele está bem diante dos meus olhos, e estou observando a caligrafia angulosa inscrita em sua pele.

Tatuagens.

No pescoço.

Tatuagens no pescoço.

Eu sabia que ele era tatuado, mas por algum motivo é diferente ver isso — *todas elas* — pessoalmente. Musicistas clássicos não se tatuam desse jeito. Nem raspam a cabeça, nem andam de moto, nem têm esse aspecto de vilão sexy. Não que eu saiba, pelo menos. Pode ser que exista alguém assim em algum lugar. Uma parte de mim achou que seria uma aventura tentar uma coisa nova e ficar com um cara como esse hoje à noite.

Mas isso não me parece uma aventura.

Parece uma coisa assustadora.

Ele não é nada parecido com Julian, e nunca estive com ninguém além de Julian.

"Eu só ia..." Ele aponta para a porta do banheiro masculino, que fica ao lado do feminino, e seus olhos brilham e seus lábios se curvam em um sorriso, como se alguém tivesse acabado de lhe contar um segredo.

Meu cérebro abalado não funciona direito, e não consigo recobrar o fôlego. Ele fica inacreditavelmente lindo quando sorri. Alguma coisa maravilhosa parece irradiar de seu coração, realinhando suas feições rústicas e o deixando simplesmente lindíssimo.

"Você estava aí esse tempo todo?", ele pergunta.

Atordoada demais para elaborar uma mentira razoável, eu confesso: "Fiquei com medo".

O divertimento dele é imediatamente substituído pela preocupação. "De mim?"

"Não, não de você. Não exatamente." Em um esforço para me explicar, as palavras saem apressadas da minha boca. "Eu nunca fiz isso antes e tinha um monte de planos ambiciosos, mas aí te vi e comecei a ficar com medo de estar tirando vantagem de você, e não queria te magoar, porque você foi muito legal comigo e..."

Sua expressão se atenua em sinal de entendimento, e ele segura minha mão e aperta. A sensação que isso provoca me distrai a ponto de esquecer do que eu estava falando.

"Quer ir embora daqui?", ele pergunta.

"Quero", respondo, tão aliviada que meus olhos até se enchem de lágrimas. Mais do que qualquer outra coisa no momento, eu quero ir para casa.

"Vamos." Pegando minha mão, ele me conduz pelo meio das pessoas para fora do bar.

Na rua, o ar fresco me envolve. O clima é menos caótico, e um pouco da tensão se desfaz. Mas não diria que estou relaxada. Ainda estou estressada demais.

"Eu vou indo", aviso quando solto sua mão e me afasto, louca para deixar para trás tudo o que aconteceu aqui. "Me desculpa, de verdade. Espero que você tenha mais sorte com outra pessoa."

Ele percebe o movimento inquieto dos meus pés na calçada e então olha bem para o meu rosto. "A gente pode tentar de novo. Mas só se você quiser."

"Você faria isso?", pergunto, incapaz de esconder a incredulidade na voz. "Acabei de ter um ataque de pânico e me escondi de você no banheiro por meia hora. Você não deveria querer me ver nunca mais."

Ele enfia as mãos nos bolsos e dá de ombros. "Só porque uma coisa não saiu perfeita não significa que deve ser descartada. Além disso, a noite mal começou."

Essas palavras me pegam de surpresa, e fico só olhando para ele por um momento. Preciso fugir, escapar, rasgar essa noite em mil pedaços como um esboço malsucedido e recomeçar em uma folha em branco. E ele está me dizendo para não fazer isso. E, para piorar, faz todo o sentido. E ele voltou a sorrir, me deixando sem fôlego e toda boba.

Um desconforto misturado com irritação toma conta de mim. Fico com raiva por gostar tanto desse sorriso. Sei que isso é ilógico. E um sinal de covardia. Só que me afasto ainda mais dele, balançando a cabeça.

"Sinto muito, mas... eu não posso. Me desculpa, de verdade", digo, e saio andando apressada para não ver a decepção dele.

O caminho de volta para casa se passa em um borrão de ansiedade e, quando enfim me fecho no meu apartamento, tiro os sapatos e os jogo de lado de qualquer jeito, a caminho do banheiro. Arranco o vestido vermelho e entro no chuveiro, apesar de ter tomado banho poucas horas antes. Essa é minha rotina depois de sair — a não ser que esteja totalmente sem energia.

Enquanto tiro a maquiagem do rosto e enxaguo os cabelos, faço uma careta para mim mesma. Que enorme desperdício. Eu deveria estar no bar, bebendo e flertando e sendo a versão mais autêntica de mim mesma — isso sem mencionar os preparativos para uma aventura sexual transformadora com um homem inapropriado para mim, mas terrivelmente atraente.

Mas não. Estou em casa, onde me sinto segura. Quando me aninho no sofá de pijama com o meu roupão atoalhado horroroso por cima, fico tão aliviada que chega a ser revoltante.

Também estou me sentindo muito solitária, e meu apartamento parece mais frio e vazio do que nunca. Como preciso manter algum tipo de conexão com outras pessoas, por menor que seja, pego o celular. E, para minha surpresa, vejo duas mensagens de Quan.

Ei, espero que você esteja bem. Conseguiu chegar inteira em casa?

Mordendo a bochecha, eu respondo: *Estou em casa. E me sentindo péssima por ter feito isso com você. Obrigada por ter perguntado se estou bem.*

Não precisa se sentir mal. Você parecia estar passando por maus bocados. Eu não entendo muito bem, mas sei como é, se é que você me entende, ele responde.

Contrariando todas as probabilidades, eu me pego rindo. *Eu não entendo, não.*

Eu quis dizer que não sei exatamente pelo que você está passando, mas sei que tem alguma coisa acontecendo, então não levei pro lado pessoal.

Alguma coisa nessas palavras fazem meus olhos se encherem de lágrimas, apesar de eu estar sorrindo para o celular. Estou tentando pensar em como responder quando recebo outra mensagem dele.

Vou comprar comida mexicana para o jantar. E você, o que vai comer?

O mesmo que você, respondo, mas não estou nada empolgada com a ideia. É o último quarto de um burrito gigante que venho consumindo lentamente ao longo da semana. Eu diria que existe cinquenta por cento de chance de eu passar mal, mas detesto desperdiçar comida, e de jeito nenhum vou sair do meu apartamento de novo hoje — a não ser que haja um incêndio, ou apareça um cachorrinho perdido no meio da rua com um caminhão sem freio na direção dele, ou uma emergência familiar, alguma coisa assim.

Volto para casa em meia hora. Quer assistir alguma coisa comigo hoje?, ele convida.

Cubro a boca com a mão enquanto processo o convite inesperado. Isso não faz sentido para mim. Mas gosto da ideia. Posso não querer sair hoje, mas *isso* eu consigo fazer.

Eu realmente não entendo por que você está insistindo em me fazer companhia, digo para ele.

Por que você está me dizendo isso?, ele questiona.

Porque você é... você. Eu te vi hoje. Você é superatraente e tem facilidade em se comunicar com as pessoas. Se for até uma balada ou coisa do tipo, vai arrumar alguém em questão de minutos. Não é disso que você está atrás?

Eu poderia dizer a mesma coisa de você, ele responde com um emoji de piscadinha.

Eu NÃO tenho facilidade em me comunicar com as pessoas, retruco, apertando o botão de enviar com mais força do que o necessário. Depois do que aconteceu no bar, isso é mais do que óbvio. E também não acho que eu seja "superatraente", mas, com base em experiências anteriores, sei que se disser isso ele vai insistir que sim, e estou sem paciência para esse tipo de bobagem. Objetivamente, eu sou mediana em termos de aparência, e não gosto que as pessoas mintam para mim a esse respeito. Se é para alguém mentir para fazer o outro se sentir melhor, então que seja eu.

Ou melhor, eu deveria parar de fazer isso também.

Você considera possível que eu tenha ficado nervoso também?, ele pergunta.

Eu franzo a testa, com o celular ainda nas mãos. Esqueci a questão dos problemas de saúde e da cirurgia. Ele não parecia ter nenhum ferimento aparente. Parecia estar no auge da forma física. É difícil imaginar que ele não seja tão confiante quanto aparenta.

Acho que é difícil SIM para mim acreditar que você pode ser parecido comigo. Somos diferentes demais, digo.

Nem tanto. A gente pode ver o documentário Nosso planeta. *Parece legal*, ele sugere.

Eu gosto bastante desse.

HAHA. Você já viu todos os documentários?, ele questiona.

Já, mas não ligo de ver de novo. Então, depois de uma breve hesitação, acrescento: *Podemos ver outra coisa se você quiser.*

Isso é um sim para ver nerdices na TV comigo hoje à noite?

Tentando não sorrir, mas fracassando, eu respondo: *É.*

7

QUAN

"Opa, opa, opa", eu digo enquanto entro no meio dos dois pirralhos que estão se enchendo de pancadas no meio da academia de kendo e os separo, sendo atingido várias vezes nesse processo. "Vocês precisam se afastar depois de cada ataque. Nada de ficar parados trocando golpes. Se fossem espadas de verdade, estariam os dois sem braços."

Do outro lado da academia, Michael deveria estar supervisionando os outros alunos, mas está olhando para mim e morrendo de rir.

O garoto maior, de sete anos, grita um "Sim, senhor" e se afasta.

O menor, que só tem cinco, vai atrás e tenta ir para cima do maior, com a espada ainda em riste para continuar golpeando. Não consigo segurar o riso quando o puxo para trás e o ajeito na distância apropriada do adversário. Ele tem atitude, esse carinha, e é bem engraçado, principalmente porque está usando o equipamento do irmão e parecendo o Rick Moranis em S.O.S. — *Tem um louco solto no espaço.*

Faço os dois recomeçarem, e dessa vez consigo algum progresso. Mas continua sendo uma coisa bem desajeitada — e violenta. O que esperar de crianças tão pequenas? Por sorte, com o equipamento de segurança, é quase impossível se machucarem.

Depois de um tempo, encerro a sessão de *sparring*, e as crianças voltam a formar duas filas bem retinhas, passando a espada para a mão esquerda e assumindo a posição de descanso. Em seguida se curvam, um diante do outro, e se cumprimentam como pequenos guerreiros. Fazemos os rituais finais da aula e, enquanto a academia vai se esvaziando, Michael me dá um soco de leve no braço.

"Legal te ver aqui", ele comenta. "Já fazia um tempinho."

Eu solto o fecho do meu capacete e o retiro da cabeça. Em seguida desamarro a bandana suada e enfio dentro do capacete. "É bom estar de volta. Não tinha percebido como isso me fazia falta." As crianças, principalmente.

Minha família e meus amigos sabem da minha doença e tudo mais, porque cometi o grande erro de contar para Vy, minha irmã, que falou para minha mãe, que espalhou a notícia para literalmente todo mundo que ela conhece. Por um tempão, fui tratado como se estivesse à beira da morte. E eles ainda me tratam diferente, como se eu fosse feito de vidro ou alguma merda assim — a minha mãe é a pior, inclusive. Mas essa criançada, eles não estão nem aí. Quando apareci hoje de manhã, todos pularam em cima de mim. Adorei.

A manhã foi boa, e sei que vou continuar voltando para dar mais aulas aos sábados. Se conseguir acordar no horário, claro. Não consigo evitar um bocejo enquanto desamarro meu protetor peitoral e retiro o peso dos ombros.

"Você parece cansado. Foi dormir tarde?", Michael pergunta com um tom calculadamente casual.

"Ah, sim. Só peguei no sono às duas e tanto." A porta da academia se fecha atrás das últimas crianças, então tiro o uniforme e visto uma camiseta desbotada e uma calça jeans velha.

Enquanto também se troca, Michael levanta as sobrancelhas para mim. "Você saiu? Com *alguém*?"

Faço que não com a cabeça, sem saber muito bem como explicar a noite passada. "Não exatamente. Fiquei trocando mensagens."

"Com quem?"

Enquanto guardo meu equipamento, respondo: "Com uma garota que conheci num dos aplicativos".

Ele não diz nada por um momento, então me viro para encará-lo e vejo que está balançando a cabeça com uma expressão de quem está impressionado. "Legal."

"Não é nada disso, então pode parar de ficar todo satisfeito com você mesmo", eu resmungo.

"Se não é nada disso, então é o quê?"

"A gente tentou se encontrar para uma transa casual, mas ela entrou em pânico no último instante, porque nunca tinha feito isso antes. Então acabamos trocando mensagens e vendo tevê juntos."

O mesmo olhar impressionado toma conta do rosto dele. "Sobre o que vocês conversaram? E o que foi que assistiram?"

Eu abaixo a cabeça quando admito: "Ela gosta de documentários sobre natureza".

"*Você* viu documentários sobre natureza?", ele pergunta com os olhos arregalados.

Pego uma das luvas que tirei e jogo nele. "Pois é, eu vi, sim. É interessante. E provavelmente vou ver outros."

Ele pega a luva com facilidade e dá risada. "Principalmente com ela junto."

"Eu nem sei se a gente vai se ver de novo."

"Mas você gostou dela?", ele quer saber.

Eu encolho os ombros. "Gostei." Tento responder como se não fosse nada de mais, porque realmente não é. Sei que não está rolando nada entre nós. Mas a verdade é que gosto dela. A noite passada foi meio esquisita, principalmente a parte em que fiquei meia hora esperando no bar, mas trocar mensagens sobre coisas aleatórias e ver nerdices na tevê foi legal. Não tinha pressão nenhuma. As coisas fluíram com tranquilidade. Eu ri bastante. Não foi a volta ao mundo dos encontros que eu esperava, mas, para ser sincero, acho que assim é até melhor.

Michael lança um olhar malicioso para mim. "Vocês vão se ver de novo, sim. Aposto cem paus."

Estou prestes a dar uma resposta sarcástica quando meu celular começa a vibrar sem parar dentro do bolso. Pego o aparelho esperando que seja minha mãe, mas o nome que aparece na tela é *Anna*.

Ela está me ligando. Não é mensagem. Está *ligando*.

Saber que ela se sente confortável o bastante para dar esse passo faz o meu peito se encher de alegria.

"Porra, sério que é ela?", Michael pergunta, correndo para espiar o celular por cima do meu ombro. "Atende logo."

Respiro fundo e solto o ar pela boca antes de aceitar a chamada e levar o telefone ao ouvido. "Oi, Anna."

"Olá", ela responde, parecendo tímida e constrangida, o que é totalmente a cara dela.

Eu não deveria, mas abro um sorrisão. "E aí?" Michael está me observando com uma expressão de puro deleite, então me viro para longe daqueles olhos curiosos.

"Eu estava pensando... Quer tentar de novo hoje à noite? De repente na minha casa?", ela sugere.

"Sim, seria ótimo. Quer que eu leve alguma coisa? Eu posso passar em algum lugar e comprar comida", ofereço.

"É seguro fazer isso de moto?"

Eu dou risada. "Tenho carro também."

"Bom, eu estava pensando em cozinhar alguma coisa, então na verdade não precisa. Eu costumo me sair melhor quando tenho alguma coisa pra fazer, e me viro bem na cozinha, desde que não precise mexer com carne crua. É gosmento demais." Ela parece sofrer só de pensar, e acabo não segurando o riso outra vez.

"Você é vegetariana?"

"Não, mas não como muita carne, não."

"Porque é melhor para o planeta", arrisco dizer.

"Porque é melhor para o planeta", ela confirma, e percebo pelo seu tom de voz que ela está sorrindo. "Você gosta de lámen? E cogumelos? E molho de vinho branco?"

Com um sorriso, respondo: "Sim, gosto de lámen, de cogumelos e de molho de vinho branco".

"Às sete está bom?"

"Perfeito."

"Legal, até mais tarde, então", ela diz com um suspiro de alívio. "Vou mandar o endereço por mensagem. Quando chegar, é só tocar o interfone do apartamento 3A que eu abro pra você subir."

"Mal posso esperar."

Fico esperando que ela se despeça e desligue, mas em vez disso o que ouço é: "Eu também".

Abro um sorriso tão largo que meu rosto até dói. "Tchau, Anna."

"Tchau, Quan."

Finalmente desligamos e, quando me viro, vejo uma alegria tão grande no rosto de Michael que pego a outra luva e jogo nele. "Para de me olhar assim."

Ele está tão distraído na risada que a luva o acerta no peito e cai no chão sem chamar sua atenção. "Você gosta *mesmo* dela."

"Vai ser um lance de uma noite e nada mais. Não tem nada rolando entre nós", eu respondo, com bom senso.

"Sei", ele diz, mas ainda está rindo, e tenho certeza de que não acredita nem um pouco em mim. Acha que conheci alguém especial, e não foi isso o que rolou.

Quer dizer, especial ela é, *sim*. Mas o que existe entre nós *não* é.

Tenho certeza.

Ou quase.

Para mudar de assunto, abro no celular um e-mail que estava em dúvida se mostrava para ele. "Dá uma olhada. Recebi ontem."

Michael lê a mensagem em voz alta, com os olhos vidrados na tela: "Oi, Quan, parabéns pela ação de mídia da MLA com a Jennifer Garner! As filhas dela ficaram uma graça com as suas roupas. Minha mulher encomendou os mesmos vestidos para as nossas gêmeas. Conversei com algumas pessoas e fiquei sabendo que vocês estão procurando financiamento para fazer o negócio ganhar escala. Vamos marcar uma ligação. Angèlique Ikande, LVMH, Departamento de Aquisições." Franzindo a testa, ele levanta os olhos e pergunta: "Não é a LV que estou pensando, né?".

"Claro que é", respondo.

"*Louis Vuitton?*", ele pergunta, arregalando os olhos de um jeito que nunca vi.

"Exatamente." Tento não exagerar no sorriso. Isso pode acabar dando em nada. Mas também pode ser uma oportunidade única para uma empresa pequena como a nossa. Estou me esforçando para não parecer empolgado demais. "A ligação vai ser na sexta. Eu ia esperar pra ver o que acontecia para te contar — quando estivesse mais informado —, mas achei que no seu lugar também ia querer saber."

"Eu não consigo nem..." Michael me devolve o celular e encosta na parede, parecendo atordoado. "Mas isso significa que eles querem comprar a gente? Vão querer mudar o nome? Nós dois vamos continuar lá?"

"Não consigo imaginar nenhuma hipótese em que você não continue lá", respondo, balançando a cabeça com um ar de divertimento. E também não estou preocupado com a minha situação. Posso não ser um estilista, mas sem mim a Michael Larsen Apparel não chegaria aonde chegou hoje. Eu montei a equipe da MLA a partir do zero, tenho conexões valiosas com fornecedores, coordenei nossas ações de marketing e publicidade. Quando Michael deixa, dou minha opinião para que as criações dele sejam mais comerciais e lucrativas. Construímos a empresa juntos. Não importa o que aconteça, tenho um puta orgulho de nós. "E acho que a sua marca — tanto a MLA como o seu nome — tem valor no mercado, então eles não iam querer perder isso. O que geralmente acontece é que compram a parte dos donos por determinado valor, mas nós continuamos trabalhando lá como contratados da empresa. A melhor parte disso é que é uma companhia multinacional gigantesca com contatos e recursos para levar a MLA lá para o topo. Podemos acabar em shoppings e lojas de departamentos do mundo todo, em vez de vender principalmente pela internet e dentro do país, como hoje."

Boquiaberto e com os olhos arregalados, Michael esfrega o rosto. Depois de um instante, surge o primeiro sinal de um sorriso. "Mal posso esperar pra contar pra Stella. Ela vai me fazer um zilhão de perguntas. É melhor você se preparar."

Dou risada, mas sei que preciso ser bastante detalhista e meticuloso com tudo o que diz respeito à LVMH — isso *se* rolar alguma coisa com eles. Porque Stella realmente vai fazer *mil* perguntas nesse caso e, como um gênio das finanças, tende a fazer o tipo de pergunta que termina em vexame se a outra parte não souber do que está falando. "Bom, tudo o que eu sei é o que está nesse e-mail, então diz pra ela segurar as pontas."

Michael me faz um sinal de positivo e então se concentra em guardar seu equipamento — luvas dentro do capacete, capacete dentro da armadura peitoral, tudo enrolado com a peça de tecido grosso que envolve a cintura. Ele deixa a parte da frente, que tem o bordado com o nome da academia e seu sobrenome, bem centralizada e virada para fora.

Quando termino de arrumar minhas coisas, ponho o equipamento no lugar reservado para mim, e lá estão os nomes, o meu e o dele, LARSEN e DIEP, desde quando nossas mães nos matricularam aqui, no jardim de infância. Muita coisa mudou desde então — eu não sou mais a mesma pessoa de antes, ele também não — mas ainda somos Michael e Quan. Acho que sempre vai ser assim, e saber disso é extremamente reconfortante.

8

ANNA

Prática com o violino concluída (fiquei girando em círculos de novo). Apartamento, faxina completa (até a banheira eu limpei). Ingredientes para o jantar adquiridos. Vinho branco gelando no freezer. Eu, recém-saída do chuveiro e usando um vestido preto. Camisinhas na mesa de cabeceira.

Agora é só esperar.

Estou agitada demais para me sentar, então fico andando de um lado para o outro pela sala. Pedra me observa o tempo todo e, depois de passar várias vezes por ele, paro para fazer um carinho, na esperança de me acalmar.

"Vamos receber visita hoje", aviso.

Ele parece surpreso com a notícia.

"É sério", respondo. "Julian me mandou uma mensagem esquisita hoje. Como era mesmo?" Tiro o celular do bolso do vestido e abro o que ele escreveu para ler em voz alta. "Não consigo parar de pensar em você. Ontem à noite foi incrível. No mesmo horário e no mesmo lugar na semana que vem?"

Pedra arregala os olhos, e o sorriso desenhado em seu rosto fica parecendo mais uma careta.

"Essa foi a minha reação também. Falei que ele deve ter mandado a mensagem para a pessoa errada, e ele se desculpou na hora, dizendo que não é o que parece — o que eu duvido. Não sou idiota. Ele disse que sentia minha falta e perguntou se queria sair para almoçar um dia desses. Respondi que estava ocupada e falava com ele mais tarde. Então liguei para Quan e convidei ele pra vir aqui. Pareceu uma ideia perfeita na hora, mas agora..." Dou um suspiro. "Estou tão nervosa."

O sorriso de Pedra se torna uma expressão de solidariedade. Dou mais um tapinha de leve na cabeça dele antes de colar os braços ao peito e voltar a andar de um lado para o outro. Catorze passos para um lado. Catorze passos para o outro. Repetir o processo.

Quando percebo que estou batendo os dentes de cima nos de baixo, relaxo o maxilar e o massageio. Meu dentista falou que, se eu não parar com isso, vou desgastar o osso e perder os dentes. Isso não deixa de ser irônico. Na infância, comecei a bater os dentes uns nos outros para não ficar batucando sem parar com os dedos, o que distrai e irrita as outras pessoas. Bater os dentes, por sua vez, é um ato silencioso e invisível, que não faz mal para ninguém. A não ser para mim, ao que parece.

Estou bem no meio da sala quando o interfone toca. Sinto meu coração se apertar de forma dolorosa enquanto a adrenalina se espalha pelo corpo e corro até a porta para apertar o botão do intercomunicador.

"Alô?", eu digo, fazendo uma careta ao notar como minha voz soou trêmula e vergonhosamente patética.

Depois de uma pequena pausa, ele diz: "Está tudo bem, Anna? Não precisamos fazer isso, se você não quiser. Podemos deixar para outro dia, ou ver tevê de novo".

Mordo o lábio inferior enquanto penso a respeito. Estou extremamente tentada a aproveitar a rota de fuga que ele ofereceu. Mas eu preciso fazer isso.

Está na hora.

Aperto o botão que abre a porta do prédio. "Pode subir."

Durante os instantes seguintes, pensamentos desconexos passam pela minha cabeça. Preciso flertar. Preciso me divertir. Preciso dar uma lição em Julian. Preciso ignorar o que as pessoas pensam. Preciso superar minhas seguranças. Quero ser uma mulher empoderada, como Rose falou.

Ouço uma batida na porta. Já era esperada, mas tenho um sobressalto mesmo assim. Meu coração dispara a uma velocidade absurda, e minha pele começa a formigar. Espio pelo olho mágico. Sim, é ele. Inspirar. Expirar.

Abro a porta.

Ele não está usando a jaqueta de motoqueiro hoje, só uma camiseta estampada, um jeans desbotado e as tatuagens. São roupas comuns, sem nada de extravagante, e fico contente por ele não ter se arrumado todo. Não quero que tente me impressionar. Mesmo assim, é impossível não reparar na beleza dele. Gosto da forma como o tecido se agarra a seu peitoral e ao volume de seus bíceps, e do jeito que a calça contorna os quadris para se ajustar bem às pernas fortes. Tem alguma coisa na constituição dele que eu consideraria fascinante se não estivesse simplesmente em pânico.

Estendendo uma caixa branca para mim, ele começa a sorrir, mas fecha a cara assim que dá uma boa olhada em mim. "Tem certeza de que está tudo bem? Você está meio... verde."

Uma risada ligeiramente histérica escapa da minha garganta, e cubro as bochechas com as mãos. "Um verde sexy ou assustador?"

Ele ri também, mas a preocupação continua estampada nos seus olhos. "Existe isso, 'verde sexy'?"

"Se você achar que é, eu não vou te julgar", respondo, tentando, sem sucesso, dar uma risadinha. Uma onda de náusea me força a respirar fundo pelo nariz e soltar pela boca. Mesmo assim, abro um sorriso e dou um passo para o lado, abrindo a porta de um jeito convidativo. "Pode entrar, por favor."

Quando ele entra, pego a caixa branca de papelão e, depois de um instante de hesitação, apoio em cima da mesinha de canto ao lado do sofá e o recebo com um abraço. Parece a coisa certa a fazer, considerando o que pretendemos para esta noite. Mas, quando estou nos seus braços, a sensação não é a de um cumprimento informal, como deveria. Não sou abraçada — ou pelo menos abraçada de verdade — há muito tempo, e não consigo segurar o gemido partido que escapa da minha garganta quando ele retribui o abraço.

"Você está tremendo", ele murmura. "O que aconteceu?"

Não tenho a menor ideia do que responder, então escondo o rosto em seu peito. Fico esperando que ele me largue, mas em vez disso seus braços me envolvem com mais força, só que não o suficiente para machucar. O abraço me abala até os ossos, é como estar no céu, e eu me solto sobre ele. Aos poucos, meus músculos relaxam, e o nó no meu estômago desaparece. O alívio toma conta da minha cabeça.

Continuamos abraçados por mais uns bons minutos. Ele tem um cheiro muito bom, tipo de sabonete com um toque de sândalo. O ritmo constante das batidas do seu coração me deixa mais calma.

"Como você está?", ele pergunta baixinho.

"Melhor", eu digo, mas ainda sem me soltar dele. "Está gostoso aqui."

O peito dele vibra com uma risadinha. "Sou um especialista em abraços."

Eu me aninho ainda mais, apoiando a testa no pescoço dele. "É mesmo."

"Meu irmão tem Asperger e, quando a gente era criança, ele ficava meio abalado por causa da escola e do bullying. Os abraços eram a única coisa que ajudavam, então fiquei bom nisso", ele explica.

Olho bem para ele. "As crianças são terríveis." Não entendo tanto assim de Asperger, mas sei como é ser ridicularizada. É em parte por isso que me esforço tanto para ganhar a aprovação das pessoas.

"Essas eram mesmo", ele concorda.

"Você brigava com os outros meninos?", pergunto, desconfiando que já sei a resposta.

O rosto dele fica bem sério. "Brigava. Nem sempre a coisa terminava bem pra mim, porque eram vários, e alguns eram mais velhos. Mas tem coisa que a gente precisa fazer." Ele deve ter percebido que isso me deixou triste, porque em seguida abre um sorriso e passa as mãos pelas minhas costas para me tranquilizar. "Não precisa ficar mal por isso. Fui melhorando com o tempo. Quando o meu irmão chegou no ensino médio, eu já metia medo nos outros, e a turma já sabia que era melhor deixar a minha família em paz."

Minha mente se abre, e eu junto os pontos dentro da minha cabeça. A gentileza de Quan e sua aparência intimidadora de repente fazem sentido. Não são coisas contraditórias.

Eu bem que gostaria de ter tido alguém como ele na vida quando era mais nova.

Quando vou dizer isso, ele dá um beijo na minha testa. Não é uma coisa sexy, nem o começo de algo mais. Percebo que a intenção é só me reconfortar mesmo.

Mas é um beijo mesmo assim, e nós dois sabemos disso.

Ele dá um passo atrás, balançando a cabeça. "Desculpa. Você está num momento vulnerável, e eu me empolguei e..."

Cubro seus lábios com meus dedos para silenciá-lo. "Tudo bem. Foi por isso que eu pedi pra você vir. Quero que você me beije." Minhas palavras soam tão ousadas que desvio os olhos e tiro a mão de cima dele. Não estou mais tocando sua boca, mas a sensação da maciez de seus lábios permanece na ponta dos meus dedos.

"Tem certeza de que você está pronta?", ele questiona.

Sinceramente não sei, então inverto a pergunta. "*Você* está?"

Ele solta o ar com força, mas com um ar de divertimento, e depois de me olhar por mais um momento sugere: "Que tal a gente deixar rolar e ver o que acontece?".

"Pode ser", respondo.

Um sorriso arrasador surge nos olhos dele, e os meus pensamentos se desorganizam. Ele se afasta de mim, mas bem devagar, quase com relutância, passando a mão quente pelo meu braço gelado, deixando um arrepio como rastro. E ainda aperta minha mão antes de me soltar de vez.

Olhando ao redor com curiosidade, ele observa os livros que lotam as minhas estantes e se espalham pelo chão e pelas mesas, as mantas que não combinam com as almofadas decorativas no meu sofá velho e as dezenas de velas em lugares aleatórios. É quando me dou conta de que tenho um homem no meu apartamento, no meu espaço. Julian preferia me levar ao apartamento dele — sua tevê é muito melhor que a minha —, então este é um acontecimento raro, que se torna ainda mais extraordinário considerando o homem em questão. Quan parece preencher todo o espaço com sua presença e vitalidade. O ar ao redor dele fica... carregado de eletricidade.

Ele caminha sobre o piso de madeira e para diante das portas francesas. Para mim, é impossível não admirá-lo enquanto ele admira a vista através dos painéis de vidro. Seus movimentos são confiantes e coordenados de um jeito que dá a entender que ele já se envolveu mesmo em algumas brigas — e levou a melhor. Será que eu sou louca por considerar atraente essa intensidade, esse toque de perigo? E o que dizer do fato de que os desenhos na pele dele não me incomodam mais como da primeira vez? São simplesmente parte dele, e eu aceito isso. Aceito Quan do jeito que ele é.

"Que lugar legal", ele comenta. "Adorei a varanda. Eu queria ter uma no meu apartamento."

"Eu não uso tanto quanto deveria, mas acho legal", respondo.

O olhar dele passa para a minha estante de partituras e o estojo do meu violino, mas, depois de me lançar um olhar inquisitivo, não faz a pergunta de sempre: *Você toca?* É um alívio — eu não quero ter que falar sobre as dificuldades que estou enfrentando —, mas também uma decepção. Para algumas pessoas, o trabalho é só trabalho, uma forma de ganhar a vida. Não é aquilo que as define. Mas eu sou uma violinista. É a minha identidade, é quem eu sou, o que sou. É tudo o que importa. Naturalmente, meu assunto preferido é música.

Isso me lembra por que o convidei para vir aqui, para começo de conversa, e a determinação toma conta de mim quando digo: "Ok, vamos começar".

9

QUAN

Não consigo segurar o sorriso quando vejo todos os preparativos que Anna fez em sua cozinha minúscula. Está tudo no devido lugar — uma panela com água e uma frigideira sobre o fogão elétrico; alho, salsinha e cebola na tábua de corte; e, alinhados com precisão sobre a bancada, taças de vinho, um saca-rolhas, um copo medidor, azeite de oliva, um pedaço de queijo, um ralador, um pegador, a tampa da panela, sal, pimenta e uma caixa de fettuccine. Perto da janela, a mesa está posta para dois. Ela não se esqueceu de nada.

Fico contente de saber isso a seu respeito. Algumas pessoas colecionam selos. Eu coleciono idiossincrasias, vou juntando as pequenas manias dos outros na minha mente como se fossem um tesouro. Assim as pessoas se tornam reais para mim, de um jeito especial. Minha mãe tem dois cortadores de unha no chaveiro. Sempre sorrio quando vejo isso. Por que *dois*? Como ela conseguiria usar ambos ao mesmo tempo? Ninguém faz isso, só eu. Khai tem tantas manias que isso se torna uma idiossincrasia por si só. Michael não admite, mas sei que combina as roupas com as da mulher, todos os dias. Quando tiver filhos, eles vão ser *aquele* tipo de família, e mal posso esperar por isso. E agora aqui está Anna, e estou empolgado para descobrir tudo a seu respeito.

Falando tão depressa que mal respira, ela pega uma garrafa de vinho no freezer e começa a tirar o alumínio de cima da rolha. Então me diz que está com medo de que eu não goste de vinho branco. E que comprou um tinto só para garantir. Está na despensa. Que é o lugar certo para guardar os vinhos quando não se tem uma adega. Ela não é de beber muito. Se acabar dormindo, já pede desculpas por antecipação.

Eu estava preocupado com esta noite. Já estou mesmo pronto? E se ela perguntar sobre a minha cicatriz? E se reparar nas outras coisas? E se eu estragar a trepada? Mas ela está ainda mais encanada que eu. Parece uma pilha de nervos e, por algum motivo, isso facilita as coisas para mim. Sempre fui melhor em lidar com os problemas dos outros. Até gosto disso. Me sinto bem ajudando as pessoas.

Agindo por instinto, me aproximo dela por trás e massageio seus ombros antes de passar as mãos pelos seus braços. Ela fica completamente imóvel.

Eu me inclino para a frente e murmuro em seu ouvido: "Tudo bem? Posso tocar você assim?".

O cabelo dela está preso num rabo de cavalo, então percebo os pelos de sua nuca se arrepiando. E os dos braços também. É um bom sinal, acho.

Ela engole em seco e assente, então eu não me afasto. Colo o meu rosto ao seu, apreciando a maciez da sua pele e respirando seu cheiro — limpo, feminino, com algum elemento que não consigo identificar. Tentando descobrir o que é, aninho o rosto em seu pescoço. Pinho. É esse o cheiro. Como os meus lábios estão tocando a sua pele, meu toque se transforma naturalmente em um beijo, e nunca beijei o pescoço de uma mulher sem usar os dentes em algum momento. Quando os esfrego de leve em sua pele macia, sentindo seu gosto ao mesmo tempo, ela respira fundo, e o saca-rolhas cai de seus dedos sobre a bancada.

Consigo segurar a garrafa antes que vá para o chão, e ela leva a mão para logo abaixo do queixo. Seu rosto está vermelho, seus olhos, perdidos, e sua respiração, acelerada. Seguro um sorriso ao me dar conta do que acabei de descobrir.

Anna gosta muito, muito *mesmo*, de beijos no pescoço.

E de mordidas.

"T-talvez seja melhor você abrir", ela sugere, me estendendo o saca-rolhas.

"Claro." Encosto sem querer nos dedos dela quando pego o saca-rolhas, e ela puxa a mão toda para trás em reação.

Nós nos afastamos para eu poder usar as duas mãos para arrancar a rolha, e sinto o peso de seu olhar nas minhas mãos e nos meus braços — ela está olhando para as minhas tatuagens, percebo. Quando levanto os olhos, ela se vira às pressas para o outro lado. Mas, quase contra sua vontade, seu olhar se volta para mim de novo, e se concentra na minha boca.

Nesse momento, percebo que, se existe uma mulher no mundo que *precisa* ser beijada, é ela.

Eu me inclino para a frente, completamente concentrado em fazer isso acontecer, mas ela se vira de forma abrupta e abre a torneira da pia.

Enquanto lava as mãos, ela diz em um tom sério: "O macarrão demora uns vinte minutos para cozinhar. Se eu acertar o tempo, já vai estar cozido quando os cogumelos ficarem prontos".

"Parece ótimo." Minha voz soa rouca, e limpo a garganta antes de encaixar o saca-rolhas e abrir a garrafa com um pequeno estouro.

Depois de encher as taças, entrego uma para Anna e observo com o canto do olho ela virar metade da bebida em dois grandes goles e limpar a boca com o dorso da mão.

"Estou tentando soltar as minhas inibições", ela explica, envergonhada.

"Não precisa fazer isso. Nós podemos ir bem devagar", eu digo antes de dar um gole em minha taça. É um vinho agradável, não muito doce, mas não que eu entenda muito disso. Acima de tudo, quero parecer relaxado para ela poder relaxar também. Isso funciona às vezes.

"Não é isso. Bom, tem isso também." Ela parece ter muito mais a dizer, mas não sabe como.

"Me avisa se eu fizer alguma coisa que você não gosta?", pergunto, porque, do meu ponto de vista, é isso o que importa.

Percebo a tensão dela se aliviar um pouco. Ela endireita a postura e assente com a cabeça. "Eu posso fazer isso, sim. E você?"

Isso me faz sorrir. Sou uma pessoa tranquila, então pouca coisa me incomoda. Mas fico contente em saber que ela se importa, e não porque fiquei doente e nunca mais vou ser o mesmo, mas porque sou um ser humano. "Eu também posso."

Então começamos a cozinhar. Eu pico os ingredientes. Ela joga na frigideira e vai mexendo. Conversamos sobre tudo e nada ao mesmo tempo, como em quase todas as nossas conversas. Descubro que ela é violinista da Orquesta Sinfônica de San Francisco, mas que está de licença. Ela não explica por quê, e eu não pergunto. Conto que criei uma linha de roupas infantis com meu melhor amigo Michael, porque nós dois adoramos crianças. Ela pergunta se quero ter filhos algum dia, e mudo de assunto. Apesar de perceber, ela não me questiona.

Quando o macarrão fica pronto, ela desliga o fogão, e eu escorro a água da massa usando a tampa e estendo a panela para ela despejar na frigideira com os cogumelos. Estou logo atrás dela de novo, perto o suficiente para tocá-la, mas tomando o cuidado de não fazer isso. Acho que antes apressei um pouco as coisas. Mas é difícil resistir à curvatura de seus ombros, à elegância de seu pescoço, ao contorno suave de seu queixo. Até as orelhas dela são bonitas. Dá vontade de contorná-las com a ponta da língua.

Tento pensar apenas em coisas neutras enquanto ela tira os últimos fios de macarrão da panela com a colher de pau. Tem um grudado no fundo, e inclino a cabeça para ver mais de perto...

E a boca dela se cola à minha.

Meu coração dispara. Uma corrente elétrica me percorre. Meu sangue ferve. Tento ser bem delicado — ela é toda macia, toda perfeitinha —, mas o que quero mesmo é devorá-la. Mal conseguindo me controlar, enfio a língua em sua boca, e sinto gosto de vinho, só que mais doce. Ela está ofegante. Eu poderia me embriagar com esse som; e talvez até já esteja embriagado. Inclinando-se na direção do beijo, sobre mim, ela encosta a língua na minha. Tudo dentro de mim se enrijece e grita por uma proximidade ainda maior, e eu concentro toda essa tensão no beijo.

E a coisa continua, beijo após beijo, não sei nem por quanto tempo. Quando nos separamos, nossa respiração está acelerada. Anna está com a aparência exata de alguém que acabou de ser beijada com muita vontade por um bom tempo. Não sei se já vi alguma coisa mais linda do que ela. Ainda estou com a panela nas mãos, o jantar está esfriando, mas não estou nem aí. Quero mais.

Tomo seus lábios em mais um beijo sedento, e ela me acompanha, retribuindo, me deixando avançar. Mas então se vira e leva os dedos à boca, sem jeito.

"Nós precisamos conversar." A voz dela soa rouca, a coisa mais sexy que já ouvi na vida.

Eu escutei, mas o meu corpo continua se aproximando dela, em busca de mais um gostinho. Preciso fazer um esforço tremendo para me segurar, mas acabo conseguindo. "Tá bom."

Ela levanta um pouco o queixo e assume uma expressão mais teimosa. Depois de uma longa pausa, em que ela parece ter entrado em conflito consigo mesma, acaba enfim dizendo: "Eu não quero fazer boquete em você".

Minhas sobrancelhas se erguem por vontade própria, e solto uma risada surpresa — é uma reação imatura, principalmente considerando quão sério ela disse aquilo. "Isso... não é problema nenhum." Talvez seja até um alívio. Sim, pensando bem, com certeza é um alívio, ainda mais por eu não ter que pedir para ela não fazer isso.

Ela me lança um olhar carregado de ceticismo. "Tem certeza?"

Não consigo segurar uma risadinha. "Ah, sim, é só um boquete. Se você não está a fim, é só não fazer. Não importa."

"Você está enganado. Importa, *sim*. Eu deveria fazer boquetes. O prazer do parceiro deveria me dar prazer e, se isso não acontece, significa que sou egoísta. Nos livros que li, as mulheres gostam tanto disso que às vezes têm até orgasmos fazendo isso."

"Espera aí, que tipo de livro você anda lendo?"

Ela ignora a pergunta e continua: "Por outro lado, você não precisa... enfim". Quando eu balanço a cabeça, mostrando que não entendi nada, ela fica toda vermelha e explica, toda sem graça. "Você não precisa fazer sexo oral em mim. Não quero me sentir obrigada a retribuir, e comigo isso nunca funciona mesmo."

Isso me soa quase como um desafio, então pergunto: "E se eu quiser? Se fizer porque gosto, e não pra obrigar você a retribuir?". Porque gosto mesmo. É uma coisa que me dá tesão. Adoro os sons que as mulheres fazem quando estou lá embaixo, o jeito como começam a se mexer quando estão quase lá, o cheiro, o gosto. Porra, é muito bom.

Parecendo ofendida e frustrada, ela responde: "Comigo não funciona mesmo, e eu ainda vou me sentir pressionada a retribuir o favor. Você poderia, por favor...".

"Tudo bem", eu me apresso em dizer. "Não vou forçar você a nada. Prometo."

Ela olha bem para mim. "Tudo bem mesmo?"

"Tudo."

Ela estreita os olhos. "Você por acaso está me julgando?"

Abro um sorriso e passo os dedos pelo rosto dela num gesto de carinho. "Não estou, não. Gosto de deixar as coisas bem claras. Isso facilita bastante."

Ela dá um suspiro trêmulo e relaxa nos meus braços.

Por um tempo, ficamos só olhando para o macarrão na frigideira. Quando nossos olhares se cruzam, caímos na risada.

"Vamos comer", eu digo.

10

ANNA

Não sei bem se sou uma boa companhia para ele enquanto comemos. Minha cabeça está cheia demais para eu conseguir pensar em alguma coisa interessante para dizer. Mal consigo sentir o gosto da comida e do vinho. Mal consigo parar sentada na cadeira. Toda vez que nossos joelhos se esbarram sob a mesa minúscula da minha cozinha, minha consciência da presença dele se torna mais aguda.

Eu realmente estou fazendo isso. Vou transar com um estranho.

Não acho que eu vá gostar, mas para mim o importante é estar fazendo tudo nos meus próprios termos, estabelecendo limites, mesmo que isso decepcione as pessoas — ou talvez *principalmente* por isso. Avisar Quan que me recuso a chupá-lo pode ter sido a coisa mais difícil que já fiz na vida. Mas eu fiz isso mesmo assim. Uma parte de mim ainda está se sentindo perplexa com o quanto essa situação foi estranha. Outra parte, porém, está em êxtase com o poder que isso me proporciona.

Mas pode ser só efeito do álcool. Ou dos beijos.

Nunca fui beijada desse jeito. Sempre adorei beijar. É a única parte do sexo de que sempre gostei de verdade, e os beijos de Quan foram verdadeiramente arrebatadores. Não consigo parar de olhar para sua boca, vendo seu maxilar se mexer enquanto ele mastiga, a movimentação de sua garganta ao engolir, fascinada com o efeito que isso provoca em suas tatuagens. É normal achar sexy o pomo de adão de um homem?

É atração física, reconheço. E nunca senti isso antes, não de verdade. Existem outras coisas de que gosto em Julian — meus pais têm a família dele em alta conta (seu pai é urologista, e sua mãe, obstetra); ele é inteligentíssimo e talentoso (formado em Harvard e pós-graduado em administração em Stanford); é um profissional esforçado (trabalha na área de investimentos de um banco importante); tem um temperamento tranquilo e nunca grita comigo, nunca me deixa assustada; eu o entendo; sei como ser o que ele quer. Ou pelo menos pensava que sabia.

Só que *ele* não me conhece. E como poderia, se nem eu mesma sei quem sou?

Intuitivamente, sinto que, se me afastar da versão com a qual o Julian se acostumou, ele não vai querer mais nada comigo. Isso se algum dia voltar mesmo para mim.

Quan, por outro lado, só viu esse meu lado caótico, inseguro e acometido por ataques de pânico. Já conhece o meu pior.

E ainda está aqui.

Por ora. Por hoje.

"Você está fazendo a mesma coisa que a minha mãe", ele comenta.

Pisco algumas vezes enquanto tento entender o que ele disse. "O que ela faz?"

"Fica olhando os outros comerem, como se a comida ficasse mais gostosa na boca da outra pessoa", ele diz com um sorriso.

Eu abaixo a cabeça e prendo uma mecha de cabelos atrás da orelha. "Desculpa."

"Eu não ligo. Ela é cozinheira, e adora alimentar as pessoas, então estou acostumado. Seu macarrão também está ótimo." Ele aponta para o prato vazio.

Detesto pensar que ele ainda está com fome — e fico ridiculamente satisfeita por ter gostado da minha comida —, então empurro meu prato pela metade em sua direção. "Me ajuda a terminar?"

Depois de me observar atentamente, ele enrola a massa no garfo e leva à boca. É um pouco estranho dividir meu prato assim, mas eu gosto. Dá uma sensação de intimidade, não sei bem por quê. Apoio o cotovelo na mesa e o queixo na palma da mão e fico olhando para ele.

Enquanto pega a segunda garfada, ele pergunta: "Você sempre deixa a casa tão silenciosa assim? Não liga nem uma musiquinha?".

"Quer que eu ponha alguma coisa pra tocar?"

"Só se você quiser. Perguntei por curiosidade mesmo." Ele dá outra garfada enorme, e seu olhar se volta para o meu instrumento, no estojo no canto da sala.

"Eu gosto de música enquanto cozinho e faço algumas outras coisas", eu respondo, mas depois fecho a cara e baixo os olhos para a quantidade cada vez menor de comida no meu prato. "Bom, na verdade gostava. Nos últimos tempos não consigo ouvir música sem dissecar e analisar tudo até a cabeça começar a doer. Não escuto música por prazer faz... um bom tempo. Acho que esqueci como é. O que é irônico, eu sei."

Ele assume uma expressão mais pensativa e parece querer se aprofundar no assunto, então mudo o rumo da conversa e pergunto: "De que tipo de música você gosta?".

Depois de um tempo de hesitação, ele responde: "Da maioria dos tipos, acho. Não sou muito exigente. Para ser bem sincero, sou um analfabeto musical".

"Isso quer dizer que... você não consegue diferenciar uma nota da outra?" Como uma musicista profissional que tem um ouvido absoluto, não consigo nem imaginar como deve ser.

"Quer dizer que sou tão desafinado que os meus irmãos mais novos até hoje não cantam as músicas de ninar direito porque quando eles eram pequenos tiveram um professor como eu." Seu sorriso parece envergonhado, e ele se concentra na última garfada de macarrão.

Acho que as pessoas dariam risada ao ouvir essa confissão, mas eu não rio. Imaginar o pequeno Quan cantando totalmente fora do tom para os irmãozinhos enquanto os colocava na cama me provoca um aperto no coração.

"Era você que tomava conta deles?", pergunto.

"Meu pai foi embora quando a gente ainda era bem pequeno, e a minha mãe me falava que era o meu papel ser o homem da casa", ele diz com firmeza enquanto gira a taça de vinho em um gesto distraído. "Mas" — ele olha para mim com um olhar brincalhão e um sorriso malicioso nos cantos da boca — "eu não era nenhum anjo. Me metia em *um monte* de encrencas."

"Por algum motivo, isso não me surpreende", respondo, sem disfarçar o divertimento na voz. "Que tipo de encrenca?"

"As coisas de sempre, matar aula, fazer pegadinhas com a diretora. O professor de jardinagem era bem racista, e a gente achou que ia ser uma boa ideia jogar sal nos canteiros. Olhando pra trás, eu me arrependo.

E tinha as brigas também. O tempo *todinho*. Quase fui expulso por dar um soco na cara de um garoto que deu uma rasteira no meu irmão, no refeitório. O pai dele ia prestar queixa na polícia, mas desistiu depois que a minha mãe me obrigou a pedir desculpas." Ele encolhe os ombros, e por baixo da mesa vejo que está com o punho cerrado, o que realça as letras tatuadas nos dedos. "Mas não me arrependo do soco."

Dando vazão a um desejo que venho tentando conter desde que sentamos para comer, coloco minha mão sobre a dele e passo a ponta dos dedos sobre as tatuagens. Sua pele é quente, mas também áspera. "O que significam essas letras? mvkm?"

Ele abre um sorrisinho, mas seu olhar continua intenso — e só consigo encará-lo em doses homeopáticas. Olho para o outro lado, me volto de novo para ele, e então desvio os olhos outra vez.

"Tem certeza de que você quer saber? Não são os inimigos que eu liquidei nem nada do tipo", ele responde.

"São pessoas?", pergunto.

"São. Minha família, menos o meu pai. M é minha mãe, V é minha irmã, K é meu irmão, Khai, e o outro M é de Michael, meu primo e melhor amigo." Ele abre a mão e vira a palma para cima, entrelaçando os dedos nos meus, num gesto que faz meu coração pular dentro do peito como uma bola de pingue-pongue. "Eu queria o nome deles na minha mão direita, porque são pessoas importantes pra mim."

"Gostei disso", comento, sentido uma pontada de inveja dessas pessoas que nunca conheci. Ninguém nunca quis ter uma lembrança de mim marcada na própria pele.

O sorriso dele se abre ainda mais. Seu olhar se volta para minha boca, se torna mais intenso, e eu fico sem fôlego. Com movimentos lentos, como se estivesse me dando um tempo para recuar, ele se inclina na minha direção e segura meu queixo com a mão livre. Seu polegar roça de leve meu lábio inferior, e o ar escapa dos meus pulmões quando toco a ponta da língua em sua pele e roço de leve com os dentes.

Fico com medo de que tenha sido uma coisa esquisita demais — nunca fiz nada desse tipo antes. Mas no mesmo instante ele elimina a distância entre nós e junta os nossos lábios com força. Sua língua acaricia minha boca, me tomando para si, como se ele quisesse me consumir por inteiro, e meu corpo todo fica mole. *Adoro* o jeito como ele me beija.

Ele recua, ofegante, com os lábios vermelhos, segurando a mesa com uma das mãos. Acho que quase a tombei. "É melhor continuar isso em outro lugar", ele diz com um tom baixo e grave, me fazendo levantar imediatamente.

"O sofá está bem ali. O quarto é depois do corredor", eu digo, sem reconhecer a minha própria voz. Está rouca, sem fôlego, nada familiar para mim.

"O sofá está mais perto." Ele me conduz por alguns passos e então para e me beija de novo, como se não fosse capaz de se segurar, lambendo meu lábio inferior e sugando-o para dentro de sua boca.

Para não me derreter toda e ir parar no chão, eu me agarro ao seu pescoço e pressiono seu corpo contra o meu. Ele é deliciosamente firme, volumoso e forte nas partes em que eu não sou.

Seus braços se fecham em torno de mim, e sinto suas mãos subindo e descendo pelas minhas costas antes de me agarrar pelos quadris e me puxar para mais perto, me deixando na ponta dos pés. Suspiro ao sentir seu beijo e sua ereção nas minhas coxas. Dentro de mim, meu ventre se contrai de puro desejo. Já fiz sexo centenas de vezes, provavelmente, mas nunca *desejei* tanto assim. Não consigo entender por que desta vez está tudo tão diferente.

Minhas costas atingem as almofadas do sofá, e Quan se cola em mim, beijando a minha boca e meu pescoço. "Ainda está firme aqui comigo?", ele pergunta com a boca colada ao meu rosto, e um calafrio desce pela minha espinha.

Não consigo falar, então desço a mão pelo peito dele até encontrar a bainha e puxar a camiseta para cima. Seus olhos encontram os meus por um instante incendiário antes de tirar a camiseta por cima da cabeça e jogar no chão.

Meus pensamentos se desfazem quando toco os músculos de seu abdome com os dedos trêmulos, elevando as palmas até o peitoral largo. Ele está fervendo, seu corpo macio, mas ainda assim duro, masculino. Sinto seu coração bater, seus pulmões subirem e descerem. A visão da minha pele sem marcas contra a densa concentração de desenhos da sua me deixa encantada. São ondas pretas feitas com os detalhes intricados de uma aquarela japonesa, além de um dragão aquático e navios com velas içadas. Passo os dedos pela caligrafia que desce de seu pescoço pela lateral do peito e termina logo abaixo da costela. Quero saber qual é a história escrita ali, mas desconfio que seja uma coisa pessoal demais para ser compartilhada comigo.

Escondido entre as ondas no seu quadril direito, meus dedos encontram... um pequeno polvo, e respiro fundo e olho para ele admirada. "Você tem..."

Ele abre um sorriso. "É dessa tatuagem que você quer falar? No meio de tantas outras?"

"É o mesmo do documentário?"

"Não", ele responde, abrindo um sorriso largo antes de me beijar no pescoço. "Faz um tempão que eu fiz. Gosto do oceano e das criaturas do mar e coisas assim."

"Os pol..." Os lábios dele se afastam, e o calor úmido de sua boca incendeia a minha pele. Só consigo sentir seus lábios, sua língua, seus dentes. Arqueio o corpo para mais perto dele, incapaz de controlar os sons que escapam da minha garganta.

A parte da frente do meu vestido se abre enquanto ele vai beijando as minhas clavículas e se aproxima do meu sutiã. Em vez de se dar ao trabalho de soltar o fecho nas costas, ele o puxa para baixo, expondo os meus seios ao ar frio por um momento antes de abocanhar um mamilo. Todo o meu ser se contrai em resposta — minha barriga, meu ventre, o espaço entre as minhas pernas.

"Você é muito bom nisso", ouço a minha voz dizer, com um tom de evidente surpresa.

Ele tira o mamilo da boca, com um sorriso malicioso nos lábios. Me observando, passa a língua na pontinha enrijecida, esfrega o rosto na lateral do meu seio e dá uma mordidinha, provocando pelo meu corpo uma explosão de sensações, imersas em uma névoa vermelha, antes de me aplacar com a palma da sua mão quente. Beija o trajeto até o outro seio para me provocar, soprando o mamilo, passando a língua de leve, beliscando com os dedos e então o abocanha e me provoca um prazer delicioso.

Eu me agarro a ele, entre suspiros e sons que escapam por entre os dentes enquanto Quan me acaricia com as mãos e a boca. No fim, descubro que sou absolutamente louca por brincadeiras com os seios. Não tinha a menor ideia.

Quando nossos lábios se encontram de novo, eu o beijo com entrega total, enroscando minha língua na dele e o tocando em todos os lugares que minhas mãos conseguem alcançar. Seu peito, seus ombros, suas costas largas, sua cabeça. Mesmo os cabelos raspados provocam uma sensação interessante contra a palma das minhas mãos.

Ele se move contra mim, puxando minha coxa para o lado, e remexe os quadris. Eu o sinto todo duro onde sou macia, e sei para onde isso está indo. A parte boa do sexo está terminando, e a parte não tão boa está começando. Mas eu não ligo. Até agora está sendo o melhor sexo da minha vida.

Fico esperando que ele recue e tire nossa roupa íntima para continuar logo o que falta, mas não é isso o que acontece. Ele continua me beijando, me tocando. Uma das mãos segura meu rosto, inclinando minha cabeça para trás para aprofundar o beijo. Com a outra mão, ele acaricia minha coxa, minha bunda, e aperta.

"Do que você gosta, Anna?", ele murmura.

Quando fico só olhando para ele, completamente perplexa com a pergunta, ele estende a mão entre nós e enfia os dedos sob o elástico da minha calcinha. Prendo a respiração quando a ponta do dedo dele desliza por entre as minhas dobras e me explora com toques lânguidos. Estou molhada, extremamente molhada, o que não é comum. Quando Julian e eu fazemos sexo, é desconfortável para nós dois até meu corpo enfim esquentar e se lubrificar, mas, mesmo quando isso acontece, não é desse jeito.

Quan leva a boca até o meu ouvido e pergunta: "Que tal isso?".

Não sei o que ele quer dizer com *isso*, mas então ele começa a acariciar meu clitóris com lentos movimentos circulares. Isso é... *quase* bom. Muito *perto* de ser bom. Se ele pudesse...

Seus dedos escorregadios se movem diretamente sobre mim enquanto ele mordisca de leve a minha orelha. Um gemido escapa da minha garanta — essa mordida, não sei por que gosto tanto disso, mas é um fato —, e ele continua a mexer os dedos daquele mesmo jeito que, de novo, é *quase* bom. Escondo o rosto em seu pescoço enquanto ele me acaricia. É excitante. Fico mais excitada. Só que não é disso que eu preciso.

"Anna", ele repete, enfiando o dedo só um pouquinho em mim. "Como você gosta de ser tocada?"

Aperto o rosto contra seu pescoço. Quero ser o tipo de mulher que é capaz de dizer para um homem exatamente como gosta de ter seu sexo tocado. Mas não consigo responder. Mesmo se ameaçassem me matar agora, eu não conseguiria. Bem que gostaria. Por que os homens não podem simplesmente *saber*?

Seu dedo se enfia mais fundo em mim, e eu me arqueio na direção da penetração, surpresa ao sentir tão pouca resistência.

"Mais?", ele pergunta, e um segundo dedo vai entrando em mim.

Adoro a sensação de sentir meu corpo se alargando para acomodá-lo. É uma coisa desavergonhada e absurdamente sexy, mas o prazer não demora muito a arrefecer. Quando ele começa a enfiar e tirar os dedos e a curvá-los, me tocando bem lá no fundo, é gostosinho. Mas só isso. Gostosinho.

Me agarrando a ele com força, mas incapaz de olhá-lo, eu murmuro: "Estou pronta agora".

"Pronta pra quê?", ele pergunta.

"Pronta pra você."

11

QUAN

Se ainda tinha alguma dúvida se as coisas estavam ou não em perfeito funcionamento, agora ficou definitivamente esclarecido. Meu pau está tão duro que até dói. E eu estou sentindo a Anna toda macia e apertada, me encharcando, e quero estar dentro dela.

"O que preciso fazer pra você gozar?", pergunto, beijando seus cabelos porque ela escondeu o rosto de mim.

Em vez de responder, ela me aperta com mais força e se aninha ainda mais, despertando sentimentos carinhosos que tomam conta de mim.

"Anna?"

Silêncio. Nesse momento, os primeiros sinais de preocupação começam a surgir na minha mente.

"Você pode falar comigo? Eu fiz alguma coisa errada? Se tiver feito, é só me falar que eu dou um jeito. Quero que isso seja bom pra você." Isso é importante para mim, talvez mais do que no passado.

"A gente não pode... continuar?", ela pergunta sem olhar para mim, passando a mão pelo meu braço e apertando a minha, que está no meio das suas pernas e começando a se remexer, para que os meus dedos entrem mais fundo. Porra, que delícia. "Está gostosinho."

Gostosinho? Eu quero que o sexo comigo seja mais do que *gostosinho*. Tento afastá-la do meu pescoço para poder ver seu rosto. "Isso vai ser..."

Ela cola a boca à minha antes que eu possa terminar a pergunta, e tudo bem se não tiver uma reposta. Eu poderia beijá-la durante horas, só beijar, e mais nada. Sua boca é perfeita, sua língua, seus ruídos ofegantes.

"Não se preocupa comigo", ela murmura entre os beijos. "Isso pra mim já basta, beijar você."

Ela pega no meu pau por cima da calça, esfregando as unhas sobre o jeans, e meu sangue dispara, tudo se contrai, e cada cabelo no meu corpo se arrepia. Chego quase a gozar. Porra, que coisa mais sexy.

Mas então registro as palavras dela no meu cérebro.

Beijar já basta? Ela não tem nenhuma expectativa relacionada ao sexo comigo? Tudo bem se eu só mandar ver como se ela fosse uma boneca inflável ou coisa do tipo?

Como se o sexo comigo fosse um ato de caridade, porque eu não sou mais um homem inteiro.

O zíper se abre e, quando ela enfia a mão lá dentro, não consigo evitar. Fico tenso, me afasto, imponho uma distância entre nós no sofá.

Ela me encara com os olhos arregalados e assustados. Está descabelada, com o vestido aberto, mostrando as coxas e os peitos deliciosos. Essa visão quase me faz ficar de joelhos diante dela. Respiro fundo e passo as mãos no rosto, mas sinto o cheiro dela nos meus dedos melados. Solto um grunhido e largo as mãos ao lado do corpo.

"Anna, eu sinto muito. É que..." Eu balanço a cabeça. Sinceramente, não sei o que dizer.

Ela fecha o vestido e parece se encolher toda. E, com o rosto virado para o outro lado, pergunta: "É isso? Já terminamos?".

"Nós podemos conversar?"

Ela faz uma careta e abre a boca como quem quer dizer alguma coisa, mas as palavras não saem.

Dou um passo na sua direção. Ela está claramente incomodada, e detesto ver isso. Quero melhorar a situação. Minha braguilha está aberta, então fecho o zíper e abotoo tudo de volta antes de sentar na poltrona ao lado do sofá.

"Lembra que eu falei que já faz algum tempo?", pergunto baixinho. Não me sinto bem compartilhando essas coisas sobre mim, mas não suporto a ideia de ser mal interpretado nessa situação.

"Sua cirurgia", ela comenta.

"Pois é." Dou um suspiro tenso. "Muitas vezes eu sinto que... meu corpo não é mais normal. Hoje eu estava esperando provar que ainda... sei lá. Se você não estiver aqui comigo, se não estiver se sentindo à vontade, eu não consigo..." Solto um ruído de frustração. Se fosse possível entrar em detalhes, isso ajudaria, mas não consigo. Não quero que ela me veja como alguém diferente. Não quero que ela pense que sou *inferior* aos outros. "Você entende o que estou falando? Preciso que você esteja tão a fim quanto eu."

Ela franze a testa por um bom tempo antes de responder: "Hã... talvez?".

"Tem alguma coisa que eu poderia ter feito que..."

Ela cobre o rosto com as mãos. "Você pode não fazer isso, por favor? As pessoas não falam sobre essas coisas."

"Falam, sim. *Eu* falo."

"Não falam, não", ela insiste.

Eu inclino a cabeça para o lado, tentando entender. "Como um cara vai saber como tocar você, então? Eu tentei as coisas de sempre, mas não pareceu funcionar com você."

Ela solta um ruído incomodado e se encolhe ainda mais.

Uma desconfiança surge, e eu pergunto: "Você é virgem? Por acaso nunca...".

Ela descobre o rosto e me lança um olhar impaciente. "Eu não sou virgem. Já transei muitas, muitas e *muitas* vezes."

"E você gozou antes? Sabe como é, teve um orgasmo? Tipo... quando o seu corpo..."

Ela esconde o rosto entre as mãos de novo. "Eu sei o que é um orgasmo."

"E já teve um?"

Ela encolhe os joelhos junto ao peito e, depois de um tempo, escuto uma palavra abafada: "Já".

"E aconteceu por acaso? Ou... você sabe fazer acontecer?" Sinto como se estivesse conduzindo um interrogatório, mas continuo mesmo assim.

"Aconteceu sem querer às vezes, durante o sexo, e outras vezes quando eu estava dormindo", ela confessa, e eu levanto as sobrancelhas. Do meu ponto de vista, é um sinal claro de que essa garota não está sendo amada como deve. "Mas eu também", ela limpa a garganta, "sozinha, eu consigo..." Anna leva os dedos à boca, e seu rosto fica vermelho, com uma expressão dolorosamente envergonhada.

Como não consigo suportar seu desconforto, vou para o sofá, para o lado dela, que imediatamente se aninha contra mim, enterrando o rosto no meu pescoço. Eu a envolvo nos braços, e os mesmos sentimentos de antes me invadem: carinho, proteção.

"Não entendo por que tanto constrangimento, eu faço isso o tempo todo", respondo, e o corpo dela se sacode em uma risada. "Tipo todos os dias, ou até mais de uma vez por dia."

"Não é a mesma coisa com as garotas", ela responde, me batendo de leve no peito com um punho fechado.

Eu seguro sua mão e a beijo. "Mas poderia ser."

"Mas não é."

"Eu acho um tesão quando as garotas fazem isso", comento.

Ela dá uma risada de novo, e eu a empurro de leve para poder encará-la.

"É verdade", eu digo, falando bem sério. "Se você não consegue me contar do que gosta, pode me mostrar."

Ela respira fundo, e seu rosto assume um tom ainda mais vermelho. "Eu jamais, nunca, nunca mesmo..."

"Por quê?"

"*Quan*", ela diz, com um tom acusador, como se eu tivesse a obrigação de entender seus motivos.

"Estamos só você e eu aqui. Não tem mais ninguém olhando."

Ela balança a cabeça e desvia o olhar de mim.

"É ok pra você nunca ter uma boa transa, então?" Essa ideia me deixa horrorizado. "E todas as vezes que você transou no passado? Foi sempre meia-boca?"

Ela não responde.

"Anna, seria muito mais fácil se..."

O corpo dela fica tenso, e ela senta direito, com os olhos faiscando. "Não é 'fácil'. Não pra mim. Se fosse, eu já teria feito."

"Desculpa. Eu só pensei que..."

"Acho que nós vamos parar por aqui mesmo", ela diz, com uma convicção na voz que me diz que o assunto está encerrado. O perfil dela no aplicativo deixou claro que seria um lance de uma noite só, essa foi a nossa noite, já que a primeira não contou.

Uma sensação de perda me invade. Não quero que nossa despedida seja assim. Não consegui o que queria, e acho que ela também não, pelo menos não se o que queria era transar com alguém para esquecer o ex. Mas realmente chegamos a um impasse. Queremos coisas que o outro não é capaz de oferecer.

Eu levanto e pego a camiseta do chão. Enquanto visto, percebo os olhos dela sobre mim. Ela está gostando do que vê. Já é alguma coisa, por mais superficial que seja. Com a pessoa certa, acho que ela vai se abrir, e vai ser um puta momento glorioso. Mas essa pessoa não sou eu.

"Obrigado por esta noite", digo quando chego à porta. "Sei que no final ficou meio estranho, mas eu gostei muito."

Ela me acompanha até a entrada. "Eu também. Obrigada... por ter sido você mesmo."

Me parece que o melhor a fazer é me despedir dela com um abraço. Quando a pego nos braços, sinto que tudo se *encaixa*. É como se o lugar dela fosse aqui. Eu não tinha a intenção de beijá-la. Simplesmente aconteceu. E ela retribui o beijo. Em determinado momento nós hesitamos, sem saber direito o que estamos fazendo, mas nossos lábios se encontram de novo. Não sei quem tomou a iniciativa, ela ou eu, talvez os dois ao mesmo tempo, mas eu a beijo como se fosse a última vez. Porque é.

Quando enfim nos afastamos, os olhos dela estão brilhando, e a boca, bem vermelha. Passo o polegar em seu lábio inferior inchado, incapaz de suportar a ideia de que é a última vez que vou poder fazer isso.

Sem parar para pensar, eu pergunto: "E se a gente tentasse de novo?".

Ela pisca algumas vezes, franzindo a testa. "Você acha que finalmente vamos ter a nossa transa de uma noite e nada mais, se tentarmos de novo?".

Eu solto uma risadinha silenciosa. "A terceira vez é infalível."

"Mas você... eu... nós..."

"Acho que nós dois precisamos resolver umas coisas. Por que não tentar fazer isso juntos?" Eu prendo a respiração enquanto espero pela resposta.

Ela se concentra em contornar a estampa da MLA na minha camiseta com a ponta do dedo enquanto diz: "Acho que não consigo fazer... essas coisas que você queria".

"De repente podemos encontrar outro caminho, um meio-termo."

"Alguma ideia?", ela pergunta.

"Ainda não", admito. A ideia de transar com ela só deitada ali parada, torcendo para acabar logo, deixa um gosto amargo na minha boca. Mas deve ter outro jeito, podemos encontrar alguma solução. Não devemos ser as únicas pessoas no mundo com esse tipo de problema.

"Tá bom", ela diz, alinhando os ombros com uma expressão determinada nos olhos. "Vamos tentar mais uma vez."

Eu nem tento esconder o sorriso. "Tá bom."

"No fim de semana que vem?", ela sugere.

"Pode ser."

"Estamos sendo totalmente ridículos?"

"Talvez", eu respondo com uma risada.

Ela ri também e, por um momento, ficamos ali abraçados, só olhando um para o outro.

Depois de um tempo, eu me afasto. "Vou embora, mas vamos trocar mensagens e resolver tudo na semana que vem."

"Claro." Ela sorri para mim. "Tchau, Quan."

Com um último beijo em sua boca, eu digo: "Tchau, Anna".

Em seguida vou embora, e ela fecha a porta atrás de mim. Enquanto volto para o carro, penso em diferentes maneiras de tentarmos lidar com nossos problemas de intimidade. Nenhuma me parece boa, mas acho que vamos conseguir chegar lá.

12

ANNA

"Como você está, Anna?", Jennifer Aniston pergunta. Hoje ela está usando um vestido larguinho com uma estampa asteca e sandálias de couro com tiras que prendem os dedões do pé e os tornozelos.

A resposta de sempre escapa dos meus lábios. "Na mesma." Mas então fico hesitante. "Bom, não exatamente." Muita coisa aconteceu nas semanas depois da última consulta.

Os olhos dela se acendem de interesse. "Como assim?"

"Meu namorado decidiu que queria um relacionamento aberto."

Ela abre a boca para responder, mas demora alguns segundos para falar. "Isso não é pouca coisa."

"Pois é." Abro um sorriso constrangido e olho para as minhas mãos, que estão entrelaçadas no colo, como de costume.

"Como você se sente sobre isso?", ela pergunta.

Fico hesitante em responder, observando seu rosto enquanto tento descobrir qual é a opinião dela a esse respeito.

"O que importa é como *você* se sente, Anna", ela diz com um tom gentil. "Não eu. O que eu penso sobre isso não é relevante."

Expulso o ar pela boca, numa longa expiração. "Você fala isso, mas você não é como um desconhecido com quem posso ficar por uma noite e nada mais. É alguém que vou ver com frequência no futuro próximo. Se não gostar de mim, isso dificulta um bocado as coisas."

"Ora, eu gosto de você", ela diz com um sorriso educado, mas que revela seu divertimento. "E não tenho a mínima intenção de julgar você, só de ajudar. Então me conte o que aconteceu. Você está em um relacionamento aberto agora? E, já que mencionou isso, pode me dizer se teve um encontro de uma noite com algum desconhecido?"

"Nós estamos, *sim*, em um relacionamento aberto", respondo. "Com certeza ele está saindo com outras pessoas."

Os cantos da boca dela se voltam para baixo, e seus olhos se tornam mais sérios. "Isso deve ser difícil de aceitar."

"Foi mesmo. Mas logo em seguida marquei um encontro com outro cara num aplicativo." Corrijo minha postura no sofá, tentando parecer ousada e indiferente, mas meus músculos se enrijecem e me preparo para receber a condenação dela.

"Eu faria a mesma coisa se estivesse no seu lugar", ela comenta. "E como foi o encontro?"

Com a aceitação imediata e casual da minha tentativa de sexo por vingança, o nó no meu estômago se alivia um pouco. Mesmo assim, é difícil descrever o tempo que passei com Quan. Ele está nos meus pensamentos o tempo todo, o que nós fizemos — e deixamos de fazer —, e por isso estou inquieta e distraída a semana toda. Hoje de manhã, esqueci que tinha dormido com as lentes de contato e pus outro par por cima. Passei uma hora pensando que estava ficando cega antes de me dar conta do que tinha feito.

"Não fui um sucesso", digo por fim. "Nós dois não... sabe como é."

Jennifer me lança um olhar compreensivo. "Isso acontece. Mas é a melhor parte de um encontro de uma noite só. Se as coisas não saírem bem, você esquece e segue em frente com a sua vida."

Eu assinto com a cabeça. "Era isso que eu pretendia. Pensei muito sobre o que você falou da última vez sobre mascaramento, agradar as pessoas e me preocupar demais com o que os outros pensam. Esperava poder usar esse encontro para fazer um experimento."

"É uma ideia interessante. Deu certo?", Jennifer pergunta.

"Mais ou menos, só que fiquei tão nervosa a maior parte do tempo que nem consegui pensar direito. E aí, no final, foi..." Eu balanço a cabeça de um lado para o outro. "As pessoas são... difíceis *demais* de entender. Às vezes, quando penso por um bom tempo sobre as coisas e faço um esforço, até consigo. Mas tem horas que é impossível, por mais que eu tente."

"Eu queria conversar com você sobre isso, na verdade", Jennifer comenta, com uma expressão no rosto que nunca vi antes. E não consigo decifrar.

Ela se levanta e vai até a escrivaninha do outro lado da sala para remexer numa das gavetas enormes, de onde tira uma pasta grossa de papel pardo, que me entrega antes de voltar a se sentar na poltrona à minha frente.

"É pra você", ela diz. "Dá uma olhada."

Me sentindo meio esquisita, eu abro a pasta. Tem um livro em cima de uma pilha de papéis impressos e presos com vários grampos e um clipe de papel grande. Passo os dedos pelo título do livro, *Aspergirls*, e lanço um olhar questionador para ela.

"Recomendo que você leia no seu tempo livre", Jennifer diz. "Não é uma fonte que esclarece tudo, longe disso, mas acho que algumas partes vão fazer sentido pra você."

"Tudo bem. Eu vou ler", respondo, apesar de não entender ao certo *por que* ela quer que eu leia isso. Bom, só existe uma razão óbvia, que eu descarto imediatamente. Deve ter algum outro motivo.

Como estou curiosa, deixo o livro de lado e vejo os papéis impressos. Com letras garrafais, a primeira folha diz "Entendendo o seu autismo". Várias frases e itens estão sublinhados em amarelo, mas, quando leio, não entendo o que isso significa. Só consigo pensar no título.

"Com base no que você me falou sobre o seu problema atual e a sua infância, e no que vi nos últimos meses de terapia, minha opinião é que você está no espectro do autismo, Anna", Jennifer me informa.

De repente, é como se todo o ar tivesse sido sugado do consultório. Um zumbido alto ecoa nos meus ouvidos. Meus pensamentos se concentram nessas palavras — *espectro do autismo*. Ela continua falando, mas meu cérebro está abalado demais para compreender tudo. Só consigo captar algumas partes.

Dificuldade de socialização.
Necessidade de rotina.
Movimentos repetitivos.
Problemas sensoriais.
Interesses obsessivos.
Colapsos emocionais.

Percebo que ela está explicando o autismo. Estranhamente, parece que está *me* descrevendo também, mas isso é impossível.

"Eu não posso ser autista", interrompo. "Detesto matemática. Não tenho memória fotográfica. Tenho vida social. Amigas, namorado, até as amigas da minha mãe gostam de mim. Não sou como o Sheldon de *The Big Bang Theory* ou... ou... como aquele irmão do *Rain Man*."

"Esses não são critérios diagnósticos válidos. São estereótipos e percepções equivocadas. E acredito que sua vida social é fruto de um grande esforço de mascaramento da sua parte. É bem comum que mulheres com autismo de alta funcionalidade demorem a ser diagnosticadas porque 'passam batidas', mas isso não é saudável. Minha preocupação é que você esteja a caminho do *burnout* autista — se é que já não chegou lá", Jennifer diz com uma expressão preocupada.

Fico sem resposta. Esse comentário me deixou literalmente sem palavras.

Nós ainda conseguimos continuar até o fim da sessão, mas, quando saio do prédio, não lembro de muita coisa. Aperto os olhos contra a luminosidade intensa do céu. É o mesmo céu que sempre esteve sobre a minha cabeça, mas parece diferente agora. Tudo parece diferente. O sol, o vento nas árvores, a calçada sob os meus pés.

Tem um banco verde ali perto. Passei por aqui durante meses e nunca parei para me sentar. Mas me sento agora, abro o livro que Jennifer me deu e leio. O tempo passa. As nuvens cobrem o sol, me deixando temporariamente no escuro antes de seguirem adiante. Página por página, leio sobre outras mulheres, suas experiências, suas dificuldades, seus pontos fortes. É como se eu estivesse lendo sobre mim mesma — copiar os outros para ser aceita; não conseguir entender as pessoas, mas fingir que sim; esconder-se debaixo da mesa em festas e eventos sociais estressantes, para vergonha dos meus pais; criar uma estrutura rígida para os meus dias de modo a me manter funcional; não conseguir me concentrar em nada que não seja do meu interesse, e o foco total nas coisas que me atraem; e até bater os dentes, como estou fazendo agora. Isso se chama estereotipia. E é o que estou fazendo em plena luz do dia. Como fiz a vida inteira.

Assim como as mulheres do livro, sempre me pareceu que tinha muita coisa "errada" em mim, um monte de coisas para mudar, extinguir, esconder — mascarar. Foi um esforço doloroso, e muitas vezes exaustivo, mas que foi recompensado com a aprovação da minha família e com a manutenção de amizades e de um relacionamento. Com tudo o que mudei em mim mesma, ganhei um senso de pertencimento.

Mas talvez eu pudesse encontrar essa mesma sensação sem fazer nada disso. Só que com um grupo diferente de pessoas.

Eu fiz todo esse esforço. Sofri com toda a confusão e toda a dor que isso me provocou. E talvez não fosse necessário. Talvez, com a orientação correta, eu pudesse ter sido aceita do jeito que eu sou.

Quando termino de ler as partes mais importantes do livro e tudo o mais dentro da pasta, o sol está se pondo. Antes, essa era a minha hora predileta do dia para tocar violino, porque parece que tem uma magia pairando no ar. Claro que sei que não é magia nenhuma, só a luz batendo em determinado ângulo à medida que o sol vai descendo para o horizonte, mas sem dúvida acrescenta um aspecto indefinível à gravidade desse momento.

Vou andando para casa em uma espécie de transe. Só quando as pessoas com quem cruzo começam a olhar mais fixamente para mim é que percebo que estou chorando.

Não tento parar.

Deixo as lágrimas caírem.

Choro pela menina que eu fui.

Choro por mim.

É uma experiência estranha. Não costumo me permitir sentir pena de mim mesma. Só que não parece uma questão de pena, e sim de *compaixão*, e perceber isso me faz chorar ainda mais.

Ninguém deveria precisar de um diagnóstico para ter autocompaixão.

Mas no meu caso foi assim. A criação que recebi da minha família não deixava espaço para fraqueza, e esse tipo de amor exigente foi o único que tive na vida. Talvez agora, pelo menos uma vez, eu possa experimentar outro tipo de amor. Mais gentil e compreensivo.

Choro até os músculos doerem, então choro mais um pouco, como se estivesse derramando lágrimas por uma tristeza futura. As pessoas ficam olhando, e murmuram coisas entre si. Uma menininha aponta para mim e pergunta o que eu tenho, e a mulher pega a criança no colo e se afasta com passos apressados.

Eu percebo, mas, pela primeira vez na minha vida adulta, não me importo se estou dando vexame. Não posso mais sofrer por isso. Nem ter vergonha. Nem sentir que devo satisfações a alguém.

Essa sou eu.

13

QUAN

Assim que encerro a ligação com o departamento de aquisições da LVMH, recosto na cadeira e fico olhando para Michael, que está sentado do outro lado da minha mesa. Nós dois ficamos em silêncio por um tempo. A expressão atordoada no rosto dele diz tudo. Tenho certeza de que estou com essa mesma cara.

"Isso aconteceu mesmo?", ele pergunta, quebrando o silêncio.

Abro meu e-mail no notebook e, quando encontro o que estou procurando, viro a tela para Michael. "Acho que sim. Olha só, os advogados dela já estão em contato com os nossos para dar prosseguimento à aquisição. Se prepara, porque você vai receber cópias de todos os trâmites."

"Nossa marca pode mesmo ficar famosa?"

Uma risada surpresa escapa da minha garganta. "Acho que sim, né? Só que a gente pode não gostar da oferta e das condições deles. E eles também podem mudar de ideia do nada. Essas empresas dão pra trás o tempo todo."

Ele assente, mas também afunda na cadeira e esfrega o rosto como se não acreditasse no que está acontecendo. Depois de um instante, pisca algumas vezes e declara: "Precisamos comemorar".

Abro um sorriso. "Eu topo."

"Amanhã à noite", ele acrescenta.

"Eu tenho um compromisso", aviso, mas, antes que ele possa sugerir outro dia, complemento: "Mas vou desmarcar. Já queria desmarcar, inclusive".

Ele me lança um olhar cheio de curiosidade. "É algum lance... com *ela*?"

"É." Procuro manter o tom mais casual possível enquanto arrumo minha mesa, empilhando os papéis com os demonstrativos financeiros. "As coisas não foram tão bem da última vez, então decidimos tentar de novo."

Michael recosta um cotovelo no apoio de braço da cadeira e o queixo sobre a mão enquanto me encara. "Como assim, 'não foram tão bem'?"

"Eu não dormi com ela. Nós fizemos algumas coisas, e foi bom. Mas nós dois temos as nossas encanações, e estamos tentando resolver isso", respondo com um tom de leveza, como se não tivesse passado a semana toda pensando nela, me masturbando sempre que podia enquanto fantasiava que estávamos juntos.

Michael levanta as sobrancelhas e pergunta: "Vocês já tentaram quantas vezes?".

"Só duas", eu digo.

"E quando a coisa começa a virar um relacionamento? Depois de três encontros? Quatro?"

"Começa a virar um relacionamento quando nós *definimos* que estamos namorando. E nós não estamos", eu digo.

Ele se inclina para a frente na cadeira como um cão de caça que farejou uma presa. "Por que você quer remarcar?"

Dou de ombros e guardo os papéis em seu devido lugar, na gaveta da escrivaninha. Em geral, sou meio bagunceiro — quando fiz uma faxina no apartamento na semana passada, vi que a louça estava criando bolor, o que é um novo patamar de sujeira, mesmo para mim —, mas no trabalho sou organizadíssimo. Mantenho os arquivos em ordem alfabética, e as pastas separadas por cores. No fim do dia a caixa de entrada do meu e-mail não tem nenhuma mensagem não lida. Todos os pagamentos são feitos rigorosamente na data combinada.

"É porque você não quer que esse lance acabe?", Michael questiona. "Está enrolando?"

Eu não respondo. Porque é uma coisa complicada. É verdade que Anna e eu trocamos mensagens a semana toda, fazendo comentários aleatórios, compartilhando notícias engraçadas, vídeos de animais fofinhos, coisas desse tipo. Conversar com ela preenche uma lacuna na minha vida que eu nem sabia que estava lá, e seria triste se isso acabasse.

Mas também estou apreensivo. Acho que sei o que preciso fazer da próxima vez que estivermos juntos, e começo a transpirar só de pensar a respeito.

"Vou perguntar já pra ela se podemos remarcar, pra não esquecer de fazer isso depois", respondo, pegando o celular e digitando a mensagem: *Ei, a gente pode ser ver no domingo à noite, em vez de amanhã?*

"Então digamos que vocês saiam juntos de noite e finalmente transem. E aí? A coisa acaba? Vocês nunca mais vão se falar?", ele pergunta.

"Geralmente é o que acontece no caso de uma transa casual", eu respondo, apesar de não gostar da ideia.

Michael recomeça a falar, mas o meu celular vibra com a chegada de uma mensagem de Anna. *Sem problemas.*

Isso é tudo o que ela diz. Sem emojis, sem comentários engraçadinhos. Tem alguma coisa errada.

Está tudo bem? Podemos manter o plano original se for melhor pra você, eu aviso.

Está tudo bem, ela responde e, de novo, sem acrescentar mais nada. Isso não é a cara dela.

"Preciso ligar rapidinho pra ela", anuncio, e Michael franze a testa enquanto me vê digitar o número e levar o celular ao ouvido.

O celular chama tantas vezes que imagino que a ligação vai cair na caixa de mensagens, mas então ela finalmente atende. "Alô?" Sua voz está diferente, de um jeito que me deixa preocupado.

"Está tudo bem mesmo? Se quiser manter os planos pra amanhã, tudo bem. Ou então podemos cancelar ou deixar para outra hora. O que você..."

"Não, domingo está ótimo. Eu estou bem", ela responde, mas sua voz fica embargada no meio da última palavra.

Ela está chorando.

Isso me atinge como uma facada no peito e, quando me dou conta, já estou abrindo a gaveta e colocando a carteira, as chaves e o restante das coisas nos bolsos.

"Onde você está?", pergunto. Escuto um barulho de fundo. Com certeza ela está na rua.

"Indo pra casa", ela responde.

"A pé?"

"Por que você... Ah. Não precisa vir me ver. É muita gentileza sua, mas estou bem." Ela dá um suspiro trêmulo e bem longo. "Já estou vendo meu prédio. Vou estar em casa em dois minutinhos."

"Eu chego aí daqui a pouco."

"Quan..."

Eu desligo antes que ela termine o que ia dizer.

Levantando da cadeira, Michael pergunta: "O que está acontecendo?".

"Ela está chorando. Preciso ir ver o que está acontecendo."

Ele assente com a cabeça, bem sério. Em assuntos desse tipo, nós dois pensamos exatamente do mesmo jeito.

Enquanto estou saindo, detenho o passo para avisar: "Eu aviso você sobre amanhã. Pode ser que a comemoração tenha que ficar para outro dia".

"Não esquenta com isso. Vai lá ver a sua garota." Ele me dá um apertão no ombro, eu me despeço com um aceno de cabeça.

Enquanto estou indo pegar minha Ducati, porém, me dou conta do que ele acabou de dizer. *Sua garota*.

Anna não é minha garota.

Mas sou obrigado a admitir que gosto da ideia. E bastante.

Quando chego ao prédio dela, consigo aproveitar a porta aberta de alguém saindo e subo correndo três andares de escada até o apartamento de Anna. Nem paro para recuperar o fôlego antes de bater na porta.

Ela abre, e sinto um desconforto me invadir. Seus olhos estão vermelhos e inchados. Seu rosto também. Ela está péssima. Mas pelo menos conseguiu chegar inteira em casa.

"Como você chegou rápido", ela comenta, olhando para trás de mim como se esperasse ver um mecanismo de teletransporte ou coisa do tipo. "Não precisava..."

Eu a abraço com força, murmurando: "Precisava, *sim*".

De início ela fica tensa, mas pouco a pouco vai relaxando nos meus braços, com um suspiro longo e trêmulo. Quando apoia a testa no meu pescoço, tudo o que parecia em desarranjo volta ao seu devido lugar.

"Qual é o problema? O que aconteceu?", eu pergunto.

Ela fica sem reação por um bom tempo antes de balançar a cabeça, sem dizer nada, e sinto até um frio na barriga. É óbvio que está acontecendo *alguma coisa*. E que ela não confia em mim a ponto de me contar, o que é uma merda. Mas falo a mim mesmo que tudo bem. O lance entre nós não é exatamente *sério*. Só que a decepção permanece. Quero ser alguém com quem ela sinta que pode se abrir. Com as outras pessoas, é assim — ou pelo menos era, até passarem a me ver como alguém fragilizado.

Depois de ficar parado com ela diante da porta por vários minutos, eu a conduzo até o sofá e nós sentamos. Não sei o que fazer, então simplesmente a abraço, passando as mãos nas suas costas.

Quando tenho quase certeza de que ela pegou no sono, Anna murmura: "Eu não tenho energia suficiente para uma terceira tentativa hoje".

"Não estou aqui pra transar com você", respondo com firmeza. Que tipo de babaca ela pensa que eu sou?

Ela vira a cabeça e me olha. "Então hoje não conta?"

"Não."

Um sorrisinho aparece nos lábios dela. "Obrigada. Por ter vindo."

"Fiquei preocupado."

Com um suspiro, ela fecha os olhos. "Tive terapia hoje."

"E ajudou?", pergunto, na esperança de que ela me conte mais.

Seu peito se expande com uma respiração profunda, e então desaba de novo. "Não sei. É uma coisa complicada e..." Ela franze a testa de leve. "É difícil conversar quando estou me sentindo tão cansada. Só de começar a falar eu já..." Anna levanta a mão, que em seguida cai sobre seu colo, explicando o que ela quer dizer.

"Você pode me contar mais tarde. Se quiser."

Ela assente, e eu a abraço com mais força à medida que o céu escurece e a noite cai, deixando a sala de estar do apartamento na penumbra. Não estou exatamente confortável. Ainda não tirei minha jaqueta e, apesar de o tecido sintético ser ótimo para o caso de uma queda, não é o tipo de roupa adequada para relaxar. Mas estou gostando de senti-la assim contra mim. Isso satisfaz uma necessidade que eu nem sabia que tinha. Fico curtindo o momento até meus músculos começarem a doer por ficar tanto tempo na mesma posição. Quando não aguento mais, estendo um dos braços, e a cabeça dela escorrega um pouco no meu peito.

Ela dormiu.

Aposto a minha Ducati que ela não é de pegar no sono ao lado de qualquer um. Mas fez isso comigo. O que não é pouca coisa.

14

ANNA

A primeira coisa que vejo quando abro os olhos é Quan — ele está deitado de lado, virado para mim, em sono profundo. É uma visão tão inesperada que o meu coração dispara, e olho ao redor em pânico, tentando entender o que está acontecendo. É a minha cama, o meu quarto. Não fechei as persianas na noite passada, então tudo está envolvido por uma luminosidade fraca e cinzenta, aquela que chega pouco antes do nascer do sol. Não costumo acordar a essa hora. Só quando estou em viagem ou acabo pegando no sono cedo demais sem querer.

As lembranças de ontem surgem na minha mente. Minha prática (fracassada) de sempre, a sessão com Jennifer, *a notícia*, o livro, o choro em público, a preocupação de Quan comigo...

Tenho uma lembrança vaga de ter sido carregada por ele do sofá para a cama na noite anterior e... levo a mão à boca imediatamente. *Fui eu que pedi pra ele ficar.* Isso explica sua presença aqui, deitado em cima das minhas cobertas, parecendo estar com frio. Eu me sento na cama e o cubro com cuidado.

Por um tempo, fico sentada aqui, com medo de me mexer para não acordá-lo. O que as mulheres fazem quando dão de cara com desconhecidos em sua cama? Assim que esse pensamento surge na minha cabeça, sinto minha testa se franzir. Desconhecido não me parece a palavra certa para me referir a Quan. Mas ele também não é a *minha transa casual* — ainda não. E definitivamente não pode ser descrito como meu *amante*. Um *conhecido* parece sugerir uma relação distante demais. Nós conversamos bastante, ele me ouviu, riu comigo, me viu nos meus piores momentos, me abraçou quando eu estava chorando. E ficou aqui porque eu pedi.

Acho que... ele pode ser considerado meu amigo.

É uma conclusão um tanto incômoda, e informação demais para processar a esta hora da manhã, então pego meu celular, que está carregando sobre a mesinha de cabeceira — Quan deve ter feito isso para mim — e me afasto sorrateiramente dele.

Enquanto escovo os dentes fazendo o mínimo de barulho possível, vou olhando as cento e poucas mensagens não lidas. A maioria é de Rose e Suzie. Elas estão discutindo sobre o novo prodígio do violino, de doze anos, que acabou de aparecer na cena da música clássica. Por um tempo, depois que fiquei famosa na internet por acidente, era de *mim* que todo mundo falava. Mas essa época já passou.

Eu pertenço ao passado.

Na verdade, nunca quis estar sob os holofotes daquele jeito, mas acho que experimento uma sensação de perda mesmo assim. É triste ser descartada. Mas sei que é essa a natureza das novidades. Preciso seguir adiante igual todo mundo que deixou de ser novidade e tenho que encontrar um sentido para a vida da maneira que for possível.

Depois de me atualizar sobre a conversa de Rose e Suzie no grupo, vejo uma mensagem não lida da minha irmã, Priscilla: *Como você está?* Ela pede notícias minhas uma vez por mês. Caso contrário, a gente nunca conversaria, porque eu acabo me perdendo na minha rotina.

Digito minha resposta (que é sempre a mesma) com a mão esquerda: *Bem, e você?*

Ela mora na Costa Leste, então a chance de já estar acordada é bem alta. Não fico surpresa quando meu celular começa a vibrar com a ligação.

Enxáguo a boca às pressas e procuro um lugar no apartamento onde posso conversar. Nenhum me parece apropriado, então visto meu roupão horroroso e saio para a varanda, tão raramente usada. Está bem frio aqui fora, principalmente porque estou descalça e tem sereno acumulado no chão. Fecho o roupão com mais força.

Depois de esperar um tempinho até me recompor, eu atendo: "Oi, Priscilla *je*". O *je* eu acrescento porque significa "irmã mais velha". Uma vez, quando era pequena, eu a chamei apenas de Priscilla, e ela me obrigou a ficar ajoelhada no banheiro de braços cruzados por duas horas. É quinze anos mais velha que eu, então podia fazer coisas assim comigo.

Como os meus pais estavam sempre ocupados com o trabalho, também foi ela que me buscou na diretoria quando comecei a chorar descontroladamente e me recusei a entrar no ônibus escolar para voltar para casa depois do meu primeiro dia de jardim de infância. No Halloween, era ela que me levava para pedir doces. Era ela que organizava minhas festas de aniversário.

"Oi, Mui mui. Acordou cedo hoje", ela comenta. Pelo ritmo de suas palavras, percebo que está andando apressada para algum lugar. (Ela não gosta de andar em velocidades normais. Acho que nem sabe fazer isso.) "São o quê, seis da manhã no seu fuso horário?"

"Peguei no sono bem cedo ontem à noite. Devo ter dormido umas doze horas seguidas", respondo enquanto faço as contas na minha cabeça.

Ela dá risada, um som gostoso e suave, quase musical. "Eu queria ter a sua vida."

"Não queria, não."

"Enfim, pelo menos você não trabalha oitenta horas por semana. Eu não tenho mais idade pra isso", ela comenta.

"Você não está velha, e pensei que adorasse o seu trabalho." Ano após ano, ela ganha bônus polpudos da empresa de consultoria onde trabalha, e minha mãe adora se gabar disso para as amigas.

Ela solta um risinho de deboche. "Tudo acaba ficando cansativo depois de um tempo, mas já chega de falar de mim. E o Julian, como está? O que vocês dois andam aprontando?"

"Ele parece estar ótimo", respondo. "Mas nós não andamos fazendo muita coisa, não. Pelo menos não juntos."

"Como assim?", ela pergunta, desconfiada.

Chego até a pensar em mentir, mas não faz sentido. "Ele disse que quer sair com outras pessoas por um tempo."

"O *quê?*"

"Ele está saindo com outras mulheres", explico, já que ela não parece ter entendido da primeira vez. "Quer ver o que está perdendo antes de assumir um compromisso, porque não quer ter nenhum arrependimento."

"Ai, meu Deus, eu não sei nem o que..." Ela faz uma longa pausa antes de perguntar: "Desde quando?".

"Mais ou menos um mês."

"Um mês? E você nem *pensou* em me contar?", ela quase berra.

Tem alguém passando com um cachorro pela calçada, então me viro para a minhas portas francesas e murmuro: "Desculpa".

"E antes de isso acontecer você... fez alguma coisa esquisita?", ela questiona.

Meus ombros desabam, e fico olhando para o céu cada vez mais claro. Foi por isso que não contei antes. Eu sabia que ela ia achar que tinha sido culpa minha.

Será que *foi* culpa minha?

"Não que eu saiba", respondo.

"Você está numa das suas fases de preguiça?", ela pergunta.

Faço uma careta ao ouvir essa palavra. "Não, nada disso. Eu..." Mas a minha voz falha quando me lembro das semanas seguintes à minha volta da turnê. Eu mal saí da cama durante vários dias — mas não por "preguiça". Meu cérebro simplesmente parou de funcionar. Depois de passar meses agitados, tocando diante de plateias enormes, interagindo com inúmeros maestros, músicos e gente da imprensa, depois de ficar *funcional* por tanto tempo, eu apaguei. Lembro de abrir a geladeira, olhar para a comida e me sentir incapaz de tomar as providências necessárias para fazer com que chegasse ao meu estômago. Por vários dias, só me alimentei de Cheetos. Não me sentia mentalmente capacitada para cozinhar, muito menos para sair com Julian, contrair os músculos do meu rosto para fazer as expressões apropriadas, dizer as coisas que os amigos dele querem ouvir, fazer os boquetes que ele tanto adora. Durante semanas, quando Julian me chamava para fazer alguma coisa, eu inventava algum pretexto.

Talvez eu o tenha mesmo afastado, no fim das contas.

Priscilla dá um suspiro tão forte que dá pra ouvir na ligação. "Ah, Anna, o que eu faço com você?"

Sei que é uma pergunta retórica, mas me sinto tentada a responder mesmo assim: *Nada*. Não quero nem espero que ela resolva os meus problemas. Mas não digo nada. Ela se irrita comigo quando "dou uma de abusada", que é o que minha irmã diz quando discordo dela ou expresso frustração, raiva ou alguma emoção que a deixa contrariada.

"Todo mundo achava que ele era o cara certo pra você", ela diz com mais um suspiro.

"Sinto muito. Eu sei que você gostava muito dele." Foi ela que me apresentou Julian, quando ele era estagiário na empresa onde ela trabalhava. Nas reuniões familiares e coisas do tipo, Julian e Priscilla geralmente sentavam juntos e ficavam conversando sobre o mercado de ações, e eu adorava saber que meu namorado e minha irmã eram amigos.

"Nem pense em me dizer que você começou a sair com ele por *minha* causa", ela se apressa em falar.

Eu quase dou risada. Foi exatamente por isso que comecei a sair com ele. Priscilla é minha irmã mais velha — inteligente, bonita, extremamente bem-sucedida, a pessoa que mais respeito no mundo. Em vários sentidos, ela é uma figura materna para mim mais importante que a minha mãe. Desde que me entendo por gente, sempre fiz de tudo para ter sua aprovação, e Julian com certeza conta com a aprovação de Priscilla, além da dos meus pais.

Não sei o que responder, então me limito a dizer: "Ok".

"Não venha dar uma de abusada pra cima de mim, não, Anna", ela esbraveja. "Ele fez você sair mais, ser mais sociável, não ficar só socada no seu apartamento com a sua música. Você estava sorrindo e rindo mais. Estava *feliz*."

"Sorrisos e risos nem sempre significam felicidade."

"Eu sei quando você está feliz", ela retruca, cheia de convicção.

Eu balanço a cabeça fazendo que não. Não existe a menor possibilidade de minha irmã saber quando eu estou feliz, sendo que as coisas que eu falo e faço quando estamos juntas são planejadas para fazer com que *ela* fique feliz.

"Comecei a fazer terapia", conto, surpreendendo até a mim mesma com essa revelação. É uma coisa que eu vinha escondendo intencionalmente, por medo, mas aconteceu tanta coisa desde então. Acho que agora eu quero que ela saiba.

"Ah. Uau. Ok", ela responde. Eu a deixei sem saber o que dizer — algo raro para alguém com as habilidades sociais de Priscilla.

Levo a mão ao peito e prendo a respiração enquanto espero o que ela vai dizer a seguir.

"A mamãe e o papai sabem disso?", minha irmã pergunta.

Eu solto uma risadinha. "Não."

"Provavelmente é melhor assim." Ela limpa a garganta e então pergunta. "E de onde veio essa indicação para a terapia?"

"Fiz uma busca na internet com as palavras 'terapeuta' e 'local' e escolhi o nome que me soava melhor."

Ela solta um ruído do outro lado da linha — não chega nem a ser uma palavra, mas sei que é de desaprovação. Em seguida, pergunta: "Foi por causa do Julian?".

"Não, não foi por causa do Julian. Foi antes de ele... de nós... enfim, foi antes disso", respondo, constrangida. "Estou tendo problemas com a minha música. Desde a turnê e daquele vídeo no YouTube e tudo mais."

"Você poderia ter falado *comigo* em vez de uma pessoa aleatória que encontrou na internet", Priscilla diz com um tom de frustração. "Eu sou da *família*. Estou sempre do seu lado. É por causa da pressão, né? Bom, a pressão faz parte da vida. Eu posso falar com você sobre isso."

Fecho os olhos com força e me seguro para não soltar um grunhido. Já sei o que vem a seguir.

"É só saber priorizar, pensar em tudo passo a passo, elaborar uma lista de tarefas e resolver uma coisa por vez. Eu faço isso todos os dias", ela diz.

Eu me perco nos meus pensamentos enquanto ela me conta sobre a satisfação que sente quando cumpre cada item da sua lista de afazeres e me dá uma palestra sobre como fazer apresentações diante de executivos e presidentes de grandes empresas. Já ouvi tudo isso antes. Não me ajuda em nada. Minhas tendências compulsivas são fortes demais.

A porta da varanda se abre um pouco, e Quan mostra a minha escova elétrica com um olhar de interrogação no rosto.

Cubro o celular e digo: "Eu tenho umas cabeças extras para essa escova. Pode pegar uma. E também pode ficar à vontade para dormir até mais tarde. Você parece bem cansado".

Ele abre um sorriso envergonhado e esfrega a cabeça. "Valeu, mas tenho um compromisso agora de manhã. Eu só vou..." Ele aponta para o banheiro e entra de volta.

Um sentimento de culpa me invade. Não gosto da ideia de que ele tenha dormido pouco por minha causa.

"Pensei que tivesse me dito que você e Julian estavam dando um tempo", Priscilla comenta, interrompendo meus pensamentos. "Mas ele está aí no seu apartamento? Como assim?"

Ela não está aqui para ver, mas eu abaixo a cabeça de vergonha mesmo assim. "Hã, não era o Julian."

"Fala sério", ela retruca. "Você está saindo com outro?"

Demoro um tempo para responder. As coisas entre Quan e eu não são tão fáceis de explicar, já que eu mesma não entendo direito. "Achei que, como ele ia sair com outras pessoas, eu também podia."

"Ah, sim. Claro que pode", Priscilla responde, mas parece perplexa mesmo assim. "Como foi que vocês se conheceram?"

Eu estreito os olhos. "Tem certeza de que vai querer saber?"

"Pela internet de novo?", ela retruca, como se tivesse levado um tapa na cara. "E ainda dormiu com ele? Quem é você, e o que fez com a minha irmã mais nova? Ele é de confiança? Você está bem? Precisa de ajuda para se livrar dele? Ou está na casa do cara?"

"Ele é de confiança, sim, e eu estou bem. Nós nem..." Suspiro frustrada. Minha vida sexual não é da conta de Priscilla. E eu também não preciso saber da vida sexual dela. Prefiro pular desta varanda. "Ele está aqui em casa, mas já vai embora daqui a pouco. Não precisa se preocupar, ouviu?"

O barulho cresce ao redor de Priscilla, como se ela tivesse acabado de entrar num restaurante lotado. "Preciso desligar, mas ligo de novo mais tarde, tá bom?"

"Tá bom. Tchau, Je je", eu digo.

"Tchau, Mui mui."

A ligação é encerrada, e tiro o celular da orelha com um gesto lento, com os pensamentos voltados para o que contei e ainda mais para o que *deixei* de contar. Meu diagnóstico está pesando sobre mim, e quero conversar a respeito. Talvez inclusive *precise* disso para realmente entender e aceitar o fato. Mas também estou com medo.

Se ela passar a sentir vergonha de mim, isso vai me deixar arrasada.

Volto para dentro do apartamento, onde Quan está agachado junto à porta, amarrando os sapatos. Quando me vê, ele pergunta: "Je? Isso é chinês, né?".

"É, sim, cantonês. Mas é basicamente tudo o que eu sei falar."

Ele abre um sorriso. "Meu irmão é assim com o vietnamita. Mas entende bem."

"Ah, mas eu não entendo nada", digo com um tom de leveza.

Fico esperando que ele dê risada, como as outras pessoas quando falo coisas assim, mas ele não ri. Em vez disso, pergunta: "Não é difícil pra você, às vezes? Tenho um primo que só fala inglês, e o pessoal da família pega pesado com ele. E com os pais dele também, que descontam toda a frustração nele".

"Na verdade é difícil, sim", admito. "Minha irmã é quase poliglota — fala cantonês, mandarim e até um pouco de um dialeto obscuro do Sul da China, além de inglês. Já eu...", digo, encolhendo os ombros. "Quando eu era pequena, não conseguiam de jeito nenhum me ensinar a falar, e o médico achou que tantos idiomas estavam me sobrecarregando. Ao que parece, assim que começaram a falar só inglês comigo, a coisa andou. Nunca aprendi mais nada além disso. A minha mãe morre de vergonha."

"Bom, eu não sei *nada* de chinês", ele diz enquanto termina de amarrar os cadarços e ficar de pé. Em seguida, abre um sorriso quando vê meu roupão.

Sinto o rosto ficar vermelho imediatamente. Eu vesti sem pensar, mas deveria ter me dado conta. Com Julian, sempre fui cuidadosa e alerta, então ele nunca me viu assim. Mas agora é tarde demais. "Sei que é horroroso, mas é bem macio."

"É bem... chamativo. Que cor é essa, salmão?" Ainda sorrindo, ele se aproxima de mim e fecha melhor o roupão, como se sua intenção fosse me manter aquecida. Não parece estar incomodado nem ter achado graça, o que me deixa sem reação.

"É coral", explico. "Não pense que visto isso e fico imaginando que sou um peixe tropical no mar. Quando estou em casa, onde ninguém me vê, gosto de usar cores vivas, estampas de arco-íris, essas coisas. Isso me deixa feliz. Pelo menos um pouquinho."

Ele franze a testa. "E por que precisa ser onde ninguém te vê?".

"Porque as pessoas são cruéis. Dizem coisas do tipo 'Está vendo aquela ali?' 'Não acredito que ela tem coragem de usar isso', ou então ficam trocando olhares e rindo de mim. Detesto quando riem de mim. Isso acontecia bastante, mas agora eu aprendi a evitar."

"Posso usar estampas de arco-íris com você. Estou cagando para os outros", ele diz, quase rosnando, quando me puxa para perto de forma inesperada e me abraça.

Não estou acostumada a gestos de carinho como esse — minha família não é nada afetuosa, e Julian também não era —, então demoro algum tempo para relaxar e encostar o rosto em seu peito. Quando imagino um cara durão como Quan usando estampas de arco-íris e a reação das pessoas, abro um sorriso e digo: "Essa seria uma cena e tanto".

"Seria mesmo uma cena divertida."

Ele me abraça com mais força, e a felicidade se expande no meu peito. Adoro essa sensação de ser abraçada por ele, de me sentir segura.

"Foi muito egoísmo meu te pedir isso, mas obrigada por ter ficado", digo.

"Sem problemas", ele responde. "Está melhor agora?"

"Estou."

"Quer conversar a respeito?", ele se oferece.

Um turbilhão de emoções surge dentro de mim diante dessa sugestão — medo, empolgação, ansiedade, incerteza e, acima de tudo, esperança —, e eu engulo em seco. "Você tem um compromisso agora de manhã, esqueceu?"

"Posso chegar atrasado. É só um treino de kendo com meu primo e meu irmão. E depois dar aula para uma turma de crianças."

"Você é o único asiático que eu conheço que realmente pratica artes marciais", comento, mudando de assunto de propósito.

Ele dá risada. "Acho que sou um estereótipo ambulante, então. Adivinha quem era o meu ídolo na infância? Uma dica: não existiam muitas opções."

Dou um suspiro de espanto. "*Não.*"

"Sim, o próprio. Bruce Lee", ele diz com outra risada. "Minha tatuagem é uma tradução daquela frase famosa para o vietnamita. Você sabe qual é."

"Seja água, meu amigo", eu digo, engrossando a voz para soar como Bruce Lee.

"É, mas a citação inteira, começando com 'Esvazie sua mente'", ele explica.

Dou um passo atrás e olho para as tatuagens dele como se as estivesse vendo pela primeira vez — as ondas, os animais marinhos. Pelo jeito, ele tentou seguir o conselho do Bruce Lee ao pé da letra. "Não acredito. Você é um *nerd*."

Um sorriso enorme surge no rosto dele, apesar de um pouco tímido. "É, um pouco."

Passo os dedos no peixe em seu antebraço, contornando as escamas marcadas em sua pele macia. Não consigo conter o sorriso. Esse lado nerd dele me *encanta*. E o lado tímido também. "Parece uma carpa do mar."

"É um *koi*, mas nem vem me acusar de pôr um peixe de água doce no mar. A água dos meus braços não é do mesmo tipo da água que eu tenho no resto do corpo."

Não consigo evitar o riso. "Que coisa mais nerd, Quan."

"Você gosta."

"Gosto mesmo. Se quiser, pode ser até mais..."

Ele me interrompe com um beijo que me obriga a me agarrar ao seu pescoço. Sinto o gosto limpo da minha pasta de dente, mas também um sabor mais salgado e misterioso. Quando ele se afasta, preciso me segurar para não reclamar. Por mim, eu poderia continuar esse beijo para sempre.

"Amanhã à noite, então?", ele pergunta, olhando bem para mim.

Abro um sorriso e faço que sim com a cabeça, mas estou meio em pânico. Amanhã vou vê-lo pela última vez. Depois, nunca mais. Isso era o lado positivo das nossas interações no começo, só que agora não parece ser mais uma vantagem. Alguma coisa mudou.

Mesmo assim, é um lembrete do motivo por que nos conhecemos, para começo de conversa. Para ele, posso contar coisas que não falo para outras pessoas. Porque ele não significa nada para mim.

Só que, na verdade, significa, sim.

E não vou mais poder vê-lo depois de amanhã. É isso o que nós dois queremos. Ou queríamos. Eu não sei se ainda quero.

"Você perguntou sobre ontem." Não consigo olhá-lo no rosto, então me concentro em sua camiseta quando digo: "Minha terapeuta me falou uma coisa". Meu coração vem parar na boca. É um momento pesado, difícil.

Ele segura a minha mão. "O que foi que ela falou?"

"Ela falou que eu..." Então me lembro de uma coisa, e levanto os olhos para encará-lo, curiosa. "Você me acha parecida com o seu irmão?"

Ele levanta as sobrancelhas. "Eu... Sei lá. Nunca pensei nisso antes. Por quê?"

"A gente não tem nenhuma semelhança?"

"Você é *bem* mais bonita que ele", Quan diz com um brilho nos olhos.

Eu balanço a cabeça, mas com um sorriso nos olhos. "Não foi isso que eu quis dizer, mas obrigada mesmo assim."

"Então o que você quis dizer? Eu não vou fazer gracinha, prometo."

Nesse momento, eu me dou conta de que confio nele. Ao longo das últimas semanas, ele deu diversas provas de que me respeita e de que não vai me magoar. Posso contar as coisas para o Quan. E não é porque ele não tem importância para mim. Mas sim porque ele é gentil e tem um bom coração.

"Ela me disse que eu estou no espectro autista", confesso. Essas palavras finalmente saíram da minha boca. Viraram realidade.

"É só isso?", ele pergunta, como se estivesse esperando alguma coisa bombástica.

Solto uma risadinha incrédula. "É."

Ele inclina a cabeça para o lado e olha bem para mim.

Como ele fica em silêncio por um bom tempo, minhas inseguranças voltam a crescer, e eu digo: "Se isso muda as coisas e você não quiser me ver amanhã, eu entendo totalmente e...".

"Quero te ver, sim", ele se apressa em dizer. "Eu só estava pensando nessa coisa de semelhanças entre você e o meu irmão."

"E?"

"Sinceramente, vocês são muito diferentes, e não sei nem que tipo de comparação eu poderia fazer. Não sou psicólogo nem nada. O que você acha? Como você se sente sobre isso?", ele pergunta, e eu percebo que para Quan é isso o que importa. Ele sabe que a melhor pessoa para falar de mim sou eu mesma. E eu não imaginava o quanto isso era importante para mim até agora.

A especialista em mim mesma sou *eu*.

Levo a mão ao peito e balanço a cabeça, sentindo os olhos arderem. "Faz sentido. Quando a minha terapeuta descreveu o autismo pra mim, quando li a respeito, me senti compreendida de um jeito que nunca tinha acontecido antes. Me senti *vista* como eu sou de verdade, e *aceita*. Durante toda a minha vida, sempre ouvi que precisava mudar e ser... outra coisa, ser melhor, e me esforçar para isso. Às vezes me esforço tanto que parece que estou me destruindo. É o que está acontecendo com a minha música agora. Não importa o que eu faça, não consigo fazer *melhor*. Ouvir que não tem problema nenhum ser eu mesma é como..." Eu balanço a cabeça de um lado para o outro, poque me faltam palavras.

Ele leva o polegar ao canto do meu olho para limpar uma lágrima. "Então por que você está tão triste?"

"Não sei." Dou risada, mas sinto um nó se formando na minha garganta. Limpo os olhos com as mangas do roupão. "Não consigo parar de chorar."

Ele me puxa para junto de si e me abraça forte, pressionando o rosto contra a minha testa, pele com pele. Sua tranquilidade me contagia, as batidas estáveis de seu coração, o ritmo constante de sua respiração.

Quando o celular dele vibra no bolso, nós dois levamos um susto.

"É só o meu celular", ele diz. "Ignora." Mas o aparelho continua vibrando.

"É melhor você atender. Pode ser importante."

Com um suspiro, ele me larga e leva o celular ao ouvido. "Oi... Não, desculpa, apareceu um lance de última hora... Acho que não vou poder ir hoje."

"Não, não", eu me apresso em dizer. "Você precisa ir. Eu estou bem, sério mesmo." Não quero que ele cancele seus planos por mim, ainda mais por não ser nenhuma emergência.

"Espera só um pouquinho", ele diz para a outra pessoa antes de colocar a ligação no mudo e se concentrar só em mim. "Tem certeza? Eu posso ficar, e tomar o café da manhã com você ou alguma coisa assim. O que você quiser."

"É muita gentileza sua, mas..." Tenho uma série de pretextos e pequenas mentiras na ponta da língua, mas decido ser sincera e digo: "Preciso ficar sozinha e processar tudo isso. Além disso, preciso começar a praticar violino daqui a pouco, e não vou conseguir fazer isso com você aqui. É melhor você ir mesmo".

Ele abre um sorriso e retoma a conversa: "Na verdade, eu posso ir, sim. Vejo vocês daqui a pouco". Depois de desligar, ele segura a minha mão. "Tem certeza de que está tudo bem?"

"Está, sim. Pode ir. Você já está atrasado."

Ele se inclina para a frente e me beija de leve na boca. É um beijo bem rápido, mas me deixa toda arrepiada mesmo assim. "Amanhã à noite, então."

Eu assinto. "Amanhã à noite."

Ele ainda aperta de leve minha mão antes de sair. Quando fecho a porta, fico hesitante. Nós não nos despedimos.

Mas amanhã vamos ter que fazer isso.

15

QUAN

Depois do treino, decidimos ir beber alguma coisa no quintal da casa de Khai para comemorar a notícia da LVMH, em vez de ir a um bar. Ele está reformando a casa e acabou de instalar uma lareira externa. Os móveis de jardim são bacanas, as árvores (sabe-se lá de quê) estão florindo (só sei que as flores são roxas) e o fogo impede que a gente sinta frio. É um lugar bacana.

"O que estamos comemorando mesmo?", Khai pergunta enquanto entrega margaritas para mim e para Michael. As margaritas deles são as melhores. São fortes. E ele passa sal na borda da taça — a minha parte favorita.

"Uma boa notícia no negócio com a LVMH", explico.

"Vocês já assinaram algum termo?", ele pergunta.

Dou um gole no meu drinque e, sim, está mesmo muito bom. "Não, ainda é cedo demais pra isso."

"Então estamos celebrando uma conversa por telefone?", ele pergunta, franzindo a testa com uma expressão de ceticismo.

Michael dá risada. "É, estamos celebrando uma conversa por telefone. Mas foi bem boa. Um brinde." Ele levanta sua bebida, e nós brindamos com as taças. Enquanto estou engolindo a tequila com suco de limão, ele acrescenta: "E também a nova namorada do Quan".

Eu engasgo, e o álcool desce queimando a garganta, me fazendo tossir sem parar enquanto Khai bate nas minhas costas, o que não ajuda em muita coisa. Quando finalmente recupero o fôlego, digo com a voz áspera: "Como assim, porra? Ela não é minha namorada".

Khai fica em estado de alerta e se volta para Michael em busca de uma confirmação. "Ele está saindo com alguém?"

Por cima da borda da taça, Michael sorri como o gato de *Alice no País das Maravilhas*. "É, está."

"É só *uma transa*. Isso não conta como 'estar saindo com alguém'", eu retruco, e o fato de ser só uma transa não me deixa nem um pouco satisfeito.

Michael revira os olhos. "Então vocês finalmente foram pra cama ontem à noite?"

"Não, ela estava chorando e chateada com umas coisas, e eu não sou um canalha", respondo.

"Ele ouviu que ela estava chorando e saiu correndo", Michael conta para Khai, fingindo que está cochichando. "Nosso Quan arrumou uma namorada."

Khai assente com a cabeça. "Se fosse só uma transa, eu ia preferir distância quando a pessoa estivesse chorando."

"Ela *não é* minha namorada", digo com firmeza.

"Você quer que seja?", Michael pergunta.

Olho para minha bebida e agito a taça para fazer o líquido girar. "Talvez." Com um suspiro, admito a verdade: "Tá bom, eu quero. Gosto muito da Anna, mas ela deixou claro que queria uma coisa simples e direta. Está saindo de um relacionamento e enfrentando uns problemas. Além disso, não sei se estou pronto".

Khai franze a testa, mas assente com a cabeça, aceitando minha explicação. Ele nunca é insistente nem intrometido. É um ótimo ouvinte.

Michael, por sua vez, solta um risinho de deboche. "Lógico que você está pronto. Já faz mais de um ano da cirurgia. E o que aconteceu quando você chegou lá? Ela ficou incomodada com a sua presença? Mandou você embora?"

"Ela pediu pra eu dormir lá", eu conto, e o olhar no rosto de Michael é de uma satisfação tamanha que sinto vontade de dar um soco na cara dele. "Você é bem irritante, sabia?"

Ele tenta fazer um ar de inocente. "Então você dormiu na casa dela, mas não rolou nada? Com certeza, é só uma transa."

Khai abre um sorriso, mas não diz nada.

"A ideia é a transa finalmente rolar amanhã. Uma noite e nada mais", eu digo.

"Vai ser a quarta vez que eles vão ter uma noite e nada mais", Michael explica para Khai, que parece ficar confuso.

Eu me remexo no assento. "Não, a noite passada não conta. E por que você está monitorando isso, aliás?"

Michael me ignora e abre um sorriso espertinho para Khai, erguendo as sobrancelhas. Que babaca.

"Me explica uma coisa", Khai me pede, esfregando o queixo. "Assim que vocês dormirem juntos, acabou?"

Dou um bom gole na minha bebida e engulo de uma vez, percebendo que de repente ficou mais amarga. "É."

"Então vocês estão se vendo sem ir pra cama", ele complementa num tom acadêmico.

"É."

"E mandam mensagens um pro outro, e conversam, e veem juntos documentários sobre natureza", Michael acrescenta, fingindo que não vê quando olho feio para ele.

"Faz quanto tempo que isso está rolando?", Khai pergunta.

"Só umas duas semanas", respondo.

"Eu não sou nenhum especialista, mas ao que parece você tem uma namorada, sim", Khai comenta. "Principalmente considerando essa parte de ter dormido lá."

Solto um resmungo preso na garganta e viro o restante da bebida. "Não é nada disso. Ela estava vulnerável emocionalmente, e eu fui dar apoio moral. Como amigo. Nada além disso."

"Como ela é?", Michael pergunta.

Ponho minha taça na mesinha de canto e fico girando entre os dedos enquanto respondo: "Ela é... meio peculiar, mas também divertida e bem simpática."

"Você gosta de peculiaridades", Michael comenta. Então se vira para Khai e pergunta: "Lembra daquela garota que ele namorou que não gostava de comer na frente dos outros, então só pedia comida pra viagem nos restaurantes?".

"Não vem querer julgar. Todo mundo tem suas manias", eu retruco.

"Teve outra que só aceitava beijar se ele escovasse os dentes antes", Khai acrescenta.

"Isso é uma questão de higiene, principalmente de manhã", justifico.

Michael aponta a taça para mim. "Ela também fazia você passar álcool em gel antes de segurar sua mão, e tomar banho antes do sexo."

Eu dou de ombros. "Não era trabalho nenhum."

"Também teve aquela que gostava de lamber ele em público", continua Khai.

"Tá, disso eu não gostava." Esfrego os olhos ao lembrar como ardia quando a baba dela entrava em contato com meus olhos.

Michael dá um gole na margarita e pergunta em tom casual: "E então, quando você vai apresentar ela pra gente?".

"Isso não vai rolar."

"Por que não? Por que você não diz logo o que sente por ela?", Khai questiona.

"Não é assim tão fácil..."

"É, sim", Michael interrompe. "É tão fácil quanto parece."

"Não é, não", retruco, transmitindo toda a minha convicção no tom de voz.

Khai começa a falar, mas Michael balança a cabeça para ele, que então fica em silêncio.

Giro minha taça várias vezes, sem parar. "Não sei como contar pra ela o que aconteceu."

"Então não conta", sugere Khai. "Não é o tipo de informação que ela precisa saber agora."

Michael assente em sinal de concordância. "Ele tem razão. Você pode contar mais tarde, se a coisa for pra frente."

Eu balanço a cabeça. Existem partes de mim que não são mais como deveriam. Essa é a verdade pura e simples, algo que eu preciso explicar. E também tem a outra coisa, que ainda não contei a ninguém, porque é constrangedora e lamentável e às vezes ainda me faz chorar. Mas preciso contar para Anna. Num relacionamento, isso é importante.

"Só pelas mensagens de texto eu já consigo sacar se uma garota está a fim de alguém", Michael comenta.

"Ah, sim, se na mensagem tem 'Estou a fim de você', com certeza é um bom começo", respondo, sarcástico.

"Não, pega o seu celular e escreve pra ela. Aí eu mostro pra você do que estou falando. Umas três linhas já bastam", ele garante. "Além disso, você não quer saber como ela está? Vocês tinham marcado de se encontrar hoje à noite."

Com um grunhido, tiro o celular do bolso e escrevo: *Como você está?*

"Se for uma coisa pessoal, não vou mostrar pra você. Além disso, se ela não responder na ho..."

Os três pontinhos começam a pular na minha tela, e recebo uma mensagem com uma carinha sorrindo. *Estou bem. E você?*

Mostro o celular para Michael analisar a conversa como se fosse borra de chá no fundo da xícara ou alguma merda desse tipo, e ele abre um sorriso na mesma hora. "Um emoji de sorriso logo de cara. É um ótimo sinal."

Estreito os olhos para ele antes de digitar: *Eu também. Estava pensando em você.*

Antes que eu aperte o botão de enviar, Michael espia por cima do meu ombro e diz: "O quê, nenhum emoji? É muito impessoal. Põe um coraçãozinho".

Lanço um olhar incomodado para ele. "O casamento fritou mesmo o seu cérebro se você acha que..."

Ele toma o celular da minha mão, se protege com o corpo quando parto para cima e se afasta, digitando na minha tela com o polegar. Quando ele me devolve o aparelho, o estrago já está feito. A mensagem enviada foi a que escrevi, mas com um coração vermelho enorme depois.

Eu acabo com ele.

Com as minhas próprias mãos.

Mas então meu celular vibra com a chegada de outra mensagem de Anna. *Eu estava pensando em você também.* E lá está, no fim, um coração vermelho igual ao meu.

Fico olhando para a mensagem um tempão, tão aturdido que a minha raiva até passa. "Você acha que... que ela... que talvez ela..."

Michael envolve os meus ombros com o braço. "Isso, meu amigo, significa que ela gosta de você. Aprendi lendo a *Cosmopolitan*."

"Não sei como você consegue ler essas revistas", Khai comenta, levantando e recolhendo as taças. "Ainda tem bastante limão, então vou preparar outra rodada. Acho que o Quan está precisando."

"Pois é, obrigado", respondo enquanto me sento de novo na cadeira, ainda sem tirar o olho da mensagem com o coração vermelho.

Isso muda tudo. Preciso repensar os meus planos para amanhã. Não é mais só sexo. E talvez nunca tenha sido.

16

ANNA

No fim de semana, quando não estou praticando, fico pesquisando loucamente sobre autismo, buscando informações de todas as formas possíveis — livros, artigos na internet, vídeos no YouTube, podcasts, postagens em grupos no Facebook de pessoas no espectro e até um filme para TV sobre a vida de Temple Grandin estrelado pela Claire Danes. Quanto mais aprendo, mais me convenço de que essa sou eu. Estou realmente no espectro.

Quero contar para as pessoas, para a minha família, para os meus amigos, para os meus colegas de orquestra. Quero que enfim me entendam. A chave está bem aqui, nesses livros e na mídia.

É início de noite, e estou esperando apreensivamente a chegada de Quan para nosso último encontro enquanto leio um post do blog de uma mulher com autismo sobre a terminologia correta para a minha condição. Ao que parece, *síndrome de Asperger* não é mais um diagnóstico usado nos Estados Unidos. Em 2013, foi agrupado, com vários outros distúrbios neurológicos, na definição mais ampla de *transtorno do espectro autista*. Muita gente na comunidade autista prefere o uso de descrições como *pouca necessidade de apoio* em vez de *alta funcionalidade*, que foi a expressão que Jennifer usou para se referir a mim. Estou murmurando as palavras *autista com pouca necessidade de apoio* para me acostumar com a ideia quando o telefone toca. É Priscilla, então atendo na hora.

"Oi, Je je."

Escuto ruídos altos ao fundo, sugerindo que ela está num restaurante ou numa festa. Minha irmã está sempre fazendo networking e participando de eventos sociais. Eu jamais conseguiria ter a vida dela — nunca seria feliz. "Oi, eu estou com um tempinho, então resolvi ligar. E aí, como estão as coisas?"

"Tudo tranquilo, só estou lendo", respondo enquanto passo os olhos num post de blog sobre problemas de percepção espacial. Tem uma foto das pernas machucadas da blogueira, que comparo com as minhas. Com exceção do tom da pele, somos idênticas. Assim como ela, estou sempre batendo no canto das mesas e cadeiras, esbarrando na maçaneta das portas e coisas do tipo, mas a pior parte para mim são os expositores de vidro nas lojas de departamentos. Eu me distraio com as coisas chamativas lá dentro e, na maioria das vezes, acabo metendo a cara no vidro quando tento olhar mais de perto — um dos muitos motivos por que odeio sair para fazer compras.

"Conversei com a mamãe mais cedo. Ela disse que o papai não anda muito bem. É melhor você fazer uma visita pra eles um dia desses", Priscilla sugere, com um tom de censura na voz, como sempre acontece ao tratar desse assunto.

"O que aconteceu?" Meu pai já tem uma certa idade — é dezesseis anos mais velho que a minha mãe —, mas só me dei conta disso há pouco tempo, quando um problema cardíaco o obrigou a se aposentar contra a vontade.

"Ele anda se sentindo muito cansado. A mamãe falou que ele tirou um cochilo hoje, e você sabe o que ele pensa disso", ela conta, segurando o riso.

"Vou tentar passar em casa no fim de semana."

"Vai *tentar*?", ela questiona, e olho para o teto, enrijecendo os dedos. Detesto receber ordens desse jeito, simplesmente abomino, e é ainda pior quando envolve fazer coisas com ou para os meus pais. Eles são mais próximos de Priscilla. E *quiseram* ter Priscilla. Eu sou só a segunda filha que chegou por acidente, como resultado de umas férias no México, uma viagem excessivamente regada a piñas coladas. E, para piorar, eu sou a filha sensível demais, difícil, "preguiçosa" e, sendo bem sincera, uma espécie de decepção — a não ser pelo relacionamento com Julian, o genro dos sonhos deles, e pela fama repentina e acidental que conquistei na internet.

Só que as coisas com Julian não estão indo nada bem, e a minha fama também não parece que vai durar muito. Estou sendo desbancada por uma menina de doze anos. Admito que fiquei apreensiva quando fui ver os vídeos dela tocando. Não queria ficar impressionada, mas ela é mesmo incrível. Nunca vi um trabalho de arco tão fluido. Ela merece todos os elogios. Então agora não tenho nada para os meus pais — nenhuma grande notícia, nenhuma realização, nada do que minha mãe possa se gabar para as amigas enquanto se faz de humilde, e sei que ela quer muito isso. Não sei se é pior nunca ter sucesso ou conseguir ser bem-sucedida só por um tempinho e depois perder tudo.

"Eu *vou* fazer uma visita no fim de semana que vem." Faço questão de parecer animada quando digo isso. Até abro um sorriso. Porque é assim que ela me quer — boazinha e sempre disposta a agradar. Como um *golden retriever*.

"Ótimo. Eles vão ficar felizes de ver você", ela comenta.

Eu quase dou risada — uma risada amargurada e desrespeitosa —, mas consigo me segurar. Se eles soubessem como a minha vida está em frangalhos, com certeza não iam ficar *nada* felizes. Não tenho mais Julian. Nem exposição na mídia. A turnê acabou. Minha carreira está indo pelo ralo porque não consigo avançar com a peça que preciso aprender, estou fazendo terapia. E tem esse *lance* com Quan, o que quer que seja. (O que é pior? Tentar fazer sexo casual com um desconhecido ou não conseguir nem isso?) E para completar...

Um estranho impulso toma conta de mim e, de forma involuntária, eu me pego dizendo: "A minha terapeuta me disse uma coisa outro dia".

"Ah, é, e o que foi?"

"Ela disse que eu sofro de transtorno do espectro autista. Com pouca necessidade de apoio." Essas palavras soam estranhas na minha boca. Ainda são novidade. Mas são quem eu sou, e quero que ela saiba. Explicam muita coisa sobre mim — os problemas que tive quando pequena, o que estou enfrentando agora, tudo.

Mesmo assim, prendo a respiração enquanto espero pela resposta dela. Parece até que meu coração para de bater. Ela vai ficar com vergonha? Vai começar a pisar em ovos comigo agora?

Ela ainda vai me amar?

"Não é, não", ela responde de forma convicta.

Por um instante, fico perplexa demais para conseguir falar. A descrença não era uma reação que eu esperasse. "Foi a minha *terapeuta* que falou. Uma das especializações dela é..."

Minha irmã solta um ruído de impaciência. "Isso não quer dizer nada. Estão diagnosticando as pessoas com um monte de coisas hoje em dia. É só um esquema para arrancar seu dinheiro. Não deixa ninguém tirar vantagem de você, Anna."

Fico boquiaberta com o que acabei de ouvir. Como ela pode desdenhar com tanta facilidade da opinião profissional de alguém só porque não gosta da ideia? E como pode ter tanta certeza?

"O autismo costuma ser diferente no caso das mulheres", tento explicar. "É por causa de um fenômeno chamado mascaramento, que é quando..."

"Acredita em mim, você *não é* autista", Priscilla interrompe.

"Acho que sou, sim."

"Não usa isso como uma desculpa para as suas dificuldades, Anna. Ao achar isso está desdenhando dos problemas que os verdadeiros autistas enfrentam."

"Não estou tentando minimizar os problemas de ninguém", respondo, horrorizada com a acusação. "O autismo pode ser bem diferente do que você está acostumada a ver. É chamado de *espectro* por uma razão. Existem pessoas com limitações mais óbvias, mas também as pessoas como eu. Só porque eu pareço estar bem não significa que isso seja sempre verdade."

"Ai, meu Deus, não acredito que estamos discutindo sobre isso. Você *não é* deficiente", ela retruca, irritada.

"Não foi isso o que eu falei. E também não me considero deficiente. Mas não dá pra negar que existem coisas que são mais difíceis pra mim do que..."

"Eu preciso desligar. Nós falamos sobre isso mais tarde." A ligação é cortada.

Tiro o celular da orelha e fico olhando para a frente, mas sem enxergar nada. Essa conversa não saiu como eu imaginava, e uma sensação profunda de decepção e frustração toma conta de mim. Contei para ela motivada pelo desejo de ser entendida. Mas ficou mais claro do que nunca que ela não me entende nem um pouco.

A dúvida toma conta de mim. Devo estar errada. Jennifer deve ter se enganado. Todas essas epifanias que tive foram falsas. A sensação de identificação, um equívoco. Ter dificuldade é uma característica de todo ser humano. Se houver um diagnóstico para cada limitação, a coisa toda deixa de fazer sentido.

O interfone toca, e eu fico de pé em um pulo e corro até a porta da frente. "Oi?"

"Sou eu", Quan avisa. "Está pronta?"

"Estou", respondo, mas não sei se é verdade. Pensei bastante sobre hoje à noite, e ainda não consegui encontrar uma solução para os meus problemas. Não consigo fazer as coisas que ele quer. Simplesmente *não dá*. Mas, se for para ir em frente, quero ir até o fim. Quero terminar o que comecei. Caso contrário... isso só vai me fazer sofrer. "Pode subir."

Quando ouço a batida na porta, pouco tempo depois, espero um tempinho para me recompor, preparo um sorriso e abro.

Ele está vestido como na primeira noite em que nos vimos — jaqueta de motoqueiro, calça escura, botas, capacete debaixo do braço. Está sorrindo para mim, daquele jeito que dificulta até o ato de pensar. Quando olha bem para mim, porém, o sorriso desaparece do rosto dele.

"O que foi?", ele pergunta.

"Nada." Balanço a cabeça e encolho os ombros.

Ele me encara com um olhar de ceticismo, então eu explico: "Estava numa ligação com a minha irmã. Contei pra ela sobre... aquilo".

"Ela não reagiu bem?", ele pergunta, com a testa franzida de preocupação.

"Não sei nem o que responder. Ela acha que a minha terapeuta está errada, que *eu* estou errada. E talvez esteja mesmo. Já nem sei mais." Levanto as mãos, mas em seguida deixo os braços caírem, me sentindo pesada.

Ele franze a testa por um momento antes de olhar para a minha sala de estar por cima do meu ombro. "Quer sair um pouco? Dar uma caminhada ou algo assim? Um pouco de ar fresco geralmente me faz bem."

"Vamos, claro", respondo. A não ser para me locomover de um lugar a outro, não sou muito de andar. Nem de correr. Nem de fazer nenhum tipo de exercício. Mas, como faz dias que não saio de casa, não me oponho à ideia.

Calço as sapatilhas, que estão bem na entrada, tranco a porta e saio com ele do prédio. O céu está escurecendo, e o tempo está meio frio, mas não volto para pegar uma blusa, nem um casaco. Não acho que vamos passar muito tempo fora.

Quando passamos por uma moto preta parada junto ao meio-fio, eu pergunto: "É sua?".

Ele abre um sorrisinho. "Quer dar uma volta? Eu prometo que tomo cuidado."

Fico sem saber o que dizer. Nunca andei de moto. E nunca *quis*, porque Priscilla sempre achou um absurdo. Segundo ela, quem se machuca em acidentes está basicamente pedindo para isso acontecer e não deveria reclamar se acabar sofrendo lesões cerebrais graves.

Mas, antes que eu possa responder, ele abre um sorriso e me diz: "Foi só uma sugestão. Não precisa se sentir pressionada".

Ele passa direto pela moto, mas eu o seguro pelo braço e digo: "Não, eu quero, sim. Só estou um pouco nervosa".

"Tem certeza? Não vou ficar triste se você não quiser. Sério mesmo."

"Tenho certeza." Priscilla não está aqui para me julgar. E, acima de tudo, estou cansada dessa eterna batalha perdida de tentar conquistar a aprovação dela. Isso me trouxe mais sofrimento do que qualquer outra coisa e, no momento, quero relaxar um pouco para ver como é não precisar me esforçar tanto. Na minha última noite com esse homem maravilhoso e completamente errado para mim, quero fazer alguma coisa memorável.

"Tudo bem, mas, se mudar de ideia, é só me avisar que eu paro", ele diz.

Enquanto ajeita o capacete extra na minha cabeça e prende o fecho no meu queixo, abro um sorriso para ele — um sorriso sincero. Estou nervosa, *sim*, mas também estranhamente energizada. Quan falou que vai tomar cuidado, e eu confio nele. Antes de subir na moto, ele hesita por um instante, tira a jaqueta e coloca sobre os meus ombros.

"Só para garantir", ele diz.

Abro a boca para protestar, mas a jaqueta está deliciosamente quentinha, e tem o cheiro dele. Enfio os braços nas mangas e cubro o nariz com a parte da frente, para sentir o cheiro dele. "Tem certeza de que você não precisa?"

"Não, eu estou sempre quente, fica tranquila." Ele fecha o zíper e assente com a cabeça, satisfeito. Dou uma risada constrangida quando balanço os braços, sacudindo as enormes mangas como asas.

"Eu devo estar muito engraçada desse jeito."

"Está perfeita." Para provar o que diz, ele se inclina para a frente e me beija na boca. É um beijo rápido, mas mesmo assim me deixa meio abalada. Seus lábios estão frios e seu hálito, bem quente. Quando ele se afasta, demoro um tempinho para voltar a mim mesma, e Quan sorri enquanto sobe uma das mangas até o meu pulso.

"Posso fazer isso eu mesma", digo, porque não estou acostumada a ter pessoas me ajudando com coisas como essa — nem com nada, na verdade.

Ele simplesmente balança a cabeça e continua a fazer o mesmo com a outra manga. "Eu gosto."

Essa é uma ideia nova para mim. No mundo da minha família workaholic e obcecada por sucesso, a autossuficiência é indispensável. Lembro como se fosse hoje de uma vez que fiquei doente na época da escola. Meu pai me deu um frasco de Tylenol e me falou para ler a bula enquanto saía apressado porque precisava pegar um avião para uma viagem de negócios. Me deixou cuidando sozinha da própria febre. Eu já tinha idade suficiente para ficar em casa e aquilo não ser mais considerado um crime de abandono de incapaz (acho), e me virei muito bem sozinha. Mas alguma coisa se foi naquele dia. Ou talvez eu simplesmente tenha amadurecido. Não sei.

O que eu *sei* é que neste momento, com esse gesto tão trivial de Quan, estou me sentindo totalmente mimada. E estou adorando.

Ele põe o capacete, sobe na moto e dá um sinal para eu fazer o mesmo. "Apoia o pé aqui e se segura na minha cintura."

Quando me acomodo atrás dele, agarrando-o com força, uma excitação — no bom e no mau sentido — toma conta de mim. É como se o meu sangue estivesse fervendo.

"Preparada?", ele pergunta, me olhando por cima do ombro.

Faço que sim com a cabeça, e ele sorri e liga o motor.

Meu estômago vai parar na boca quando nos afastamos do meio-fio, e todos os músculos do meu corpo se enrijecem. Não existe nada entre mim e os veículos gigantescos que circulam pela rua. Sinto o vento nas pernas, nas mãos e no rosto, e fecho os olhos com força quando o terror me domina. Se o fim estiver próximo, eu prefiro não ver.

Só que o fim não chega. Pelo menos não depois de um minuto. Nem de dois, de três, de quatro ou de cinco. E o mais importante sobre as sensações é que elas passam. O coração não foi feito para manter uma emoção com tanta intensidade por muito tempo, seja alegria, tristeza ou raiva. Tudo passa com o tempo. Acaba enfraquecendo.

Apesar de ainda saber que posso sofrer um acidente a qualquer momento, meu medo diminui e eu abro os olhos. De início, são estímulos demais. Estamos indo depressa, e o mundo passa ao meu redor como um borrão. Mas no fim recupero o fôlego e meus batimentos se acalmam um pouco.

Sinto a cidade pulsar. As lâmpadas acesas nos postes, os pisca-piscas dos carros, um caminhão cuspindo fumaça na minha cara. Por algum motivo, tudo parece ser mais vívido.

Eu reconheço os arredores. Já andei por essas ruas. Sei onde estou. E ainda mais quando ele vira na Franklin Street. O design geométrico do Davies Symphony Hall aparece diante de mim. São os fundos do prédio, então não é nada muito imponente, mas é como uma volta para casa. Estava com saudades daqui.

Em seguida, passamos pela War Memorial Opera House e pelo San Francisco Ballet, possibilitando um breve vislumbre do domo arredondado da sede da prefeitura, e seguimos rumo ao norte. Imagino que estamos indo em direção ao mar, o que nunca faço, a não ser quando estou apresentando a cidade para alguém de fora, mas ele faz um desvio antes de chegarmos lá. Passamos por ruas tranquilas e arborizadas, com apartamentos de alto padrão, e por parques, e então percebo que ele está evitando os lugares mais movimentados. Está sendo cauteloso, como prometeu. Pensando na minha segurança.

Meu peito se enche de gratidão e alguma coisa a mais, e eu o abraço com mais força. Só então me dou conta da nossa proximidade física. Nossos corpos estão colados, as costas dele no meu peito, minhas coxas nas suas, meus braços em torno da sua cintura. Sinto seu corpo sólido como uma âncora que me estabiliza nesse turbilhão caótico. Meu foco se concentra nele. Encantada, observo como ele se desloca com competência em meio ao trânsito. Não exagera na velocidade. Sinaliza antes de fazer as curvas. Não acelera no sinal amarelo. Não está tentando se exibir — e é confiante o suficiente para saber que não precisa — e eu aprecio muito, muito isso.

Ele para diante de um parque, me ajuda a descer da moto e tira meu capacete, perguntando: "Como foi? Como você está?".

"Isso foi... eu não tenho nem palavras", respondo. Estou um pouco trêmula, mas não consigo parar de sorrir.

"Foi bom, então?", ele pergunta, só para se certificar.

"Foi." Meu sorriso se alarga. "Obrigada."

Ele assente, satisfeito com a minha resposta, e se vira para o parque do outro lado da rua. "Já veio aqui? É mais legal à noite."

"Não. Quer dizer, já passei na frente um monte de vezes, e sabia que era aqui, mas nunca parei para dar uma volta e conhecer", eu digo.

"Vamos lá. Acho que você vai gostar", ele me fala.

Quando ele me pega pela mão e nós atravessamos a rua, eu admiro a vista, observando o Palácio de Belas-Artes com novos olhos. Uma fonte cospe água para cima em uma lagoa cercada de salgueiros e, mais adiante, colunatas em estilo romano levam a uma rotunda envolvida no brilho da iluminação da noite. Parece um cenário de conto de fadas, com certeza.

Há um gramado extenso diante da água, com algumas árvores floridas aqui e ali. Não consigo ver a cor das flores no escuro, mas, quando a brisa sopra, as pétalas caem como flocos de neve, enchendo o ar com um aroma de mel. Os casais circulam pelos caminhos. Um desconhecido tira foto para uma família de seis pessoas (os pais e quatro meninas de idades variadas com vestidos e rabos de cavalo parecidos) e devolve o celular para eles. Um cachorro peludo late com vontade enquanto corre sem parar, arrastando a guia da coleira na grama. Vários metros atrás, um homem apressado vem atrás, gritando: "Cachorro sacana! Sem correr!".

Solto uma risada, e Quan segura a minha mão. "Está se sentindo melhor?"

"Estou", respondo automaticamente. O passeio foi uma distração tão boa que até demoro um tempo para lembrar por que estava chateada antes, mas, assim que me lembro da discussão com Priscilla, esse peso volta a se instalar nos meus ombros. "Minha irmã acha que estou tentando usar o diagnóstico como um pretexto para os meus fracassos."

Ele faz uma careta. "Mas que mer... que fo... que chato!"

Balanço a cabeça para ele, sorrindo, apesar do aperto no peito. "Pode falar palavrão perto de mim. Eu já sou bem crescidinha."

"Você nunca fala", ele comenta.

"Até falaria se fosse boa nisso, mas esse tipo de palavra sai toda errada da minha boca. E o que isso tem de tão ruim, afinal? Uma delas só quer dizer... fezes, uma coisa que toda pessoa saudável está acostumada a fazer. E as outras têm relação com sexo, e a maioria das pessoas gosta de sexo, então..."

"Olha só quem fala, a pessoa que não consegue me falar do que gosta na cama", ele murmura no meu ouvido, fazendo os pelos da minha nuca se arrepiarem.

"Tá, nisso você tem razão." Sinto o corpo se contorcer por dentro, e o rosto ficar em chamas.

Ele me lança um olhar gentil, mas mesmo assim malicioso, antes de retomar o assunto original. "O que você disse para a sua irmã depois? Ficou muito irritada?"

"Não, me irritar não leva a nada. É uma coisa desrespeitosa, né? Tentei explicar, mas ela não quis me ouvir. Não sei o que eu faço agora. E pode ser que ela esteja certa. Eu posso *mesmo* estar procurando um pretexto."

"Nem fodendo", ele diz de um jeito abrupto. "Você não é assim."

"Mas o autismo faz sentido no meu caso? Ela falou que estou desrespeitando os autistas de verdade dizendo que sou uma também."

"*Quê?*", ele diz, horrorizado. "Você não está desrespeitando ninguém. Se o diagnóstico ajudar a melhorar a sua vida, então não tem como estar errado, e ninguém além de *você mesma* pode determinar isso. O que você acha? Esse diagnóstico pode ajudar você ou não?"

"Eu acho... que sim."

"Então a sua terapeuta está certa", ele se limita a dizer, como se a questão estivesse resolvida.

"Mas o que eu faço se a minha família não acreditar em mim?", pergunto.

Ele contorce os lábios como se sentisse um gosto ruim na boca.

"Ignora o que eles disserem, e vive a sua vida do jeito que for melhor para você."

Dou um suspiro carregado. "Isso não é nada fácil."

"Eu sei", ele diz, e o tom de cansaço em sua expressão indica que ele de fato me entende. "Mas *eu* acredito em você. Isso já é alguma coisa, né?"

"É, sim", eu murmuro. É *muita* coisa. No momento, isso é tudo para mim.

17

QUAN

Sei que é uma coisa meio brega, mas o Palácio de Belas-Artes é um dos meus lugares favoritos na cidade. Adoro as colunas, e as luzes, e a água. É tudo bem romântico. Muita gente vem se casar aqui e, sim, eu gosto de casamentos. Às vezes fico com lágrimas nos olhos quando os noivos fazem seus votos — quando são votos bonitos ou feitos com sentimento. E fico emocionado quando os pais velhinhos choram, talvez por desejar que meu pai se importasse comigo algum dia.

"Esse lugar nem parece de verdade", Anna comenta enquanto olha ao redor, maravilhada, tocando com reverência, com a ponta dos dedos, a pedra rosada de uma das colunas enquanto passeamos pelos jardins.

"Fica mais legal vindo por aqui", eu digo, e a conduzo pela colunata até a rotunda.

Lá dentro, ela joga a cabeça para trás e observa os padrões geométricos intricados do teto. A luz se reflete na superfície da água do lado de fora, e as ondas se projetam nas formas hexagonais acima da nossa cabeça. É obra de um gênio da arquitetura, mas o que me cativa de verdade é o perfil de Anna, seus lábios ligeiramente entreabertos, e o quanto me agrada vê-la com a minha jaqueta.

"Eu sempre quis beijar uma garota aqui dentro", confesso, me sentindo determinado e um pouco nervoso com o que pretendo fazer.

Ela sorri para mim, e a luz dança em seus olhos. "Aposto que você já trouxe um monte de garotas aqui."

"Já, sim." Eu me posiciono bem no centro do espaço cercado pelo eco.

"E você beijou todas aqui?", ela questiona, se mantendo perto das paredes e longe de mim.

"Não", respondo.

"Por quê?"

"Nunca surgiu a ocasião certa."

Ela tenta sorrir, mas seus lábios não cooperam. "Talvez com a pessoa certa..."

Estendo a mão para ela, convidando-a para se juntar a mim no centro do recinto. "A melhor vista é daqui. Perfeitamente simétrica." Tenho a sensação de que ela gosta de simetria como os gatos gostam de *catnip*.

Ela dá alguns passos na minha direção, mas para quando ainda está longe do meu alcance. Olhando para o teto, dá um sorriso e comenta: "Tem razão. A vista é melhor *mesmo* daqui. Adorei".

"Você ainda não está no meio, Anna."

Ela morde o lábio e dá mais um passo na minha direção.

Seguro uma de suas mãos e a puxo de leve até onde estou. "Não quer ficar aqui comigo?"

Ela me encara por uma fração de segundo antes de desviar o olhar. "Não quero que você se sinta pressionado a... fazer coisas comigo."

"Não estou me sentindo pressionado."

Um sorriso surge em seu rosto, e ela assente. "Tudo bem, então."

Coragem, digo a mim mesmo. Ela me mandou um emoji de coração. Eu consigo fazer isso. Eu me recomponho e prendo uma mecha de cabelos dela atrás da orelha. Quando percebo um leve tremor em seu rosto, pergunto: "Tudo bem se eu fizer isso?".

Ela faz menção de balançar a cabeça, mas se interrompe. "Eu gosto desse sentimento."

"Mas?", eu pergunto.

Com o olhar voltado para o teto, ela acrescenta: "Mas... não gosto que mexam no meu cabelo".

Registo essa informação e passo o dorso dos dedos em seu rosto antes de segurar seu queixo, fazendo sua atenção se voltar para mim. "E quando eu toco você desse jeito?"

Ela respira fundo e dá um suspiro trêmulo. "Tudo bem."

"Mas é bom ou ruim?"

Seus lábios se curvam. "É bom."

"Bom saber." Eu me inclino para a frente, ansioso para colar a minha boca à dela, mas só me permito roçar o nariz no seu, uma carícia que a faz fechar os olhos.

Então encosto nossos lábios e, quando ela se move para prolongar o contato, meu autocontrole vai para o espaço e eu me aposso da sua boca — como ansiava fazer desde o começo. Sua garganta deixa escapar um leve ruído, e eu me perco. Eu a beijo como se estivesse me afogando.

Queria memorizar tudo sobre este momento, o beijo que damos aqui, mas só consigo pensar em sua boca. Em sua maciez intoxicante, seu sabor, na forma como ela parece me atrair cada vez mais. Não consigo me saciar. Me sinto incapaz de parar.

É ela quem se afasta, segurando meus ombros com força. "Nós podemos ser presos por beijo indecente em público?"

Deixo escapar uma risada áspera. "Será? E você acha que isso é indecente? Você ainda não viu nada." Deslizo as mãos pelas costas dela, agarro seus quadris e a puxo para mim, para que sinta o que faz comigo.

Ela dá um suspiro de susto e enterra o rosto no meu pescoço, dizendo meu nome como se estivesse protestando, o que me faz dar uma risadinha.

Parece o momento apropriado, então eu digo:

"Gosto muito de você, Anna."

"Eu também gosto de você", ela responde, com um peso nas palavras que me convencem de sua sinceridade.

"Não quero que esta seja a nossa última noite juntos", confesso. "Quero continuar a te ver depois disso, não quero que seja uma noite e só... Por que não saímos juntos para ver até onde as coisas chegam?", pergunto, com dificuldade de ouvir a minha própria voz por causa do som da minha pulsação nos ouvidos.

Ela respira fundo e se afasta de mim. "Isso significa que você quer ser meu namorado?"

"Não precisamos pensar em rótulos, se isso incomoda você." Mas sinceramente não sei se estou falando isso para ela ou para mim. Se engatarmos um relacionamento sério, vou precisar ser bem verdadeiro em relação às coisas, e isso não é fácil, apesar de ela ter se aberto para mim e revelado os problemas que vem enfrentando. Quero ser seu porto seguro, alguém com quem ela possa contar. *Preciso* que ela me veja como alguém que está presente por inteiro.

"Meu namorado e eu..." Ela franze a testa e afasta os cabelos do rosto com um gesto impaciente com a mão. "Ele queria um relacionamento aberto. Já deveria ter dito isso para você antes, mas não sabia que nós... que você... que eu..."

Demoro um certo tempo para entender o que ela está dizendo, mas então uma estranha mistura de sentimentos começa a fervilhar dentro de mim. Eu estava enganado. Ela não estava tentando esquecer alguém. Só estava buscando uma experiência nova. Porque era isso o que seu namorado de merda estava fazendo. Fico magoado por ela não ter me contado, mas entendo o motivo. O lance entre nós não deveria ter passado nem da primeira noite.

"Você está bravo?" ela pergunta.

Não tenho ideia de como responder, então faço a única pergunta que realmente importa no momento: "Você ainda quer ficar com ele?".

Ela morde o lábio inferior e move a cabeça devagar, mas com determinação. "Não."

Meu coração dispara. Minhas mãos estão loucas para tocá-la, mas eu as mantenho imóveis. "Você quer..."

"Quero ficar com *você*", ela afirma, me encarando de um jeito que eu praticamente nunca tinha visto antes.

Dou um passo na direção de Anna. "Há quanto tempo vocês estão... fazendo isso?"

"Praticamente desde que conheci você. Ficar longe dele está sendo bem mais fácil do que eu esperava", ela comenta. "E, por falar nisso, você foi o único."

Não consigo conter o sorriso. Eu fui o único de quem ela se escondeu no banheiro.

"Como estamos sendo sinceros um com o outro..." Meu estômago fica embrulhado, e eu solto o ar com força pela boca, tentando me livrar da sensação.

Ela me observa com a testa franzida, esperando para ouvir o que tenho a falar.

"O meu problema não foi nenhum tipo de ferimento nem nada. Eu fiquei doente." O enjoo no estômago se intensifica até me deixar zonzo, e eu forço as palavras a saírem. "Tive câncer no testículo, e precisei remover um deles. Muita gente considera que sou só metade do homem que..."

Ela leva os dedos aos meus lábios para me silenciar. "Não fala isso."

Ainda não terminei. Existem mais coisas para falar. Só que meus olhos estão marejados, e sinto um nó na garganta. Por mais que eu tente engolir, esse nó se recusa a ir embora. Não quero ficar nesse estado na frente dela. Quero ser quem Anna pensava que eu era, um cara cheio de confiança que estava pouco se fodendo para tudo. Mas a verdade é que eu me preocupo. Quero ser o que preciso ser — para Anna, para mim mesmo, para todas as pessoas que fazem parte da minha vida.

Ela leva a mão ao meu rosto da mesma forma que eu fiz antes, com os olhos carregados de preocupação. "Você sente alguma dor?"

"Não, nem um pouco. Já estou curado do câncer faz um tempo."

Um sorriso enorme surge no rosto dela. "Não tem notícia melhor que essa."

"Mas não é uma notícia tão boa assim. Eu não sou mais como era antes lá embaixo. Não ficou..."

Ela cai na risada, o que me pega de surpresa. E, para ser sincero, me magoa um pouco.

"Desculpa, eu não estou rindo de você", ela explica. "Mas, de verdade, não me importa como você é lá embaixo. Já li livros sobre mulheres obcecadas pelo saco dos caras, e nunca entendi isso. 'Bonito', 'feio', para mim é tudo a mesma coisa. Eu, hã, não sei como apreciar essa parte."

Percebo que tenho motivos para me irritar. Essas palavras são bem insensíveis, em um certo sentido. Mas sei que a intenção dela não é ser cruel comigo. Ela só está me dizendo que não liga se eu não tenho mais a simetria de antes, que isso na verdade não faz diferença.

Então não me incomodo.

Decido não me irritar com a situação, nem com o câncer, nem com *ela*.

Imagino sua confusão diante de descrições elaboradas de bolas peludas, talvez até vendo um mosaico de imagens de sacos escrotais enquanto tenta entender o apelo daquilo, e inevitavelmente acabo achando engraçado. Ela tem razão. Antes da minha cirurgia, o médico me sugeriu pôr uma prótese de silicone no lugar do testículo que seria removido, mas eu recusei. Depois do câncer, eu não queria nada falso ali. Disse a mim mesmo que era capaz de lidar com a ideia de ser diferente, e que no fim das contas ninguém estava nem aí. Mas isso foi *antes*, quando eu ainda não tinha perdido nada. Depois da operação, senti uma vulnerabilidade que nunca havia experimentado antes. E que ainda não estava superada.

Mas eu quero que isso aconteça. E talvez finalmente esteja a caminho.

"Você já falou mais de uma vez de coisas que lê nos livros", comento. "Que tipo de livros são esses?"

Ela se limita a contorcer os lábios, se mantendo teimosamente em silêncio, apesar de um esboço de sorriso se insinuar nos cantos de sua boca. Dou um suspiro e encosto minha testa à dela.

"Vamos fazer isso juntos, você e eu, e ver o que acontece", eu sugiro.

"Tá bom." Isso é tudo o que ela diz, porém é mais do que o suficiente.

Agora que ficamos em silêncio, o rugido da fonte na lagoa preenche os meus ouvidos. Estou concentrado em Anna, no ambiente ao nosso redor, nas luzes ondulantes acima de nós e na noite lá fora.

E tudo, absolutamente tudo, está perfeito.

18

ANNA

Compramos falafel e sanduíches de pão pita em um *food truck* e comemos enquanto caminhamos pela marina, onde os mastros sem vela apontam para o céu como pirulitos virados de cabeça para baixo. Conversamos sobre polvos e brincamos sobre possíveis lugares onde poderíamos encontrar um escondido na praia. Como sempre acontece, acabamos nos beijando, mas, quando Quan me toca, sinto que suas mãos estão geladas. Não quero que ele morra de hipotermia, então sugiro encerrar o passeio.

Diante do meu prédio, fico hesitante por um momento antes de perguntar: "Você quer subir?".

"Você quer que eu suba?", ele questiona, em vez de responder.

"Eu perguntei primeiro."

Ele dá risada, com o meu capacete na mão, e demora um bom tempo para prender de volta na moto antes de dizer: "Quero, sim".

"Então sobe comigo", digo.

Depois de prender o capacete dele na moto, Quan sobe comigo os três andares da escadaria úmida até o meu apartamento. Lá dentro, descalço as sapatilhas, tiro a jaqueta dele e penduro sobre o espaldar da poltrona, sentindo um desconforto repentino. Sei o que vai vir a seguir, mas não como vamos chegar lá.

"V-você está com sede?", pergunto.

"Não, obrigado", ele responde.

"Quer ver tevê?"

Ele contorce os lábios numa expressão de divertimento. "Seria uma experiência diferente finalmente assistir alguma coisa ao seu lado, mas não quero, não. Não estou a fim de ver tevê agora."

Ele avança na minha direção, e minha respiração se acelera. Seu jeito de andar, como se estivesse indo a algum lugar importante, exerce um tremendo apelo sobre mim. Porque é para mim que ele está vindo.

"Já sei o que precisamos fazer nesta primeira vez", ele me diz.

"O quê?"

Ele se inclina para a frente e me beija na testa, na bochecha e atrás da orelha. "Ficar no escuro."

Imediatamente lembro da insegurança dele por causa da cirurgia, e assinto com a cabeça. "Por mim, tudo bem."

Seguimos pelo corredor até o meu quarto e entramos. Ao passar pela porta, automaticamente levo a mão ao interruptor, e Quan murmura: "Vamos deixar as luzes apagadas. A não ser que você tenha mudado de ideia".

"Não, eu só esqueci mesmo." Vou avançando pela escuridão até bater o joelho contra a lateral do colchão.

Eu me viro para ele, e dou um encontrão em seu peito, soltando um *uuf*.

"Está tudo bem?", ele pergunta.

"Tudo, mas é um pouco estranho."

"Um pouco", ele concorda. "Mas até que estou gostando também. Assim posso conhecer um novo lado seu."

"Meu lado estabanado?"

"Eu já me acostumei a te ver. Agora posso me concentrar só em te sentir." Seus lábios pousam na minha testa, na minha sobrancelha, e me fazem rir, depois vão para a ponta do meu nariz, a minha boca. Ele suga meu lábio inferior, passa a língua de leve e então toma minha boca inteira com movimentos ousados com a língua, enquanto suas mãos passeiam pelo meu corpo.

Quando ele segura e aperta o meu bumbum, meus músculos se enrijecem, e a umidade se espalha pelo meio das minhas pernas. Obviamente, sei que ele não vai aliviar toda a tensão do meu corpo — ele não saberia como fazer isso —, mas eu o desejo mesmo assim. Quero seus beijos, suas carícias. Sua proximidade. E, acima de tudo, que ele me deseje.

Meus beijos vão ficando mais exaltados. Enfio as mãos debaixo de sua camiseta e sinto a firmeza de seu abdome, seu peitoral, suas costas.

Mesmo no escuro, dá para perceber como ele é forte e ágil. Eu não sou nenhuma das duas coisas, e me deleito com nossas diferenças. Quando percebo o volume duro comprimido sobre a parte de baixo da minha barriga, fico instintivamente na ponta dos pés para nos alinharmos... e encaixarmos.

Ele solta um som rouco e se esfrega em mim bem devagar. As sensações se acumulam todas no meu ventre, e meus joelhos amolecem. Ele não me deixa cair. Me segura, puxa uma das minhas coxas sobre seus quadris e se remexe sinuosamente entre as minhas pernas enquanto aprofunda o nosso beijo. O descaramento desse gesto, o atrito, a boca dele — tudo isso é arrebatador para mim.

Mal percebo quando ele me põe na cama. Só sei que nossos corpos estão mais próximos. E fica mais gostoso. Puxo sua camiseta para cima, impaciente com as camadas de tecido entre nós, e ele interrompe o beijo para arrancá-la. Nossas bocas se juntam de novo como se não suportassem mais ficar separadas. Acho que é isso mesmo, no momento. Estou viciada nos beijos de Quan. E no gosto, no cheiro, na pele dele. Passo as mãos pelas costas dele, traçando o contorno da coluna com os dedos, me deliciando com a sensação. Quando encontro a cintura da calça, enfio os dedos lá dentro e vou me aventurando mais para baixo até encher as mãos com a forma arredondada e perfeita da bunda dele. Imediatamente, fico obcecada.

"Você está encrencado", digo entre um beijo e outro.

"Por quê?"

"Agora que sei como você é, não vou conseguir tirar as mãos daqui. Vou querer ficar agarrando o tempo todo." Estou sendo completamente sincera, então a princípio não entendo por que ele cai na risada, mas no fim concluo que é *mesmo* um pouco engraçado.

"Que bom que você gostou", ele responde e, apesar de não ver Quan, sei que ele está sorrindo, por causa do tom de voz. "Pode passar a mão em mim o quanto quiser."

"Em qualquer lugar?", pergunto, porque me lembro do que aconteceu da última vez.

Ele para por um momento, e a cama cede um pouco enquanto ele se mexe. Escuto o som do zíper enquanto ele abre a calça e a derruba no chão.

Sei que não faz sentido, mas fico morrendo de vergonha quando tiro o vestido pela cabeça, jogo de lado e arranco a roupa de baixo.

Eu não deveria me sentir assim. Ele não está me vendo. Nem *eu* estou me vendo. Mas minha mente ainda não aceitou que a escuridão é real. Estou esperando ser julgada, que julguem meu corpo, meus gestos.

Ele se deita ao meu lado e se encosta em mim para nossos corpos ficarem grudadinhos, frente a frente, pele com pele. A rigidez do sexo dele faz minha pelve queimar, mas eu ignoro a sensação.

"Você é tão gostosa", ele murmura, passando a mão pela minha perna e pelo meu quadril.

"Você também." Eu toco seu rosto, seu pescoço, apoio a mão espalmada no centro de seu peito. "Dá para sentir o seu coração bater. Está acelerado. Você está nervoso?"

"Um pouco", ele admite.

"Eu também."

"Quer parar?", ele pergunta.

"Não."

Roçando os lábios nos meus, ele sussurra: "É melhor parar de falar e voltar a beijar, então?".

"Sim, por fa..."

Sua língua se insinua por entre os meus lábios, e ele me beija com tanto sentimento que faz os dedos dos meus pés se contraírem. Por um tempão, é só isso que fazemos. Beijamos até ficar sem fôlego. Tocamos um no outro, mas com as nossas mãos se mantendo nos lugares mais seguros — braços, pernas, barriga, costas. Sim, eu agarro sua bunda porque sou uma mulher indecente, mas não tenho coragem de fazer mais que isso depois da última vez.

Quando eu me remexo, inquieta, sua ereção desliza entre as minhas coxas e roça meu sexo. Ele solta um gemido contra o meu pescoço, e seu corpo fica tenso.

"Desculpa."

"Não precisa se desculpar." Com a respiração pesada, ele esfrega o rosto no meu pescoço e prende o lóbulo da minha orelha entre os lábios antes de dizer: "Se eu te mostrar como gosto que me toquem, você faz o mesmo pra mim?".

"Não pode ser só eu tocando você?"

Ele solta um grunhido de frustração e me beija com força na boca. "Eu quero que os dois curtam do mesmo jeito."

"Mas eu estou curtindo." O sexo com Julian era trabalho — físico, mental e emocional. Porque eu sempre estava tentando ser alguém que não era. Mas *isto* é... outra coisa.

"Você entendeu o que eu quis dizer", insiste Quan. "Fala comigo, ou me mostra. Pode ser qualquer coisa."

"Não consigo. Eu *quero*. Por você. Mas não consigo. Tenho vergonha, e se alguém..."

"Se alguém o quê? Só estamos nós dois aqui, Anna."

"Eu sei, mas..." Eu não termino a frase. Não sei como explicar.

"Você me quer. A não ser que eu esteja imaginando coisas."

"Quero, sim." Viro meu rosto quente para Quan, mas então lembro que ele não está me vendo, e me sinto uma tonta.

Ele me puxa para mais perto e me dá um beijo na testa. "Não posso deixar você na mão. Isso é coisa de namorados de merda."

"Não existe isso de deixar na mão", eu digo, mas sem esconder meu divertimento.

"Claro que existe. Você só não se incomoda mais porque acontece o tempo todo."

"Não é nada disso."

"Com que frequência você costuma se tocar?", ele pergunta com um sussurro.

Meu rosto fica ainda mais quente, mas me obrigo a responder: "Não sei. Eu não fico contando".

"Uma vez por dia?"

"Não."

"Uma vez por semana?"

Preciso tentar mais de uma vez antes de conseguir dizer: "Talvez".

"E, quando faz isso, você toca aqui?" Os dedos dele escorregam da minha clavícula para o meu seio, e ele brinca com o mamilo até deixá-lo bem durinho.

Sinto minha garganta se fechar e perco a capacidade de falar. Antes de conhecê-lo, eu nunca tinha tocado meus seios desse jeito. Mas, depois que ele me beijou ali, tentei replicar a sensação mais tarde. Não deu certo.

"Acho que não preciso perguntar. Sei que você gostou do que eu fiz da última vez." Ele ajusta um pouco o corpo e, no momento seguinte, o calor de sua boca envolve o meu mamilo. Em seguida começa a sugar e acariciar com a língua, e sinto reverberações profundas dentro de mim. Não consigo segurar o ruído que solto — meio suspiro, meio gemido. "Você fez esse mesmo som. Porra, como eu adoro isso." Ele passa para o outro seio e faz os mesmos movimentos. Tento me segurar, mas faço o mesmo barulho de novo. Me agarro aos lençóis, segurando com força enquanto me contorço toda sob a sua boca.

"Queria saber como ouvir esse barulho quando toco você aqui."

Depois disso, ele passa a mão na minha barriga e desce até o meio das minhas pernas. Um dedo desliza entre as minhas dobras e circula meu clitóris com movimentos lânguidos. Minha respiração se acelera, e meus quadris se levantam na direção da mão dele. Isso está bem perto de ser o que eu preciso. Muito perto mesmo. Mais ainda não chegou lá.

"Mais depressa?", ele pergunta baixinho.

Não consigo responder.

"Mais forte?"

Fico olhando para a escuridão, esbravejando silenciosamente contra... tudo. Mas acima de tudo contra mim mesma. Por que preciso ser assim? Por que não consigo mudar? Por que não consigo falar?

"É melhor eu parar, Anna?", ele murmura.

Meus olhos se enchem de lágrimas, que escorrem pelo rosto e molham as cobertas. "Eu não quero parar."

Ele fica em silêncio por um tempão antes de pegar a minha mão e beijar, chupando a ponta de um dos dedos e depois mordiscando um pouco antes de guiá-la para o meio das minhas pernas. "Vamos tentar assim, então", ele murmura, manipulando os meus dedos e os pressionando contra o pontinho mais sensível. "Eu não estou vendo você. Não vou saber o que você está fazendo. Não precisa falar nada."

"Quan, eu não..."

Ele me silencia com um beijo de boca aberta enquanto seus dedos se entrelaçam aos meus e acariciam meu clitóris, prendendo minha mão sob a sua enquanto me toca. Assim como antes, é quase o que eu preciso. Mas ainda não exatamente.

Só que, desta vez, meus dedos estão bem ali, e a tentação de fazer o que ele sugeriu é quase irresistível. Eu resisto. Tento fazer a coisa certa. E consigo.

Por um tempo.

Só que, quanto mais ele me beija, maior se torna a tentação. Meus quadris se movem na direção de seus dedos, procurando pelo tipo de carícia que não estou conseguindo ter. O que ele não me proporciona. Porque não sabe. Mas os *meus* dedos estão bem ali, e estão incrivelmente melados, de tanto que preciso daquilo. Os músculos do meu corpo ficam tão tensos quanto cordas de um violino.

Um dos meus dedos se move contra a minha vontade, e começo a me acariciar do jeito que eu gosto. Só um pouquinho, digo para mim mesma. Só um pouquinho. Solto um gemido com a boca colada à de Quan quando minha excitação se intensifica tanto que se torna quase dolorosa.

"Isso mesmo", ele murmura enquanto afasta sua mão, deixando que eu me toque sozinha.

Eu não deveria, mas continuo um pouco mais. E um pouco mais, gemendo seu nome. Meu sexo se contrai com força, e meus quadris se remexem.

"Não para", ele diz, beijando minha testa, minha bochecha, minha boca, meu queixo.

Eu continuo mais um pouco, e o som dos meus dedos acariciando minha carne se torna audível na escuridão do quarto. Bem alto, e extremamente erótico.

"Que puta tesão", ele murmura no meu ouvido, e eu me acendo toda por dentro ao ouvir isso.

Motivada pelo desejo de ouvir mais, eu acabo cedendo, me tocando livremente enquanto enfio a língua em sua boca, mordo seu lábio inferior, seu queixo, chupo seu pescoço. Estou chegando rapidamente ao orgasmo, mas me mantenho por um tempo no limiar, incapaz de me liberar por completo, quando pensamentos insidiosos surgem na minha cabeça.

Eu devo estar muito esquisita agora, me tocando com esse homem lindo aqui do meu lado. Seria melhor fazer sexo logo, deixar que ele me toque. Seria melhor se fosse mais fácil de me agradar. Seria melhor se eu pudesse ter um orgasmo para ele neste instante, múltiplas vezes, *sempre* que ele quisesse. As pessoas ririam da minha cara se me vissem agora.

Ele me beija e murmura palavras de encorajamento enquanto eu estremeço em seus braços. Mas isso não basta para calar as vozes na minha cabeça. Elas estão ruidosas demais. Meus quadris se remexem contra a minha mão, buscando um alívio que permanece distante, até que sinto o suor cobrir o meu corpo.

As mãos dele acariciam a parte interna das minhas coxas, e meu coração dispara. Fico paralisada, com medo de que ele comece a investigar o que estou fazendo para saber como eu preciso ser tocada, como eu sou estranha. Não quero que ele saiba. Ele não pode saber.

"Eu não... isso não... a gente precisa parar", eu digo, e meu tom parece de súplica.

"Tudo bem. Vamos parar." Suas palavras saem em um tom rouco e grave, mas ele faz o que eu peço. E para. Deita de barriga para cima e me apoia sobre seu peito, onde escuto as batidas enlouquecidas de seu coração e sinto a vibração de sua respiração profunda. Mais abaixo, seu sexo está encostado na minha perna, duro e quente.

A sensação de fracasso me dá vontade de chorar. "Desculpa."

"Não precisa se desculpar", ele diz.

"Mas eu não fiz. Nem você." Não consigo nem dizer o que nós *não* fizemos.

"Nós fizemos *muita coisa*."

"Você não está bravo?", pergunto.

"Não, eu não estou *bravo*", ele praticamente rosna enquanto me abraça com mais força. "Estou orgulhoso de você, porra. E honrado por ter confiado em mim. Não estou bravo, nem um pouco mesmo."

"Você ainda..." Eu movo minha perna e deslizo a minha mão pelo peito dele. Quan me impede, segurando minha mão contra seu abdome.

"Talvez da próxima vez", ele murmura.

"Você quer que tenha uma próxima vez?"

"Sim, eu quero que tenha uma próxima vez. Quero que tenha outras várias vezes."

"Você pode acabar ficando..." — na verdade não sei como dizer isso de uma forma que soe tranquilizadora — "... sexualmente frustrado. Se ficar sempre esperando por mim."

"Então eu vou ficar sexualmente frustrado", ele diz.

Quase digo que, se decidir esperar, ele vai pôr muita pressão sobre mim, mas fico em silêncio. Eu não estou sozinha nessa. Estamos fazendo isso juntos. Ele tem seus próprios motivos para querer que as coisas aconteçam de certa maneira, e eu respeito isso.

Me sentindo exausta, pergunto: "Podemos dormir agora?".

"Você está me convidado para passar a noite aqui?"

Estou cansada, mas abro um sorriso. "Estou."

"Então, sim, podemos dormir agora."

O toque insistente de um telefone me arrasta de volta à consciência. Não devo ter dormido por muito tempo. Meu cabelo ainda está molhado de suor, e eu me sinto desconfortavelmente melada no meio das pernas. Com um grunhido, sento na cama.

"Deixa cair na caixa de mensagens", Quan murmura, sonolento.

"Não posso. É o toque da minha mãe." Desço da cama e saio tateando às cegas em busca do meu vestido.

Sinto algo parecido com um vestido e visto pela cabeça, mas então percebo que mal cobre a minha bunda. Deve ser a camiseta de Quan, mas vai ter que quebrar o galho. Encontro a porta e em seguida vou até a sala atrás do meu celular, acendendo o abajur da mesinha de canto no caminho. Meu telefone parou de tocar, e não lembro onde foi que deixei (um problema bastante comum no meu caso). Procuro por toda parte — na mesinha de centro e nas prateleiras de livros, embaixo das almofadas do sofá. Vejo até dentro dos meus sapatos antes de ficar de quatro para olhar embaixo do sofá.

"Está no bolso da minha jaqueta."

Olho por cima do ombro, e quando vejo Quan sinto meu coração palpitar. Ele está encostado na parede em uma pose casual, sem nada em cima, só com a calça jeans de cintura baixa presa nos quadris. Eu toquei tudo isso, toda essa pele tatuada, sem ver nada. É uma pena termos feito tudo aquilo no escuro.

Só que, se não fosse assim, eu não teria conseguido fazer o que fiz.

Foi por isso que ele sugeriu? Não por ele, mas por mim?

Seu olhar percorre meu corpo — sério, intenso, possessivo, até —, e me dou conta da minha posição, e do fato de que estou sem calcinha. Ele deve estar tendo uma visão e tanto. Eu me ajeito e puxo a bainha da camiseta para baixo, envergonhada. Mas também me sinto imensamente desejada e sexy — o que com certeza nunca me senti antes, não de verdade.

Meu celular começa a tocar de novo dentro do bolso da jaqueta dele, e corro para pegar. É quase meia-noite. Não tem como ser uma boa notícia.

"Oi, Ma. Está tudo bem?"

"Finalmente você atendeu." Escuto um som abafado e estranho, seguido de outro, mais prolongado e agudo. É um barulho tão estranho que demoro um tempo para entender do que se trata. É um choro. Minha mãe está chorando.

Nunca na minha vida inteira ouvi minha mãe chorar assim.

"O que está acontecendo? Onde você está?", eu pergunto.

"No hospital. É o seu Ba. Pensei que ele estivesse dormindo", ela diz, mas então começa a soluçar de novo.

"O q-que aconteceu?" As possibilidades começam a surgir na minha mente, uma pior do que a outra. Sinto uma pressão crescer na minha cabeça, tão forte que o meu couro cabeludo se arrepia inteiro.

"Ele teve um derrame, e bem sério. Vem pra cá, Anna. Agora mesmo."

PARTE DOIS
DURANTE

19

ANNA

Me sinto entorpecida durante o trajeto de uma hora até o hospital, mal me dando conta do que está acontecendo quando Quan para na garagem subterrânea de seu prédio para trocar a moto por um SUV Audi preto. Tem cheiro de carro novo, o que considero nauseante, mas gosto da ideia de que ele se preocupa com a minha segurança. Como não tenho carro, me sinto muito grata por ele me levar. Caso contrário, eu teria chamado um Uber — já estava fazendo isso quando ele me perguntou que diabos estava acontecendo.

Então ter um namorado que não está sempre fora é assim. Quando o entorpecimento passar, com certeza vou saber que sensação isso me causa.

Por ora, preciso de fatos, de informações. Não choro, não lamento, mantenho tudo congelado dentro de mim até me inteirar melhor da situação.

Eu até perguntaria para Priscilla — ela sempre sabe de tudo —, mas, de acordo com as mensagens de texto que perdi enquanto estava na pegação com Quan, ela pegou um voo noturno para a Califórnia e só vai poder atender de manhã.

No hospital, o pessoal da recepção nos oferece crachás de visitantes e explicações complicadas sobre como chegar ao quarto do meu pai. Estou quase em pânico para tentar lembrar onde virar, mas Quan me pega pela mão e me mostra o caminho, como se já tivesse vindo antes. E talvez já tenha mesmo.

Os corredores são bem iluminados e movimentados. É como se fosse de dia. A doença não respeita horários comerciais.

Quando chegamos ao quarto do meu pai, solto a mão de Quan e paro um pouco para me recompor. Fecho os olhos e automaticamente busco pela persona adequada. Minha postura muda. Eu me transformo.

Bato na porta uma vez para anunciar a minha presença e abro para entrar, enquanto Quan fica no corredor. É um quarto duplo e espaçoso, mas o segundo leito está vazio. A parte ocupada tem uma cortina azul em volta, que eu puxo para o lado. Meu pai está dormindo, conectado a vários tubos e fios. Sentada ao lado dele, segurando sua mão, está minha mãe. Seu rosto está incomumente pálido, mas, como sempre, ela está vestida de forma impecável, com uma blusa de caxemira com fios dourados decorativos e miçangas peroladas e uma calça social preta.

"Ma", eu digo, tomando cuidado para não falar alto demais. "Como ele está?"

Ela cobre a boca e balança a cabeça.

Engolindo em seco, me aproximo da cama devagar. Meu pai sempre foi alto e robusto, mas neste momento parece pequeno. Magro. Frágil. Seu cabelo não era tão grisalho antes. Eu nunca tinha reparado nessas manchas em seu rosto. Sua vitalidade as tornava irrelevantes. Quando o vi alguns meses atrás, não entendi por que minha mãe insistiu tanto para ele passar protetor solar. É como se ele tivesse envelhecido dez anos desde então. Não parece mais o homem que me trazia doces quando passava um tempo fora e escondia tudo no porta-malas do carro para eu encontrar quando carregasse sua bagagem para casa. Um ritual exclusivamente nosso, mantido em segredo da minha mãe, que não aprovaria.

Estendo a mão para tocar a do meu pai. Sua pele está fria ao toque, e ele não reage. Olho para o monitor ao seu lado, onde os números e as linhas permanecem em movimento, me assegurando de que ele está vivo.

"Ba, sou eu, Anna. Vim ver você", eu digo.

Seus olhos se abrem, e ele pisca algumas vezes, sonolento, antes de se concentrar em mim. Espero ver um sinal de reconhecimento em seus olhos. Espero ver um sorriso, por menor que seja, e que ele diga meu nome.

Mas seus olhos não dão sinal de vida. Ele não sorri. Quando fala, as palavras parecem lhe exigir um esforço imenso, e saem arrastadas e emboladas. Não consigo entendê-lo. Não sei nem em qual língua ele tentou falar.

"Que foi?", eu pergunto, pedindo para que repita.

Suas pálpebras se fecham, e sua testa se franze enquanto mais sons gorgolejantes escapam dolorosamente de seus lábios. No fim, seu rosto relaxa e sua respiração se estabiliza. Ele voltou a dormir.

Olho para minha mãe, completamente perdida.

Se sacudindo em suspiros silenciosos, ela esconde o rosto entre as mãos. Com um sussurro sofrido, ela diz: "Fui eu que falei para ele tirar um cochilo. Pensei que amanhã ele já fosse se sentir melhor".

A médica entra no quarto, uma mulher alta com o jaleco branco de praxe, trancinhas compridas amarradas num rabo de cavalo e óculos de armação vermelha. Com um tom de voz baixo, ela diz: "Só queria ver como ele está antes de encerrar o meu turno". Ela reconhece minha mãe e faz um aceno compassivo com a cabeça. "Sra. Sun." Para mim, ela fala: "Sou a dra. Robinson" — e aperta a minha mão em um cumprimento firme.

"Sou Anna, filha dele", consigo responder. Percebo que esqueci de sorrir, e faço isso com atraso, apesar de sentir meus lábios rígidos como se fossem feitos de plástico.

Enquanto examina meu pai, analisando os sinais vitais, se certificando de que está tudo certo com o soro e a medicação, ela explica: "Como falei para a sua mãe...".

Me sinto como se estivesse fora de mim enquanto ela detalha a situação do meu pai. Escuto seu discurso. Escuto a minha voz fazendo perguntas, como se fosse de outra pessoa. Vejo a médica, meu pai, minha mãe. E é como se visse a mim mesma também, uma mulher indefesa e inútil, apesar de isso ser impossível. Quan está em algum lugar atrás da cortina azul. A dra. Robinson usa um jargão médico que não conheço, mas consigo entender que meu pai sofreu lesões cerebrais graves porque não recebeu atendimento logo depois do derrame. Ela não recomenda tratamento cirúrgico por causa da idade, e não há muito o que fazer. Ele pode ou não sobreviver a esta primeira semana. Caso consiga, metade de seu corpo está paralisada. Sua capacidade cognitiva pode estar prejudicada. Com os tratamentos adequados, até *pode* algum dia conseguir falar, sentar sozinho e comer alimentos sólidos.

Se ele deixou alguma orientação sobre recusa de tratamento?

Minha mãe responde que não.

Quando a médica sai, impõe-se um silêncio no quarto. Estou tão confusa que não sei o que pensar nem o que fazer. Acho que a minha mãe também está assim. Deve estar esperando Priscilla chegar e tomar a frente da situação. Vamos ter que aguardar até de manhã para isso.

Ficamos sentadas, imóveis e mudas, por quinze minutos até eu finalmente dizer: "Ma, você parece cansada. É melhor ir para casa dormir um pouco".

"Não posso. E se ele..." Seu rosto se contorce, e ela não termina a frase.

"Eu fico aqui. Se acontecer alguma coisa, ligo na mesma hora. Você precisa se cuidar. Senão vai ficar doente." A adrenalina corre solta pelo meu corpo, me proporcionando a energia que a minha mãe claramente não tem mais.

Ela pensa a respeito por um instante, e percebo que está dividida. Quer ficar, mas deve ter tido um dia terrível. Não parece capaz de suportar mais um baque, e muito menos passar a noite acordada.

"Por favor, Ma. Sua casa não é longe daqui. Se vier correndo quando eu ligar, não vai demorar mais que quinze minutos pra chegar."

Ela enfim assente com a cabeça e se levanta com um gesto lento. "Tudo bem, assim eu posso limpar a bagunça lá de casa. As pessoas vão vir visitar, e precisam de um lugar para ficar."

Quando ela põe a bolsa Louis Vuitton no ombro, Quan aparece atrás da cortina, e ela toma um susto quando o vê.

"Posso levar a senhora para casa, se quiser. Sou Quan, o... amigo da Anna. Prazer em conhecer." Ele estende a mão para a minha mãe, abrindo seu sorriso desconcertante.

Mas com ela não funciona da mesma forma que comigo. Ela se limita a encará-lo com os olhos arregalados, como se estivesse sob a mira de uma arma. Sei muito bem o que ela está vendo — as tatuagens, a cabeça raspada, a jaqueta de motoqueiro. E sei o que está pensando também. Não consigo controlar a transpiração.

"É seu amigo?", ela me pergunta, atordoada.

"É, sim", respondo. Estou tão ansiosa que é como se agulhas frias estivessem espetando meus lábios. "V-você quer uma carona? Foi o Quan que me trouxe aqui."

"Não, obrigada", ela diz com toda a educação e o sorriso mais falso do mundo. "Vim de carro. Posso voltar dirigindo também. Boa noite." Ela passa apressada por Quan e me lança um olhar horrorizado por cima do ombro antes de sair.

Quan a observa com uma expressão indecifrável no rosto, e então abaixa a cabeça. Está parecendo abandonado e triste, como um cachorro amarrado a uma árvore na frente da casa do dono. Fico me sentido péssima.

"Desculpa", eu digo, desesperada para tentar compensar a recepção fria que ele recebeu da minha mãe. Quan não merecia isso, de jeito nenhum. "Eu deveria ter..."

"Ei", ele murmura, me abraçando e me beijando na testa. "Está tudo certo. Não é nada de mais."

"É, *sim*."

"Seu pai não está bem. Ninguém precisa se preocupar com esse tipo de coisa hoje. Não esquenta comigo, tá bom?", ele me diz.

"Mas..."

"É sério. Depois eu me entendo com a sua mãe, arrumo um jeito de conquistar a simpatia dela. Mas não precisa ser agora."

Estou exausta demais para discutir, então digo a mim mesma que depois dou um jeito nisso. Por ora, eu me limito a assentir com a cabeça e relaxo nos braços dele. Me deixo abraçar. E me sinto muito grata por ele não dificultar as coisas.

"Você trouxe tudo o que precisava? Quer que eu pegue alguma coisa?", ele oferece.

"Acho que não preciso de nada."

"Posso perguntar para as enfermeiras se elas podem trazer uma cama dobrável ou alguma coisa do tipo."

Essa sugestão me lembra que tenho uma longa noite pela frente, e suspiro. "Provavelmente é melhor eu não dormir. Mas você precisa. Tem que trabalhar amanhã. Deveria ir pra casa, aliás."

"Eu não ligo de ficar", ele responde, e percebo pela expressão em seu rosto que está preocupado comigo. "Posso tirar o dia de folga amanhã."

"Não precisa ficar, e acho que... eu prefiro ficar sozinha com o meu pai."

Ele olha bem para mim antes de responder: "Tá bom, mas pode me ligar quando quiser que eu venho na mesma hora".

Toco seus dedos e passos os meus nos cabelos raspados de Quan. "Obrigada."

Ele me beija na boca e se afasta. "Se você sentir que precisa conversar com alguém, me manda uma mensagem?"

"Pode deixar."

Com um último sorriso e um olhar silencioso na direção do meu pai, ele sai, e fico sozinha com ele. A sensação é de despedida quando me sento. Seguro a mão dele. Olho para esse rosto adormecido, que se parece com o do meu pai, mas *não* é ele. Lembro do tempo que passamos juntos. Ele trabalhava como engenheiro numa multinacional de semicondutores e passou a maior parte da minha infância em viagens para fora do país, mas sempre tentava estar presente nos momentos mais importantes da minha vida — estreia de concertos, formaturas etc. E também se esforçou para marcar presença nos momentos menos importantes, apesar de passar tanto tempo fora. Olhando para trás agora, isso me parece ainda mais importante. Ele queria saber dos meus interesses. Sempre queria me ver quando voltava para casa. Ia verificar o que estava acontecendo quando minha mãe brigava comigo e muitas vezes me defendia, apesar de ter medo dela também.

Sinto falta de sua risada, que se espalhava pelo corpo todo. De seu humor sarcástico. De sua teimosia irritadiça. Estou com medo, muito medo, de que essas coisas, esses detalhes que o diferenciam das outras pessoas, essas partes *essenciais* dele, tenham se perdido para sempre.

20

QUAN

Na segunda de manhã, meu alarme me desperta no horário de sempre. Depois de desligar, imediatamente verifico se chegou alguma mensagem. Não tem nenhuma. Esfrego o rosto e dou um suspiro. Pelo que conheço da Anna, sei que ela não quer me incomodar.

Ainda não entendeu que eu *quero* que ela me incomode com o que for preciso.

Mas vou continuar me esforçando até ela entender. E, para isso, mando uma mensagem rápida: *Ei, acabei de acordar. Como você está? E o seu pai?*

Ela não responde de imediato — e eu nem esperava por isso —, mas minha cama, na verdade meu apartamento inteiro, parece enorme e sem vida. Quero acordar com ela ao meu lado. Quero retomar de onde paramos ontem.

Pensar no que fizemos — nos sons que ela emitiu, na maneira como disse meu nome quando chegou quase lá — me deixa imediatamente excitado, então é apenas natural quando abaixo a cueca e começo a me masturbar pensando em Anna. Só de me lembrar dela procurando o celular debaixo do sofá, sem nada além da minha camiseta, me faz soltar um grunhido. Fico fantasiando sobre o que poderíamos ter feito se as circunstâncias fossem outras, coisas como chupá-la e fazê-la gozar na minha boca, depois agarrá-la pelos quadris e enfiar bem fundo...

Meu celular emite um sinal sonoro, e afasto a mão imediatamente, pressionando a palma contra o lençol, com a respiração ofegante. Quando reorganizo os pensamentos, pego o telefone e leio a mensagem dela: *Estou bem. Meu pai está igual ontem. Minha irmã acabou de chegar de Nova York, e as coisas estão caóticas.*

Deito a cabeça no travesseiro e fico olhando para o teto, já com os pensamentos sensuais bem distantes da minha mente. *Posso ajudar em alguma coisa?*

Na verdade não, mas obrigada por oferecer, ela responde, e a mensagem seguinte é um coração vermelho.

É uma puta coisa patética, mas adoro receber esses corações.

Como estou louco pela Anna, mando um também, seguido por um: *Quer que eu passe aí pra te ver?*

Por enquanto é melhor não, é a resposta.

Tá bom. Quando quiser, é só avisar, digito.

Pode deixar. Obrigada. Preciso ir, ela escreve, e sei que vou ficar sem notícias por um tempo.

Não me parece certo ela passar por um momento tão difícil e eu não poder estar ao seu lado, mas consigo entender. É um caso de família, e não faço parte da família dela. Aliás, pelo jeito como a mãe dela me olhou, tenho um longo caminho a percorrer antes de ser aceito pelas pessoas que fazem parte de sua vida. Sempre tive uma atitude despreocupada em relação às pessoas, do tipo "se não gostou, foda-se". Mas aquela é a mãe da Anna. Preciso fazer um esforço e encontrar um jeito de agradá-la, apesar de ser desconfortável e frustrante e contraditório com o meu jeito de ser.

Para Anna é importante, então para mim também é.

A boa notícia é que minha caixa de entrada está cheia de e-mails relacionados à possível aquisição para a lvmh e tenho uma reunião hoje com todos os advogados envolvidos. Estou tentando manter a cabeça fria, mas o negócio está ficando cada vez mais concreto. Meu instinto me diz que vai rolar. A recompensa por todos os anos de trabalho duro e o início de uma nova fase para a parceria profissional com Michael. Vamos conquistar o mundo juntos. E vou ganhar uma nota preta no processo.

Isso vai vir a calhar com a mãe da Anna. Se eu ficar rico de verdade, sei que ela vai me respeitar. Não importa a minha aparência, nem onde estudei, nem meu jeito de falar, nem o que o meu corpo sofreu.

Vou ser considerado bom o bastante para a filha dela.

21

ANNA

Como todo mundo já previa, Priscilla toma a frente da situação assim que chega ao hospital. Ela entra em contato com profissionais para obter uma segunda opinião, e depois uma terceira, sobre a condição do nosso pai. Avalia todos os prontuários que consegue encontrar, pede cópias dos exames de imagens, atormenta as equipes de enfermeiros e médicos com inúmeras perguntas e instruções que fico até com pena dessas pessoas. Estão claramente incomodadas, não deve ser fácil engolir essa desconfiança em relação à competência delas. Ninguém entende que esse é só o jeito da Priscilla, que não é nada pessoal, mas ela já fez uma das enfermeiras chorar. Para compensar, tento tratar todo mundo com o máximo de gentileza humanamente possível. Sou boazinha, meiga, respeitosa, compro doces para o pessoal do hospital.

Tenho a maior consideração por vocês. Por favor, não odeiem minha família. Por favor, cuidem bem do meu pai.

Priscilla avisa a família que nosso pai provavelmente não vai se recuperar, e isso funciona como uma espécie de chamado, que reúne os parentes espalhados por todas as partes. Ao longo dos dias seguintes, o hospital é invadido por um número notavelmente grande de asiáticos. Ficamos todos aglomerados no quarto do meu pai. Depois passamos para a sala de espera do andar, onde consumimos bebidas e salgadinhos com sabor de frutos do mar. Ocupamos todas as cadeiras do saguão. Tem um banco comprido no corredor, perto dos elevadores, que nós dominamos também. Estou me preparando para o momento em que a direção do hospital vai pedir para darmos um tempo. Sinceramente, não sei como fazer isso. Meu pai é o membro mais velho da família Sun, o patriarca, e todo mundo quer vir prestar homenagens e se despedir.

O problema — sei que não é essa a palavra certa, mas não consigo pensar em outra melhor — é que, todas as vezes que achamos que o fim está próximo, ele milagrosamente sobrevive. Nós choramos, nos despedimos, nos conformamos com a ideia. E então ele abre os olhos no dia seguinte, nem de longe recuperado, e sem nenhum sinal de melhora, mas definitivamente ainda está aqui, ainda está vivo. Nós celebramos e derramamos lágrimas de alegria. Mas, conforme o tempo passa, outras coisas acontecem; ele tem algum tipo de intercorrência, e a frequência cardíaca começa a oscilar de forma perigosa, a médica diz que ele não vai sobreviver à próxima noite, e vão todos correndo para o quarto. Nós choramos, nos despedimos, nos conformamos com a ideia. E então ele abre os olhos de novo no dia seguinte, e celebramos outra vez. Isso acontece três vezes antes de a condição dele aparentemente se estabilizar. É uma montanha-russa emocional que nunca vivenciei antes.

Hoje à noite, os mais velhos (ou seja, minha mãe e quatro irmãs e irmãos do meu pai, com os respectivos maridos e esposas), Priscilla e eu estamos na sala de espera das visitas com a porta fechada. O cheiro que domina o ambiente é dos rolinhos fritos que minha prima trouxe depois do almoço, e o ar está quente e estagnado. Não há cadeiras suficientes, então, sendo a mais nova e menos importante entre as pessoas presentes, estou de pé, encostada na parede, envolvendo meu próprio corpo com os braços e tentando me camuflar sob o papel de parede. Estou tão exausta que minha visão chega a dobrar tudo à minha frente, mas faço o meu melhor para me concentrar. É uma ocasião importante.

Vejo Priscilla explicar a situação e comandar a conversa. Seu cantonês é excelente (pelo que me disseram) para alguém nascida e criada nos Estados Unidos, mas mesmo assim ela é obrigada a recorrer ao idioma nativo para falar de questões mais técnicas. Palavras como *paralisado* e *sonda de alimentação* e *cuidados intensivos* se destacam em seu discurso, e minhas tias e meus tios parecem abalados com as notícias. Em uma demonstração de afeto pouco comum, minha tia Linda acaricia as costas da minha mãe, que chora, escondendo o rosto. Ela repete a mesma frase sem parar e, apesar de ser em cantonês, eu sinto que sei o que é: *Pensei que ele estivesse dormindo.*

Uma discussão se segue, mas não é nada acalorado. Estão todos tristes e exaustos, não irritados. Mas, quando parece que se chegou a um consenso, Priscilla sai da sala sem me dizer nada. Preciso correr atrás dela para tentar descobrir.

No corredor, eu pergunto: "O que ficou decidido?".

Ela interrompe seus passos firmes e sempre apressados e se vira para mim. "Não temos muita escolha. Todo mundo tem mais ou menos a mesma opinião. Não vamos internar o papai numa clínica. Só iriam entupir ele de morfina até morrer. E a sonda de alimentação é uma necessidade."

"Acham que é isso que o papai ia querer?", pergunto, hesitante.

"Sem isso, ele morre", Priscilla afirma. "*Você* quer ser responsável pela morte dele?"

Faço que não com a cabeça e me arrependo de ter aberto a boca.

Priscilla dá um suspiro, parecendo mais cansada e estressada do que nunca. "Preciso providenciar a papelada para a inserção da sonda e depois da remoção dele para casa, onde nós podemos cuidar melhor do papai, ajudar ele a se fortalecer."

Assinto, atordoada e apavorada. Ao que parece, Priscilla acha que nosso pai ainda pode melhorar, mas, com base no que ouvi da equipe médica, acho improvável que ele consiga se fortalecer ou ter alguma qualidade de vida. Só que isso é apenas a minha opinião, e eu sou a mais nova, então o que penso não faz diferença.

Mas ela disse "nós". Isso significa ela e *eu* tomando conta do nosso pai entrevado numa cama, tendo que suprir literalmente todas as suas necessidades.

O que eu sei sobre cuidar das pessoas? Nunca nem tomei conta de crianças, nunca tive um bicho de estimação (a não ser Pedra, que, apesar de seu carisma inegável, não é exatamente um ser vivo). Estou mais do que despreparada para o que vem pela frente.

"Você pode tirar uma licença da orquestra, não? Não é solista, então eles não devem ter problemas para arrumar alguém para te substituir", diz Priscilla, em tom curto e grosso. Suas palavras de desdém me magoam, mas estou acostumada. É seu jeito de demonstrar amor, com a intenção de me ajudar a superar minha sensibilidade exagerada e a ser mais realista em relação à minha situação. "Quanto ao seu contrato de gravação, com certeza dá pra adiar. As pessoas vão entender."

"Sim", respondo, insegura. Ela não sabe que a orquestra já me substituiu meses atrás, nem que eu já adiei a data da gravação porque não consigo mais tocar. E, se já fiz isso antes, provavelmente consigo fazer de novo, então acrescento: "Posso tirar uma licença".

Priscilla abre um sorriso orgulhoso e, apesar de eu estar emocionalmente sobrecarregada, sua aprovação me faz bem. "Tenho vários dias de folga no banco de horas e, se for preciso, posso pedir demissão. Estamos juntas nessa, Mui mui. Enquanto isso, tenta dormir um pouco. Tirei um cochilo no carro do papai hoje, e me fez bem. Só não se esquece de abrir as janelas antes."

Ela me entrega a chave do Mercedes do nosso pai e continua sua caminhada pelo corredor, com o olhar concentrado de quem está numa missão, e acho que está mesmo. Está tentando, com toda a bravura, salvar a vida do nosso pai. É isso o que as pessoas fazem por aqueles que amam. Continuam lutando, custe o que custar. Até mesmo quando se trata de uma batalha perdida.

Não é?

Passo pelo corredor, acenando para os meus primos espalhados pelos bancos, pego o elevador para o térreo, atravesso o saguão, onde aceno para mais primos e primos de segundo grau e primos dos meus primos que não são sequer meus parentes, e saio do hospital. O carro está parado sob uma árvore numa das extremidades do estacionamento, com o para-brisa sujo de dejetos vegetais e cocô de pássaros. Faço uma anotação mental para levá-lo ao lava-rápido um dia desses. Meu pai adora esse carro, apesar de ser mais velho que eu — um conversível bege dos anos 1980 cuja capota ele *nunca* deixa ninguém abaixar.

O assento do passageiro já está todo reclinado, então entro por esse lado e abro as janelas — que são manuais, então nem preciso pôr a chave no contato. Fechando os olhos, sinto o sol bater no rosto e me forço a dormir.

Por mais que eu tente acalmar minha mente, porém, minha cabeça continua a mil. As imagens persistem atrás das minhas pálpebras. A médica recomendando cuidados intensivos para doentes terminais e medicação para a dor a fim de deixar mais confortáveis os últimos dias do meu pai. Uma prima minha, especialista em preparação física e alimentação natural, dizendo que só podemos lhe dar produtos naturais, como extrato de *cannabis*, porque, quando ele melhorar, não queremos que fique viciado em analgésicos opioides. Minha mãe repetindo a mesma frase sem parar, pedindo perdão a todos, porque não consegue perdoar a si mesma. Priscilla, com sua determinação inabalável para fazer a coisa certa. E meu pai, gemendo e resmungando, entrevado na cama, preso no próprio corpo.

Ontem à noite, enquanto eu lhe fazia companhia, ele começou a se debater. Seus movimentos continuaram por vários minutos carregados de tensão e, quando a enfermeira enfim apareceu depois que a chamei, ela verificou seus sinais, examinou-o e concluiu que ele só precisava se aliviar. Com toda a gentileza, explicou que ele não poderia levantar para ir ao banheiro e disse que poderia fazer na cama mesmo, mas meu pai relutou o quanto pôde, até seu corpo enfim não aguentar mais. Então chorou, magoado, enterrando o rosto no travesseiro.

Eu queria tanto uma folga desses pensamentos que penso em ligar o som, mas, assim como o ar-condicionado, o rádio está quebrado desde sempre, com um cassete entalado no toca-fitas há décadas — *Teresa Cheung's Greatest Hits*. Quando eu era criança, perguntava para o meu pai por que não mandava consertar, e ele dizia que não ia gastar dinheiro para consertar uma coisa que já tocava exatamente o que queria ouvir.

Se eu escutar essa fita agora, vou ficar arrasada, então recorro à distração proporcionada pelo celular. Fico agradavelmente surpresa quando vejo mensagens de Quan:

Pisei num caramujo sem querer enquanto corria hoje e pensei em você.

Não porque você seja lerda e gosmenta

(o que não é)

É que lembrei dos polvos.

Enfim, sei que tem muita coisa rolando, mas queria falar que estou pensando em você.

Suas mensagens me fazem sorrir pela primeira vez no dia, mas, antes de responder, preciso escrever para Jennifer.

Meu pai está internado no hospital, então não vou poder ir à terapia por um tempo, aviso. É um alívio — afinal, não posso dizer que gosto da terapia —, mas também reconheço que cancelar as sessões pode não ser muito saudável para mim, principalmente neste momento.

Ela responde na mesma hora, o que me leva a entender que interrompeu a sessão de alguém para falar comigo. *Sinto muito. Se precisar de mim, estou por aqui, e apareça quando puder para eu saber que você está bem.*

Obrigada. Vou tentar, respondo, e ela "curte" a mensagem para mostrar que leu.

Quando estou abrindo de novo a mensagem de Quan, recebo outra, mas não é dele, nem de Jennifer. É de Julian.

Oi, minha mãe ficou sabendo do seu pai e me contou. Tudo bem se a gente fizer uma visita amanhã?

Meu coração dispara e começa a bater furiosamente. Não quero ver Julian, e muito menos ter que lidar com a mãe dele. Mal estou dando conta da situação como está.

Obrigada, mas você pode avisar a sua mãe que amanhã não é um bom dia? Meu pai vai fazer um procedimento em breve, e estamos tomando as providências para levá-lo para casa. Se ela quiser fazer uma visita, daqui a algumas semanas é melhor, aviso.

Que bom que ele vai para casa! Vou avisar a minha mãe, ele diz.

Sim, estamos todos aliviados, respondo.

Os pontinhos ficam saltando na tela e então param, como se ele tivesse resolvido apagar o que digitou, e então começam a dançar de novo. Um minuto depois, chega outra mensagem dele. *Estou com saudade de você, Anna.*

Eu reviro os olhos. Até parece.

É sério, ele insiste.

Não consigo responder que também estou com saudade (seria uma mentira), então escrevo: *Obrigada*. Assim que a mensagem é marcada como lida, faço uma careta. Não foi uma resposta muito gentil, mas neste momento simplesmente não tenho energia para ser quem ele precisa.

Vamos conversar mais vezes, não é? Estou por aqui, ele diz.

Fecho a janela da conversa sem responder e deixo o celular no console central. Não quero o apoio de Julian.
Tenho alguém muito melhor nisso.

22

QUAN

Os pais de Anna moram bem no meio de Palo Alto, não muito longe da casa da minha mãe, em EPA (East Palo Alto), uns quinze minutos de carro no máximo, mas é um mundo bem diferente daquele onde fui criado. Os jardins da frente das casas são bem iluminados, e não parecem ferros--velhos. Não têm alambrados em volta. As plantas são todas muito bem cuidadas. Todo mundo tem painéis de energia solar no telhado. E, quanto às casas, todas são dignas de capa de revista, em especial a da família de Anna — um sobrado espaçoso na frente do terreno com um chalé para hóspedes nos fundos, em estilo mediterrâneo, com estuque cor de creme na fachada e telhas de cerâmica alaranjada, uma coisa bem Califórnia.

A entrada da garagem está vazia, mas estaciono junto ao meio-fio. Ainda não tenho essa intimidade.

Acabei de chegar, mando uma mensagem avisando Anna.

Sei que é bobagem, mas estou nervoso. Faz um tempão que não a vejo (duas semanas inteiras), e não consigo afastar a preocupação irracional de que as coisas tenham mudado para pior desde então, apesar de trocarmos mensagens e conversarmos com frequência.

Como não recebo resposta, começo a batucar com os dedos no volante, sem saber se vou até a porta e toco a campainha. Mas posso acabar acordando alguém. Elas estão se revezando em turno de oito horas nos cuidados com o pai, para que sempre receba os devidos cuidados, só que isso também significa que sempre tem alguém dormindo.

Antes que eu me arrisque a mandar outra mensagem, a porta da frente se abre e Anna aparece correndo, descalça. Os cabelos estão presos num rabo de cavalo, e ela está usando um agasalho horrível, mas é a melhor visão que tive nos últimos tempos.

Desço do carro bem a tempo de recebê-la nos braços e a seguro com força, sentindo seu cheiro.

"Oi", digo com uma voz rouca.

Em vez de responder, ela me abraça com mais força.

"Está tudo bem? Com o seu pai?", eu pergunto.

"Ele está na mesma", ela murmura sem abrir os olhos.

"E você..."

"Eu estou bem", ela responde. "Só estou muito, muito, muito contente por você estar aqui."

Isso me faz sorrir. "Eu poderia ter vindo antes."

"Eu sei. É que as coisas estavam tão caóticas e..."

"Não precisa explicar. Eu entendo", garanto.

Ela suspira, e sinto seus músculos tensos relaxarem.

"Está com fome? Contei pra minha mãe sobre você e a sua família, e ela me deu três caixas de comida pra trazer, sem exagero", eu digo.

Ela afasta um pouco e olha para o meu carro, curiosa. "Do restaurante dela?"

"É, rolinhos fritos e sopa de macarrão, essas coisas." Abro o porta-malas para ela ver todas as embalagens plásticas de sopa e os recipientes de isopor. Anna fica boquiaberta.

"Não sei se tem espaço suficiente na geladeira..."

Eu coço a nuca, sentindo meu rosto ficar vermelho. "Dá pra congelar. E eu posso levar uma parte pra minha casa." Só que precisaria comer sozinho, porque de jeito nenhum posso contar para a minha mãe que Anna não ficou com tudo.

"Hã, vamos levar lá pra cozinha e ver se cabe", ela diz, atordoada, e pegamos as caixas para carregar para dentro.

A entrada da casa parece coisa de cinema. Tem um longo corredor de mármore com quadros e um relógio antigo. Num dos lados, fica uma sala de estar com uma lareira enorme, com vigas de madeira expostas no teto, móveis elegantes e as cortinas mais luxuosas que já vi. Parecem feitas de ouro, mas com certeza é só seda — seda de primeira qualidade. Mais adiante, vejo uma sala de jantar formal com uma mesa para dez pessoas que parece ser uma antiguidade e um lustre de cristal.

Este lugar não é nada parecido com a casa da minha mãe, onde a utilidade vem antes da estética e do preço, mas a comida é sempre de primeira qualidade. A única coisa familiar para mim aqui é o tapete perto da porta da frente, com todos os calçados bem alinhados. Acho que minha mãe tem um par de sandálias de plástico como as que vi aqui, inclusive.

Tiro os sapatos e sigo Anna pelo corredor, sentindo a frieza do mármore atravessando as meias e a sola dos pés. Faço uma descoberta que deveria ser óbvia, mas para mim não foi, porque nunca andei descalço em cima de tanto mármore antes: essa pedra é *dura*. Anna vai acabar com uma fascite plantar por circular nessa casa o dia todo.

No fim do corredor, ela vira à esquerda e entra numa cozinha gigantesca, integrada a uma área de convivência com pé-direito de seis metros e mais daquelas cortinas douradas. Anna apoia a caixa de comida em cima de uma das ilhas de granito (existem duas) e abre uma das geladeiras sub-zero (que também são duas) revestidas com painéis de madeira que combinam com os armários.

Enquanto estamos ajeitando as coisas, tentando abrir espaço para tudo o que minha mãe mandou, uma terceira pessoa se junta a nós.

"Ei, você pode tirar as coisas do micro-ondas para..." É uma mulher, mais velha que Anna, mais robusta, um pouco mais baixa, mas claramente alguém da família. Elas repartem os cabelos do mesmo jeitinho também.

Abro um sorriso e limpo a mão na calça jeans, caso tenha sujado de molho de peixe ou coisa do tipo, antes de estender para ela. "Oi, eu sou o Quan. Muito prazer."

Por uma fração de segundo, ela me encara exatamente da mesma forma que a mãe delas uma semana atrás — olhos arregalados, queixo caído, expressão horrorizada —, mas então vê as caixas de comida. E provavelmente sente o cheiro também. Tem frango frito, que tem um cheiro delicioso. O da minha mãe é o melhor, aliás, com a pele salgadinha e crocante que derrete na boca. Ela se recompõe, e um sorriso de gratidão ameniza sua expressão quando aperta a minha mão.

"Sou a Priscilla, irmã da Anna. Prazer em conhecer você também. Obrigada." Tudo em seu jeito de agir — desde a postura, passando pelo contato visual direto e o tom de voz confiante — me diz que é ela quem está no comando aqui. Se eu preciso causar uma boa impressão em alguém, é nela.

"Não por isso. Minha mãe gosta de ver todo mundo bem alimentado", comento.

Anna coça a cabeça enquanto olha para o interior da geladeira, parecendo ligeiramente em pânico. "Talvez você tenha que levar uma caixa de volta, Quan. Acho que não tem espaço pra tudo isso..."

"Como assim?", Priscilla intervém. "Tem espaço, sim. E tem também a geladeira extra na garagem, e aquele freezer enorme."

"Ah, é mesmo. Esqueci," Anna diz, soando tão diferente que os pelos da minha nuca se arrepiam. Seu tom fica mais agudo, hesitante, extremamente inibido. Essa não é ela. "Eu levo tudo lá pra fora, então?"

"Não", Priscilla decide. "Põe o máximo que puder aqui. Acho que a mamãe vai gostar."

"Tá bom", Anna diz com a mesma voz inexplicavelmente infantil, sorrindo como se a ideia de pôr coisas na geladeira fosse uma coisa interessantíssima de fazer.

Fico observando as duas irmãs, para ver se Priscilla percebe como o comportamento de Anna mudou. Pelo jeito não.

"Vocês deveriam congelar alguns *wontons*. Veio um monte. O frango é melhor comer hoje, junto com a sopa de macarrão", sugiro, fingindo que não percebi que minha namorada está agindo como se tivesse vinte anos a menos. "Vocês já comeram? Eu posso mostrar como se montam os pratos."

O rosto de Priscilla se ilumina com algo que parecer ser alegria. "Eu *adoraria* comer um pouco de..." Ela fica tensa e olha por cima do ombro para uma parte da casa que ainda não vi, como se tivesse ouvido algo que ninguém mais foi capaz de captar. "Fico preocupada quando ele tosse assim depois de comer. Precisamos espaçar mais as refeições." Ela pega um monte de panos no micro-ondas, fecha a porta e sai apressada.

"Ela tem uma superaudição agora, que nem a das mães. Meu pai virou praticamente o bebê dela", Anna comenta, com sua voz e seu comportamento voltando ao normal. A Anna que conheço está aqui de novo e tira as embalagens das caixas, alinhando-as sobre a mesa com uma precisão geométrica.

Lanço para ela um olhar questionador, e sua expressão parece confusa.

"Que foi? Tem alguma coisa no meu rosto?", ela pergunta, levando a mão à bochecha.

"Não, eu só estava... Por acaso você..." Não sei qual seria a utilidade de mencionar isso — ela já tem coisas de sobra com que se preocupar —, então pergunto: "Quer que a gente esquente alguma coisa pra sua irmã? E será que eu não preciso ir cumprimentar o seu pai?".

Anna faz que não com a cabeça. "Nós não comemos lá. Seria errado, sabe? Porque ele não pode. Mas, se a gente preparar um prato, ela pode vir aqui e comer rapidinho. É por isso que tem a babá eletrônica." Ela aponta para a pequena tela em um dos balcões. O volume está no mudo, mas uma imagem granulada mostra Priscilla inclinada sobre o pai, ajustando os travesseiros e o restante das coisas enquanto ele dorme.

"Acho melhor não ir até lá cumprimentar, então, já que ele está dormindo."

"Pois é, quando ele está acordado é melhor", ela responde. "Mas não se ofenda se ele não responder. Não sei se ele tem consciência do que está acontecendo ao redor na maior parte do tempo. Tentei conversar com ele, mostrar vídeos no YouTube, tocar música. Nada funciona. Nada do que eu faço, pelo menos." Ela encolhe um dos ombros e leva a mão a um dos cantos de uma embalagem de isopor.

Por um bom tempo, parece perdida em seus pensamentos, mas no fim sai do transe, se concentra em mim e sorri. "Vamos comer. Estou com fome, e o cheiro está muito bom."

Mostro como requentar as coisas do jeito que fica mais gostoso. Minha mãe me deu instruções bem específicas: deixar o frango frito no forno por cinco minutos para não perder a crocância, ferver a sopa no fogão e esquentar no micro-ondas a sopa de macarrão, os *wontons* e a carne de porco. Quando está tudo quentinho, eu junto nas tigelas, com o frango frito por cima, e ponho um pouco cebolinha e jalapeños em conserva em cada tigela. Anna vai correndo chamar a irmã, e nós três sentamos nos banquinhos de couro de uma das ilhas de granito e comemos ao som dos estalos da babá eletrônica, agora com o volume no máximo.

"Essa deve ser a melhor sopa de *wonton* com macarrão que já comi na vida", Priscilla comenta enquanto, de alguma forma, para minha surpresa, esvazia sua tigela. Até os ossos do frango ficam limpinhos.

"Obrigado. Vou contar pra minha mãe que você disse isso", respondo. "Ela adora cozinhar, e está sempre aprimorando as receitas. Você precisa ver quando ela vai a um restaurante pela primeira vez. Pede todos os pratos do cardápio e analisa tudo até a última migalha."

"É uma artista, então, que nem a Anna", Priscilla diz, cutucando a irmã de leve com o cotovelo.

"Acho que sim, mas ela não faz nada muito elaborado. Se a comida da minha mãe fosse um estilo de música, ia ser... sei lá, folk, ou de repente country. Nada do tipo que Anna toca. Mas eu posso estar enganado. Nunca ouvi Anna tocar. Só imagino que seja música clássica."

Em vez de responder, Anna dá de ombros e enfia mais macarrão na boca. Algumas mechas de cabelo estão caindo sobre seu rosto, mas eu não as prendo atrás de sua orelha. Ela não gosta disso.

"Sério? Nunca?" Priscilla pergunta, incrédula. Faço que não com a cabeça, e ela insiste: "Nem o vídeo dela no YouTube?".

"Tem um vídeo no YouTube?" É a primeira vez que ouço falar nisso, e agora estou me remoendo por dentro por nunca ter feito uma busca na internet com o nome dela.

"Você *não mostrou* pra ele?", Priscilla pergunta para Anna.

"Não, aquilo não é uma representação exata de como eu toco", Anna responde com o mesmo tom de voz cauteloso de antes. Eu não entendo. Perto da irmã, ela vira outra pessoa. "É só um truque de edição e..."

"Ai, meu Deus, nós precisamos mostrar." Priscilla tira o telefone do bolso da calça jeans apertada, abre o aplicativo do YouTube e digita "anna sun vivaldi" no campo de busca e comenta: "Não dá pra pôr só o nome dela, porque aí aparece uma música pop".

"Seu nome é uma música?", pergunto.

Anna sorri para mim e, com uma voz mais parecida com a de sempre — mas não exatamente a mesma —, responde: "Soou como um verso de um poema. Você deve gostar muito de mim".

Priscilla revira os olhos. "Como vocês são fofos. Olha aqui." Ela me estende o celular.

Quando o pego nas mãos, vejo uma imagem em miniatura de Anna num palco com o violino. Tem mais de cem milhões de visualizações.

"Puta merda", comento.

Priscilla sorri para mim. "Impressionante, né?" Ela cutuca Anna com o cotovelo de novo, mas desta vez é um gesto carinhoso, e não de provocação.

Anna faz questão de enfiar o maior *wonton* da tigela na boca, mas, apesar de fingir que está ignorando nós dois, dá para perceber que está prestando muita atenção.

Abro o vídeo e vejo entrar no palco uma mulher de vestido preto com um violino, sem dúvida nenhuma é Anna. E tropeçar na estante de partitura do violoncelista, quase indo ao chão. Constrangida, ela ajeita a estante, pega as folhas do chão e põe de volta no lugar.

"Desculpa, sra. Estante. Eu não queria machucar você", a Anna do vídeo diz, fazendo um carinho na estante, enquanto o violoncelista fica só olhando para ela, boquiaberto, e a plateia cai na risada.

Ao meu lado, a Anna de verdade põe a mão na frente dos olhos. "Eu tenho o péssimo hábito de conversar com objetos inanimados."

Isso é tão a cara dela que sou obrigado a morder o lábio para não sorrir. O que fica ainda mais difícil quando a Anna do vídeo chega ao centro do palco e se dirige à plateia, envergonhada: "Oi, todo mundo. Obrigada por, hã, terem vindo aqui hoje. Lamento informar que o mundialmente famoso violinista Daniel Hope e vários dos melhores violinistas da Orquestra Sinfônica de San Francisco sofreram um acidente de carro hoje. Mas fiquem tranquilos, os médicos disseram que, apesar de alguns ossos quebrados, Daniel e os outros músicos vão se recuperar e voltar a tocar em breve. Enfim, é por isso que eu, hã, vou ser a solista hoje à noite. Minhas sinceras desculpas para quem veio ouvir o Daniel. Também estou decepcionada".

Há uma longa pausa, e a câmera se concentra no rosto das pessoas na plateia, mostrando caretas e demonstrações de tristeza. Então Anna faz um aceno com a cabeça para os músicos atrás dela no palco e leva o violino ao palco. Ela endireita a postura. Seus olhos parecem se concentrar. O constrangimento desaparece.

Ela toca.

E contraria todas as expectativas que a primeira parte do vídeo possa ter criado. Ela não é o equivalente asiático de uma loira burra. Não é uma musicista substituta de segunda categoria.

Anna tem *talento*.

A música ganha corpo como uma tempestade, e sai de seu violino com violência, mas também com um controle que torna tudo ainda mais impressionante. Seus dedos são precisos. Seus movimentos são perfeitamente fluidos. Acima de tudo, o que escuto e vejo, o que me atrai mais do que qualquer outra coisa, é a paixão. Ela se entrega por completo à música. O olhar em seu rosto é de sofrimento, prazer, alegria, tristeza — tudo ao mesmo tempo.

Ela é linda.

Quando o vídeo termina, fico sem palavras.

"Incrível, né?", Priscilla comenta.

Eu limpo a garganta antes de responder: "É". Então olho para Anna, e é como se a visse pela primeira vez. "Eu não tinha ideia..."

Ela me encara por um brevíssimo instante e então desvia o olhar. "Não me olha assim. Depois do que aconteceu no começo, eu só precisava ser aceitável para impressionar as pessoas. Sou só uma violinista como outra qualquer."

"Não acho que você teria cem milhões de visualizações se fosse só aceitável", comento com uma risada.

"As pessoas gostam da história. A garota burrinha que vai além das expectativas." Ela faz uma careta e leva todas as tigelas para a pia.

"Não é só isso. Você..."

Priscilla segura meu braço e balança a cabeça para mim. "Deixa isso pra lá."

Não sei por que eu faria isso, mas pelo jeito ela conhece Anna melhor do que eu. Então pergunto: "Quer que eu traga o seu violino? Você costuma praticar todo dia, né?".

Ela abre a torneira e lava as tigelas à mão, com a cabeça baixa sobre a pia. "É muita gentileza sua, mas não, obrigada. Não posso praticar aqui."

Priscilla lança um olhar de impaciência para a irmã. "Ah, qual é, que desculpa mais esfarrapada."

"Não estou me saindo muito bem com a composição. Não quero que ninguém escute", Anna responde.

Priscilla dá uma bufada. "Eu já ouvi você tocando um milhão de vezes."

"Eu sei. É que..." Anna não termina a frase. Ela se concentra em empilhar a louça no escorredor e em passar o pano no fogão e no balcão.

"Você devia tocar pro papai. Ele ia adorar", Priscilla comenta. "Aliás, o aniversário dele está chegando. Podemos dar uma festa, e aí você toca a *música favorita* dele. Vou perguntar o que ele acha da ideia. Sei que a mamãe vai adorar. Podemos colocá-lo na cadeira de rodas e levá-lo lá para fora também."

Priscilla salta do banquinho e desaparece, mas em seguida reaparece no monitor da babá eletrônica.

"O que você acha de uma festa de aniversário, Ba?", ela pergunta num tom gentil, como se estivesse falando com um bebê. Ela se senta ao lado dele na cama, segura sua mão, que está travada numa posição que não parece muito confortável, e começa a massageá-la. "Vamos convidar todo mundo e cozinhar — ou melhor, provavelmente contratar um bufê — e Anna vai tocar violino para você ouvir. Você ia gostar, não é?"

O pai delas não responde.

"Não ia gostar, Ba?", ela insiste. "Você ia gostar, não é mesmo, Ba? De uma festa de aniversário? Sentar na cadeira, circular pela casa?"

Sem abrir os olhos, ele solta um leve gemido, e ela sorri.

"Vamos fazer isso mesmo!", ela diz. "Vocês ouviram? O papai quer uma festa."

Anna desliga a babá eletrônica e olha para o céu escuro do lado de fora da janela com a testa franzida.

"Você está bem?", pergunto, me colocando ao lado dela.

"Acho que não consigo tocar numa festa", ela diz.

"Você não quer?"

Ela apoia as mãos no balcão de granito e então cerra os punhos. "Não é isso. Querer, eu *quero*. Seria legal. Só não sei se *consigo*."

"Por que não?"

"É complicado", ela responde com um suspiro tenso.

"Complicado como?"

Ela me encara por um instante e então volta o olhar para as mãos. "Nos últimos seis meses, eu não consegui chegar ao fim de nenhuma composição. Fico tocando em círculos, começando, errando, voltando para o começo, errando de novo, de novo e de novo. Não consigo terminar nada que começo. Tem alguma coisa errada com o meu cérebro."

"Você não pode... simplesmente seguir em frente depois de errar?", pergunto, lembrando daquela primeira noite, quando ela não conseguiu ir adiante no nosso encontro porque tinha começado do jeito errado.

Ela balança a cabeça devagar. "Não consigo."

"Mas por quê?"

"Agora as pessoas têm expectativas. Por causa daquele vídeo. Pensam que eu sou grande coisa", ela responde.

"Mas você é."

Os olhos dela ficam marejados, e os cantos de sua boca se curvam para baixo. "Não sou, não. Mas estou tentando fazer por merecer de verdade desta vez." As lágrimas começam a escorrer, e eu a puxo para junto de mim, queria saber dar um jeito de melhorar as coisas.

"Por que você acha que antes não fez por merecer?"

"Consegui aquele lugar como solista porque Daniel Hope *sofreu um acidente*, junto com todos os outros violinistas que seriam os próximos da fila. E, depois disso, o compositor, Max Richter, me chamou para a turnê no lugar de Daniel porque ele estava com as costelas quebradas e o meu vídeo viralizou, mas só porque eu tropecei e conversei com uma estante de partitura. Foi um golpe de sorte, não fruto do trabalho, e muito menos do talento", ela responde.

"Ah, sim, eu entendo o que você está dizendo. A sorte teve um papel importante, mas só sendo uma grande violinista você conseguiria aproveitar a oportunidade. Nem todo mundo seria capaz de fazer isso", eu digo, esperando que o raciocínio lógico a faça se sentir melhor. "E eu não conheço mais ninguém que teria conversado com aquela estante. Só você mesmo."

Ela solta um ruído que é parte risada, parte soluço. "Esse é o verdadeiro motivo da minha fama: falar com coisas que não são seres vivos." Se afastando de mim, ela limpa o rosto com a manga. "Desculpa, eu estou um caco. Não estou sendo uma companhia nada divertida pra você." Ela respira fundo e abre um sorriso animado e feliz. É tão convincente que quase não consigo perceber que é fingido, o que é um tanto assustador.

"Eu não vim aqui pra me divertir. Só queria ficar com você", digo a ela. "Não preciso que você finja ser nada que não seja, mesmo se estiver triste."

O sorriso desaparece imediatamente de seu rosto, mas ela pega minha mão e segura junto ao peito, sobre o coração, e mais lágrimas começam a escorrer pelo seu rosto, enquanto seu queixo treme. Ela não diz nada, mas entendo o que isso significa.

Dou um beijo em sua testa, limpo as lágrimas com os dedos, tentando confortá-la, tentando mostrar que me importo. Ela se vira para mim para que nossos lábios possam se encontrar num beijo demorado e cheio de sentimento, que diz tudo o que não consegui falar.

Você é grande coisa, sim, pra mim. É incrível, sim, pra mim.

Esse desejo por ela, esse querer, está tão entranhado em mim que é uma parte de mim agora. Esse é o novo Quan. Louco por essa garota.

Alguma coisa vai ao chão fazendo um ruído alto, e nós dois nos viramos para ver. A mãe de Anna está nos olhando com seu pijama florido de velhinha, com os cabelos curtos arrepiados, como se tivesse acabado de sair da cama. No chão, ao lado de uma pequena poça de água, tem um recipiente de metal, um daqueles copos térmicos enormes que deixam a bebida quente ou fria durante horas.

"Oi, Ma", Anna diz antes de correr até lá com um pano e limpar a molhadeira enquanto sua mãe observa tudo sem se mover. "Você levantou cedo."

Eu sorrio para a mãe de Anna como se ela não tivesse acabado de nos flagrar aos beijos e meio que faço uma mesura com a cabeça sem dizer nada. Não sei como me dirigir a ela. "Sra. Sun" parece formal demais, mas, mesmo se eu soubesse seu primeiro nome não me sentiria à vontade para usá-lo. Ela merece o mesmo tratamento que dou à minha mãe, e chamar a minha mãe pelo nome seria o tipo de atitude desrespeitosa que me renderia um tapa na boca.

"Está com fome? Quan trouxe comida do restaurante da mãe dele. Posso esquentar pra você", Anna se apressa em dizer.

"Ainda não." A mãe dela finalmente se move e vai até a ilha perto das geladeiras para olhar dentro das caixas. "Sua mãe mandou?", ela pergunta, surpresa.

"Sim, os *wontons* ficam bons mesmo depois de congelados", eu digo. "Quando quiser comer, é só pôr na água fervendo até boiar."

"Mande nossos agradecimentos a ela, por favor", diz a mãe de Anna, parecendo sinceramente comovida.

"Claro, ela..."

Um grito vindo do outro lado da casa me interrompe. "Anna, preciso de ajuda para levantar o papai."

Anna põe o copo recém-lavado da mãe sobre a mesa e sai correndo. "Já volto."

Não suporto a ideia de ficar sem fazer nada, então começo a recolher a comida que não coube nas geladeiras. "Priscilla disse que tem outra geladeira na garagem. Posso levar pra lá, se a senhora me mostrar onde fica."

"Não, não, pode deixar. Eu cuido disso." A mãe de Anna me afasta das caixas com um gesto com as mãos. Depois de olhar bem para mim, ela pergunta: "Quan. Como é que se escreve seu nome?".

Imediatamente, percebo que ela não está perguntando porque algum dia vai querer me escrever uma carta. Quer saber de onde são os meus pais, e acha que pode deduzir isso sabendo a grafia do meu nome.

"Q-U-A-N. É vietnamita", explico, facilitando as coisas e, apesar de assentir e sorrir, sei que não é o que ela queria ouvir. Não sou o tipo de asiático que ela quer para a filha. Nós não somos todos iguais, como dizem por aí.

Anna volta para a cozinha. "Priscilla quer dar um banho no papai, e eu preciso ajudar."

"Vou indo, então", aviso. Estou aqui só há uma hora, que foi mais ou menos o tempo que demorei para chegar, mas sei quando minha presença não é mais bem-vinda.

Ela franze a testa, preocupada. "Tem certeza..."

"Não tem problema." Aperto sua mão para ela sentir que estou sendo sincero, mas, quando percebo o olhar de desaprovação de sua mãe, solto logo em seguida.

"Foi bom rever a senhora", digo para sua mãe antes de Anna me acompanhar de volta até a porta da frente, onde paramos, por não querermos nos despedir ainda.

"Me manda uma mensagem quando chegar em casa?"

Isso me faz sorrir. "Tá bom."

"Isso é coisa de namorada grudenta, né?"

"Acho que não, mas talvez eu goste de namoradas grudentas", respondo. Seja qual for o tipo de namorada que Anna queira ser, eu vou gostar. "Boa noite." Dou um beijo em sua boca, só um e as palavras — que eu não sei de onde vêm — ficam presas na minha boca, querendo ser libertadas. Mas eu não as digo. São um tanto assustadoras.

"Dirige com cuidado." Ela leva a mão ao meu rosto com um ar de melancolia, e eu saio da casa e volto para o meu carro.

Depois de ligar o motor, fico parado ali por um instante, pensando nas palavras que quase falei. Ainda bem que segurei a língua. Não porque as palavras não seriam sinceras. É o que eu sinto *de verdade*. Só não sei se Anna está pronta para ouvir.

É preciso conquistar a família dela primeiro.

23

ANNA

Enquanto Priscilla esfrega o pé do nosso pai com uma esponja com sabão, eu raspo os pelos curtos de seu rosto com um barbeador elétrico. Não sou *nada* boa nisso. Tenho medo de que ele aspire os pelos aparados, então enxugo sua boca com a toalha o tempo todo. Percebo que isso o incomoda. Ele fica fazendo careta e tentando virar o rosto, e parece que eu o estou torturando.

"Tem certeza de que precisamos fazer isso?", questiono.

"Tenho", Priscilla responde com o tom grosseiro e irritadiço que usa com frequência comigo. "Para de criancice e termina logo. Ele não gosta porque você demora muito."

"Desculpa, papai", murmuro enquanto raspo o restante dos pelos de cima de seu lábio superior e enxugo com a toalha.

Nossa mãe entra no quarto com sua xícara favorita na mão, o chá bem quente fumegante, e senta no sofá junto à cama do nosso pai.

"O que aconteceu com Julian?", ela questiona.

Antes que eu possa responder, Priscilla o faz por mim — em cantonês, para eu não ter ideia do que está acontecendo. A julgar pela cara da minha mãe quando absorve a informação e seu tom de voz quando responde, não gostou nada do que ouviu.

"É um relacionamento aberto, Ma. Isso é comum hoje em dia", Priscilla explica, deixando de falar em cantonês, para eu entender também.

"Foi Julian quem quis isso? Um... relacionamento aberto?", nossa mãe pergunta, incrédula.

Faço que sim com a cabeça e termino de raspar o queixo do nosso pai.

"E o que esse Quan faz da vida?", ela pergunta.

"Ele criou uma marca de roupas com o primo."

Priscilla se vira para mim, levantando as sobrancelhas. "Isso quer dizer que ele vende camisetas no porta-malas do carro?"

"Na verdade, eu não sei. Ele não fala muito sobre trabalho." Tento parecer tranquila, mas estou me remoendo por dentro. Vender camisetas no porta-malas de um carro é bem diferente de administrar investimentos no Goldman Sachs.

"Ah, sim, imagino como vocês dois passam o tempo, e não envolve muita conversa", Priscilla diz com um sorrisinho.

"A gente ainda não fez nada disso", respondo, estranhamente feliz pelos meus problemas sexuais — e os de Quan também — terem me possibilitado vencer uma discussão com a minha irmã. Derramo xampu na mão e passo nos cabelos do nosso pai, com gestos cuidadosos.

"E o que foi que eu vi lá na cozinha, então?", nossa mãe pergunta, indignada.

"Sem-vergonha", Priscilla comenta, mas parece estar com inveja. "Mas nem preciso dizer que vocês dois estão só se divertindo, né? Vê se não se apega."

É tarde demais para isso, mas não digo nada.

"Só se divertindo..." Nossa mãe balança a cabeça, como se fosse um conceito incompreensível para ela.

"Ah, qual é, Ma", diz Priscilla. "Você nunca teve ninguém antes do Ba?"

Nossa mãe dá um suspiro cansado. "Não, Ba foi meu primeiro e único." Ela estende o braço por cima de mim e segura a mão do nosso pai. Uma expressão de nostalgia surge em seu rosto, mas então ela se concentra em mim. "Pensei que o Julian também fosse ser seu primeiro e único, Anna."

"Eu também, mas..." Eu encolho os ombros, porque sinceramente não estou nem aí. Molho uma toalha na água quente, torço e então uso para remover o xampu dos cabelos do nosso pai. Ele gosta disso, acho. Os músculos de seu rosto relaxam, e sua respiração está lenta e tranquila. A hora do banho é o único momento em que ele fica assim.

"Vocês dois ainda conversam, aliás?", Priscilla pergunta.

"Ele anda me mandando mensagens ultimamente." Essa lembrança me faz contorcer a boca. Tenho um monte de mensagens para responder, mas venho adiando esse momento, porque é uma coisa exaustiva.

"Anna, isso é um bom sinal", comenta Priscilla. "Ele pode estar querendo sossegar de novo."

Esse pensamento também passou pela minha cabeça, mas não fico contente com essa ideia, como Priscilla. Se Julian voltar à cena, vou ter que dispensar alguém, e isso é muito difícil para mim.

"Mas talvez..." Priscilla olha bem para mim. "Talvez você não esteja pronta para sossegar ainda."

Nossa mãe solta um ruído horrorizado, como se estivesse sendo perseguida por demônios. "Ela está pronta, sim. Já se divertiu o suficiente."

Priscilla gargalha como se a reação da nossa mãe fosse uma coisa hilariante.

"Esses jovens de hoje em dia... *Diversão*." Nossa mãe balança a cabeça como se sua dignidade tivesse sido ofendida, o que faz Priscilla gargalhar ainda mais.

"É uma questão de justiça. Se ele está saindo com outras pessoas, então eu também posso", digo em minha defesa, mas sinto que estou sendo desonesta. Era isso que Quan representava para mim no começo — uma aventura, uma vingança, um meio para atingir um fim —, só que hoje é muito mais.

Nossa mãe cerra os dentes, mas assente. "A mãe dele vem fazer uma visita em breve. Vou ter uma conversinha com ela."

"Ma, não, não precisa fazer isso", eu digo.

"É verdade, Ma. Não faz isso", Priscilla acrescenta.

Nossa mãe faz um gesto de desdém com a mão. "Eu sei como falar as coisas."

"Nem sempre", Priscilla retruca, repreendendo nossa mãe de um jeito que eu jamais poderia fazer. "Por falar nisso, o aniversário do Ba está chegando. Podemos dar uma festa. Colocá-lo na cadeira e chamar todo mundo. Acho que ele ia gostar." Ela sorri para o nosso pai e acaricia sua canela enquanto fala com ele como se fosse o bebê: "Não é mesmo, Ba?".

Nossa mãe assente. "Anna pode tocar a música dele."

Mordo a bochecha para não dizer que as duas me escalaram para proporcionar o entretenimento da festa sem nem se dar ao trabalho de me pedir primeiro. Para elas, minha concordância nunca é uma coisa que precisa ser discutida.

Nos dias de hoje, as pessoas ouvem o tempo todo que têm direito a dizer *não* sempre que quiserem, seja qual for a razão. Podemos distribuir *nãos* por aí como se fossem cartões de visita.

Mas, na minha família, essa palavra não é um direito meu. Sou mulher. A filha mais nova. Não estou estabelecida na vida. Minha opinião, minha voz, quase não tem valor e, por causa disso, minha função é escutar. Minha função é respeitar.

Eu digo *sim*.

E preciso parecer feliz ao fazer isso. Dizer *sim* com um sorriso.

"Vou começar a organizar tudo, então", Priscilla avisa.

Quando terminamos o banho do nosso pai, virando-o com cuidado para limpar suas costas e trocar sua fralda, ela fica tagarelando sobre quem vai convidar e o que vamos ter para comer, diz que vai ser divertido para todos. Mas não para mim. Ela sabe que festas são ocasiões difíceis para mim, mas nunca se interessou em saber *por quê*, e é claro que espera que eu compareça e me comporte de forma impecável mesmo assim. Não tenho permissão para protestar, nem para reclamar, nem para "dar uma de abusada". Seria inaceitável.

Pelo restante da noite, fico em silêncio. Guardo minha raiva e minha frustração e minha mágoa dentro de mim, que é o devido lugar para tudo isso.

Ninguém percebe. É assim mesmo que as coisas devem ser.

24

ANNA

Os dias seguintes se arrastam, mas, quando olho para trás, fico surpresa ao constatar que já se passou uma semana inteira. O tempo parece seguir numa velocidade diferente aqui. Os calos na ponta dos dedos da minha mão direita começaram a sumir, porque faz um tempão que não pratico. Quan trouxe meu violino, mas o instrumento continuou no estojo, intocado, enquanto me concentro nos cuidados com meu pai.

Isso é tudo o que fazemos por aqui. Nossa vida gira em torno do complexo cronograma que Priscilla criou para garantir que ele esteja recebendo o melhor tratamento possível. Nós o viramos na cama a cada duas horas para prevenir escaras, o cercamos de travesseiros e almofadas térmicas e toalhas enroladas para estimular todos os membros. Massageamos suas mãos e seus pés obsessivamente para evitar as dolorosas contraturas. Trocamos as fraldas com frequência, para que ele não fique com assaduras. Dividimos suas refeições em mais de uma dezena de pequenas porções porque seus músculos da garganta não funcionam muito bem e ele engasga se comer muito de uma vez. E nós lhe damos muitos, muitos remédios. Tentamos a fisioterapia, mas ele só gemia e dormia durante os exercícios, então desistimos.

Priscilla gosta de se deitar na cama ao lado dele e ficar mostrando fotos no celular. Na maior parte do tempo, ele nem presta atenção. De vez em quando, porém, ele solta um gemido que parece ter algum significado, e lembramos que está de fato aqui. Não é um corpo sem alma. Nosso trabalho não é à toa.

Hoje de manhã, só estamos eu e meu pai, o que é um pouco incomum. Tecnicamente, somos todas responsáveis por um turno: minha mãe fica com o da madrugada, da meia-noite às oito da manhã, eu sou a responsável pelo do dia, das oito da manhã às quatro da tarde, e Priscilla pega o da noite, das quatro da tarde à meia-noite. Mas é aqui que todo mundo acaba se reunindo. Além disso, é difícil movê-lo sem ajuda, e precisamos sair correndo quando alguém precisa de ajuda. Bom, *eu* tenho que fazer isso, pelo menos. Nunca peço ajuda quando estou cuidando dele sozinha. Não sinto que tenho direito a esse privilégio.

Às onze da manhã, um de seus horários de comer, depois de trocar sua fralda, virá-lo para o outro lado e subir a parte de cima do leito para deixá-lo quase sentado, troco as luvas de látex por um par limpo, levanto a sonda de alimentação de sua barriga, onde fica fora do caminho, e apoio a sonda sobre uma toalha branca. Em seguida encho uma seringa plástica com um líquido tirado de uma lata. É grosso e marrom e tem um cheiro desagradável — eu experimentei o gosto uma vez, e é horrível —, mas contém todas as calorias e nutrientes de que ele precisa. É o que o mantém vivo.

Abro a tampa da sonda e estou prestes a inserir a seringa quando ele me segura pelo pulso com uma força surpreendente. Quando o olho, vejo que está me encarando. Seus olhos estão concentrados e lúcidos, conscientes.

"Oi, Ba", eu digo com um sorriso no rosto. Ele nunca tinha interagido comigo antes.

Um gemido grave escapa de sua garganta. Isso foi um oi?

Fico animada, é inevitável. Ele está aqui o tempo todo, mas sinto muito a sua falta. "Estou alimentando você, mas, quando terminar, podemos ver fotos, se quiser."

Tento inserir a seringa na sonda de novo, mas ele aperta meu pulso com mais força e balança a cabeça.

"O que foi, papai?", pergunto.

Com uma careta, ele me solta e faz um gesto com a mão. Ninguém aqui conhece a linguagem de sinais, mas esse, o de mover o indicador de um lado para o outro, é universal.

Pare. Já chega.

"Mas já faz horas que você não se alimenta", eu digo, ainda sem compreender direito o que ele está me dizendo.

"Se não está com fome agora, posso alimentar você mais tarde, está bem?"

Ele vira o rosto, mas percebo a umidade que escorre lentamente pelo seu rosto. Meu pai está chorando.

Mais uma vez, ele repete o mesmo gesto com a mão: *Pare. Já chega.*

Fico sem saber o que fazer, então guardo tudo às pressas, escondo a sonda sob o avental de hospital e corro para o banheiro, onde sento no chão de cerâmica e abraço os joelhos junto ao peito.

Minha respiração está acelerada. A luminosidade é tão forte que está me deixando tonta. Ainda estou com as luvas de látex, que arranco das mãos e jogo na lixeira. Minhas mãos absorveram o cheiro forte de produtos químicos, e não estão nem um pouco perto do meu rosto, mas é um odor que me causa náuseas e faz minha boca se encher de saliva. Prendo as mãos atrás dos joelhos para abafar o cheiro e começo a me balançar para a frente e para trás e a bater os dentes de cima nos de baixo, tentando voltar a um estado emocional suportável.

Pare. Já chega.

Deus do céu, o que estamos fazendo?

Ele não quer nada disso.

Quer que a gente pare.

Mas, nesse caso, isso significaria...

Não, eu não posso fazer isso.

Mesmo se fosse capaz, minha família jamais permitiria. E, o que é pior, me condenaria. Eu seria *exilada*.

Não posso perder minha família. Essas pessoas são tudo o que tenho.

Me sinto sobrecarregada. Não consigo lidar com os pensamentos. Então começo a contar mentalmente. Chego ao sessenta e recomeço do um. De novo e de novo, até não precisar mais me balançar, até meu maxilar cansar, até eu me sentir entorpecida.

Por fim, reúno forças para ficar de pé e abrir a porta. Meu rosto está quente, e minha pulsação ecoa nos ouvidos. Sinto que uma coisa importantíssima aconteceu, como se o eixo do mundo inteiro tivesse se deslocado. Mas o quarto do meu pai está como antes. Ele está dormindo, como de costume. Parece exatamente o mesmo. Velho. Frágil. Cansado. Repousando, até.

Vou até a cômoda que faz o papel de estante de produtos hospitalares e examino a planilha onde registramos as informações do dia — quantas vezes o alimentamos, e quando, que remédios administramos, se ele evacuou etc. A próxima anotação diz respeito à alimentação. É essa a programação. O padrão.

Não foi uma decisão minha alimentá-lo através da sonda. Eu tinha minhas restrições. Mas não me manifestei quando tive oportunidade. Nunca faço isso. Então é esse o caminho que estamos seguindo. Estamos presas a isso, assim como ele.

Precisamos levar a coisa adiante.

Limpando os olhos com a manga da blusa, preparo uma nova seringa para o meu pai e, quando está tudo pronto, conecto à entrada da sonda. Ele está em sono profundo, então dessa vez não faz nada para me impedir.

Esvazio a seringa lentamente, inserindo os nutrientes que alimentam seu corpo. Eu cuido dele, mesmo sabendo que meus cuidados só prolongam seu sofrimento.

Desculpe, papai.

25

QUAN

Está tarde, e a única fonte de luz no meu quarto é o brilho da tela do celular enquanto converso com Anna. Virou uma espécie de ritual, falar com ela no fim do dia pouco antes de ir dormir.

"Como foi seu dia?"

"Bem longo", ela responde, e consigo entender o quanto ao ouvir o cansaço em seu tom de voz.

"O que achou do vídeo que eu mandei do polvo que dá soco nos peixes?", pergunto, na esperança de distraí-la.

"Que absurdo", ela diz com uma risadinha. "Recebi sua mensagem quando Julian e a mãe dele estavam aqui hoje. Queriam saber por que eu estava rindo, e não soube explicar."

Uma sensação de desconforto sobe pela minha espinha. "Julian... esse não é o seu ex?"

"Sim, ele mesmo. A mãe dele é amiga da minha."

"Como foi encontrar com ele depois de tanto tempo?", pergunto, cauteloso. Não quero ser ciumento. Quero ser justo e contido e racional. Mas não me incomodaria dar um soco na cara dele.

"Não foi tão constrangedor quanto eu pensei. Nós só agimos como se estivéssemos juntos de novo."

Meu estômago se contrai como se eu tivesse levado um soco na barriga. "E estão?"

"Não." Ela solta uma risadinha de divertimento. "Não, não, não, não, não e não."

"Ele sabe disso?"

Ela dá um longo suspiro. "Acho que ainda não tivemos essa conversa."

"Anna..."

"Eu sei. Tenho que fazer isso. É que é difícil. Parecia tão claro pra mim que estava tudo acabado. Nunca imaginei que ele fosse querer retomar de onde paramos depois que... você sabe."

Eu sei que não deveria, mas pergunto: "Depois que ele comeu metade de San Francisco?".

"É", ela responde depois de respirar fundo, e me arrependo imediatamente do que disse.

"Desculpa, eu não devia ter falado isso."

"Mas é verdade", ela continua. "Estou querendo falar com ele faz tempo. Mas nunca parece a hora certa. Ou então estou exausta. Às vezes, preciso de todas as minhas forças pra me levantar da cama. Ontem tomei um banho de duas horas. Não era essa minha intenção. Eu simplesmente... perdi a noção do tempo. Minha mãe pensou que eu tivesse caído ou que tivesse acontecido alguma coisa. Mas depois gritou comigo por desperdiçar tanta água." Ela ri, mas é a risada mais triste que já ouvi na vida.

"Por que está tão difícil?", pergunto.

"Meu pai está sofrendo, Quan", ela murmura.

"Mas você está ajudando a aliviar o sofrimento dele, não é?"

Ela fica em silêncio por um bom tempo e, quando enfim volta a falar, é com uma voz embargada e trêmula de quem está à beira das lágrimas. "Não sei por quanto tempo ainda consigo fazer isso."

Percebo tanta mágoa nas palavras dela que meus olhos começam a arder. Isso não faz muito sentido para mim. Eu, no lugar dela, acho que não me sentiria assim. Gosto de cuidar das pessoas. De ser necessário. Mas o sofrimento que Anna está sentindo é inegável.

Não posso ignorar só porque não entendo. Não posso julgar. Sofrimento é sofrimento.

Sei bem como é sofrer e as outras pessoas não entenderem isso.

"Você pode tirar um fim de semana de folga? Nós podemos dar uma volta pra distrair a cabeça, ou só ficar em casa. O que você quiser. Desde que a gente fique junto", eu sugiro. Quanto mais penso a respeito, mais gosto da ideia. Não tenho Anna só para mim há um tempão.

"Não posso", ela diz, melancólica. "Não posso deixar a Priscilla e a minha mãe fazendo todo o trabalho enquanto eu tiro folga. Isso não seria certo."

"Vocês precisam descansar de vez em quando. Não dá pra manter isso pra sempre, vão acabar desmoronando. Estou preocupado com você."

"Obrigada", ela diz.

Solto um ruído de frustração. "Não precisa me agradecer por me preocupar com você."

"Eu sei. Mas você se preocupar comigo significa muito pra mim", ela responde. "Minha prima Faith, a guru da vida saudável, poderia vir nos fins de semana. Ela é muito amiga da Priscilla, e as duas poderiam se divertir, cuidando juntas do meu pai e fofocando o tempo todo. Eu não precisaria estar aqui. Mas nunca dá pra contar com a Faith. Ela é como o vento. Aparece e desaparece quando quer. Enfim, já estou cansada de falar de mim. E você, como está? E a sua empresa? Outro dia eu me dei conta de que não sei nada a respeito do seu trabalho. Priscilla perguntou se você vendia camisetas no porta-malas do seu carro, e eu não soube dizer nem que sim nem que não."

Jogo a cabeça para trás no travesseiro e me repreendo por dentro. "Não, eu não vendo camisetas no porta-malas do meu carro. Olha aqui, a nossa empresa é esta." Mando por mensagens links para o nosso site e os nossos perfis na rede social e, quando ouço um *oooooh* de admiração do outro lado da linha, consigo relaxar um pouco.

"As roupas são uma graça", ela comenta, e então dá um suspiro de espanto. "Eu quero esse vestido de arco-íris em tamanho de adulto. E uma camiseta do tiranossauro com tutu de bailarina."

"Vou ver o que eu posso fazer, mas tenho quase certeza de que o maior tamanho desse vestido é o G infantil."

"Droga", ela comenta, dando risada.

"Michael é quem cria as roupas, mas essas camisetas do tiranossauro de tutu foram ideia minha. Elas vendem bem, inclusive. As crianças adoram tiranossauros."

"Claro que sim. Até *eu* adoro. Foi uma ótima ideia", ela responde. Sei pelo seu tom de voz que está sendo sincera, e sinto vontade de beijá-la até perder o rumo de casa. "Quan, tem um *polvo* de tutu."

"Esse modelo é novo", eu respondo, e não consigo segurar o sorriso, apesar de estar olhando para o teto às escuras.

"Parece ser da mesma espécie do polvo do documentário..."

"Ah, sim, eu fiz questão disso. *Octopus vulgaris*."

Ela dá um suspiro sonhador, como se tivesse ganhado chocolates e rosas e ingressos para a ópera, e meu coração se derrete todo. As mesmas palavras de antes estão na ponta da minha língua, loucas para sair, para serem ouvidas, mas eu seguro. Ainda não posso dizer isso.

"Ao que parece, a nossa empresa vai ser comprada", eu conto. "Já começamos a negociar o contrato."

"Isso é bom ou ruim?", ela pergunta.

"É bom. Não vai mudar muita coisa em termos operacionais, e eles vão ajudar a gente a ganhar escala de um jeito que não daria sendo uma empresa independente. Não vou perder meu emprego nem nada."

"Isso é *ótimo*. E quem é o comprador? Eu já ouvi falar?", ela pergunta.

"Acho que já ouviu falar, sim. Chama Louis Vuitton." *Conta isso para a sua irmã*, eu penso, mas não digo nada.

"*Quê?*", Anna quase grita. "Espera só até eu contar pra Priscilla. Minha mãe vai pirar."

"Bom, explica que não é nada definitivo ainda. Não tenho como comprar bolsas com desconto nem nada do tipo." Minha irmã quase chorou quando falei que não dava para conseguir desconto nas bolsas da sua grife preferida, mas achei que seria melhor não criar expectativas.

"Tudo bem. Eu vou avisar que o negócio não está fechado, e que não vai ter desconto nas bolsas. Mas estou feliz por você, sério mesmo, parabéns", ela diz, com palavras afetuosas e sinceras. Anna está orgulhosa de mim, orgulhosa por eu ser dela, e isso faz meu coração inflar dentro do peito. "Você vai ficar muito ocupado enquanto fecha o negócio?"

"Obrigado. E, sim, o trabalho virou uma loucura com um monte de reuniões e telefonemas e papeladas, mas é um momento de empolgação também. Só que eu fico meio mal, porque está dando tudo certo pra mim enquanto pra você..."

"Não precisa se sentir mal. Eu não gostaria que as outras pessoas estivessem na mesma situação que eu. Fico feliz em saber que está dando tudo certo pelo menos pra alguém", ela comenta.

"Eu queria que as coisas estivessem melhores pra você."

"Eu sei que sim."

Continuamos conversando por mais uns minutos, mas sem dizer

muita coisa. Na maior parte do tempo, só ficamos ouvindo a voz um do outro, procurando conforto nisso.

Quando enfim nos despedimos, fico olhando para a escuridão por um tempo antes de dormir. Não consigo parar de pensar na ideia de que o ex dela tecnicamente ainda não é um ex. Eles precisam terminar o relacionamento para isso acontecer. Sei que ela jamais me trairia. Confio nela. Mas, de alguma forma, minha namorada acabou ficando com dois namorados, e isso *não* me agrada nem um pouco.

26

ANNA

Uma semana se passa. E outra, e mais outra, até fazer dois meses que meu pai foi parar no hospital. Ele começou a gemer em algum momento, um resmungo lento e ritmado que continua durante horas. É sempre igual. Devo ter herdado minha afinação dele, porque seus gemidos nunca saem do mesmo tom perfeito de mi bemol.

Ninguém entende por que ele está fazendo isso, mas a médica diz para não nos preocuparmos. Ele não está com dor — pelo menos não uma dor física. Priscilla, sempre desconfiada da competência de todo mundo, enfiou na cabeça que ele está constipado, e fez questão de lhe dar leite de magnésia. Mas o meu pai se revelou extremamente sensível ao leite de magnésia, e foi preciso um pacote inteiro de fraldas — além de muita náusea e ânsia de vômito da minha parte, com Priscilla olhando feio para mim o tempo todo — até o corpo dele voltar ao normal.

Ele geme o tempo todo. E mais um pouco depois.

Mi bemol, mi bemol, mi bemol, mi bemol.

Priscilla e a minha mãe ficam morrendo de preocupação. Como a medicina moderna não está ajudando, elas chamam um acupunturista para vir aplicar um tratamento nele. E incluem preparos herbais na sonda de alimentação, e pingam óleo de canabidiol embaixo de sua língua. Inclusive pagam um terapeuta naturopata para vir fazer uma aplicação intravenosa de vitamina C. Custa uma fortuna, mas não resolve. Nada faz efeito.

No máximo, faz seus gemidos se tornarem ainda mais vigorosos.

Sinto vontade de dizer para elas pararem, que ele está gemendo porque não quer mais viver assim, e que tudo isso está sendo uma tortura.

Mas não falo nada. Sei que não vai adiantar. Não estou aqui para falar. Estou aqui para cuidar do meu pai, para garantir que ele nunca fique sozinho, para suprir suas necessidades.

Mas o som dos gemidos me abala, esse lembrete constante do *motivo* por que ele está fazendo isso, e não posso simplesmente colocar fones nos ouvidos e ignorá-lo. Se ele tossir ou engasgar, eu preciso saber. Não tenho escolha a não ser aguentar firme. Quando meu turno termina a cada dia, eu me sento na cozinha, me mantendo sempre por perto, caso Priscilla precise da minha ajuda, mas distante o suficiente para não ouvir os gemidos.

Não é um descanso de verdade. Posso ser chamada a qualquer instante, mas pelo menos não estou absorvendo diretamente esse sofrimento emocional. Além disso, aqui não tem cheiro de fralda suja e emplastro Salonpas.

Estou colocando em dia a leitura das centenas de mensagens no meu celular — Rose tocou ao vivo na tevê canadense e acabou de assinar um contrato com a Sony, a menina prodígio de doze anos vai aparecer num filme da Netflix, o cover de Suzie de um rap famoso no violino foi escolhido como trilha de abertura para um novo seriado sobre médicos (o que é irônico, porque ela detesta rap e seriados sobre médicos), Quan conversou com o diretor de aquisições da LVMH e o papo foi "irado", Jennifer pede notícias minhas e diz que está preocupada comigo — quando então minha prima Faith aparece na cozinha carregando uma bolsa de viagem e um tapete de ioga enrolado. Seus cabelos estão frisados como sempre, e ela usa suas roupas de costume — legging e uma camiseta larga por cima de um top de ginástica com alças que se espalham por suas costas como uma teia de aranha, o tipo de peça que não posso usar porque não saberia lidar com todas aquelas alças.

"Oi, Anna", ela diz, abrindo um sorriso para mim com seu jeito meigo. Ela gosta de todo mundo, de verdade. "Como você está? E a sua mãe? E a Priscilla, onde está?"

"É a Faith?", Priscilla grita do outro lado da casa.

Em vez de responder com palavras — estou cansada demais para conseguir falar —, abro um sorriso e aponto para o quarto do meu pai.

Faith começa a ir para lá, mas Priscilla sai correndo do quarto para ir encontrá-la com um abraço. "Você está *aqui*. Não acredito que não me mandou uma mensagem avisando."

"Eu ganhei um tempinho livre de última hora, então vim direto de Sacramento. Você está ótima, Prissy", Faith diz quando as duas desfazem o abraço, chamando minha irmã pelo apelido que eu detesto. Não sei ao certo o motivo, mas talvez seja porque eu não tenha permissão para usá-lo.

"Não estou ótima coisa nenhuma, mas obrigada por mentir. Ganhei mais de dois quilos depois de vir pra cá. Não tenho nada pra fazer além de cuidar do meu pai e comer, e o peguete dela mandou um monte de comida pra gente." Priscilla acena na minha direção ao dizer essa última parte, e demoro alguns segundos para registrar que ela está se referindo a Quan.

Eu balanço negativamente a cabeça, tentando recuperar a habilidade de falar para poder corrigi-la, mas isso leva tempo demais.

"*Seu* peguete, Anna?", Faith pergunta, em choque. "E aquele seu namorado gracinha?"

"Eles estão num 'relacionamento aberto' agora", Priscilla responde por mim, fazendo as aspas com os dedos no ar.

Faith fica boquiaberta.

"Você precisa ver o cara novo." Priscilla levanta as sobrancelhas de forma sugestiva. "Ele é todo tatuado. A nossa mãe acha que ele é traficante."

A expressão de surpresa de Faith aos poucos dá lugar a um sorriso malicioso. "Mandou bem, Anna."

Isso me irrita o suficiente para que eu enfim reencontre a minha voz e diga: "Ele não é traficante coisa nenhuma. Trabalha com moda".

"Ele vende camisetas no porta-malas do carro", Priscilla murmura em tom de deboche.

"Nada disso", retruco, irritada por ela ter subestimado Quan sem a menor consideração — apesar de eu ter feito a mesma coisa no início. "A empresa dele se chama MLA, e está sendo comprada pela Louis Vuitton."

"Sério?", Priscilla pergunta. Imediatamente, ela pega o celular, digita "MLA marca de roupas" no mecanismo de buscas e começa a fuçar no site. "É essa aqui?"

"É", eu digo, e minha irritação dá lugar à ansiedade. Ela vai ficar impressionada. Não tem como não ficar.

Por favor, fica impressionada.

"Interessante", é tudo o que ela diz e continua clicando em várias páginas do site, só avaliando, julgando. "O contrato com a Louis Vuitton já está assinado?", ela pergunta com um tom neutro.

"Ele disse que ainda estão negociando. O acordo ainda não foi fechado."

"Foi o que eu pensei." Guardando o telefone com uma expressão de frieza, ela diz: "Só pra você saber, essas coisas quase nunca dão certo. Caso ele não saiba, é melhor avisar pra não ir criando muitas expectativas. Mas o site é legal".

Eu desmorono de volta na cadeira, decepcionada e inexplicavelmente furiosa. Por que ela precisa desdenhar de todo mundo desse jeito? Por que não pode se sentir feliz por ele? Por mim?

"Quanto tempo você vai ficar por aqui?", Priscilla pergunta para Faith.

"Não tenho nada pra fazer até segunda, então pensei em passar o fim de semana aqui com vocês e ir embora na segunda bem cedo, tipo às cinco da manhã", Faith diz com um sorriso radiante.

"Não quer ir embora no domingo, como uma pessoa normal faria?", Priscilla questiona.

Faith dá de ombros. "Você sabe como funciona o meu sono. Pensei em fazer os turnos da madrugada também, para a sua mãe ter uns dias de descanso."

"Ai, meu Deus, você é um anjo. Vai ganhar um beijo", Priscilla diz enquanto se aproxima dela com os lábios projetados para a frente.

Aos risos e se esquivando de Priscilla, Faith responde: "Não precisa dar beijo nenhum". A expressão dela se atenua quando se volta para mim, ainda com um sorriso nos olhos. "Você deveria tirar o fim de semana de folga e ir ficar com o seu namorado fashionista."

"É melhor aproveitar agora que apareceu a chance, Anna. Preciso voltar para Nova York daqui a algumas semanas pra resolver umas coisas, e você e a mamãe vão ter que cuidar do papai sozinhas", Priscilla avisa.

Isso é o que eu queria, uma chance de sair desta casa, mas, agora que está acontecendo, não me sinto à vontade para aproveitar. Eu não deveria querer ir embora. Deveria querer ficar. Uma boa filha ficaria.

E que história é essa de Priscilla voltar para Nova York? Ela não mencionou isso antes em nenhum momento. A ideia de passar todos os momentos em que estou acordada cuidando do nosso pai me enche de pavor. O gemido... Vou ter que ouvi-lo por dezesseis horas seguidas, para depois ir dormir e voltar a ouvir o tempo todo de novo depois que acordar.

"Quanto tempo você vai ficar fora?", pergunto.

"Só uma semana ou duas. Aconteceram umas coisas lá no escritório, e precisam de mim para resolver", Priscilla responde sem dar maiores explicações. "Vou voltar assim que puder, mas, de qualquer forma, você deveria tirar um fim de semana de folga enquanto pode. Não se preocupa, eu vou estar de volta antes do aniversário do papai."

Sinto meu rosto ficar gelado e pálido. *Uma semana ou duas*. Sinceramente, não sei se dou conta. Apesar de me esforçar ao máximo, já não estou conseguindo segurar as pontas. Choro toda manhã ao me levantar da cama, ciente do que tenho pela frente, do que preciso fazer, do que o nosso pai realmente quer.

"Tudo bem", respondo. E, quando me lembro que preciso agradecer, sorrio para Faith e digo: "Obrigada. De verdade. É muita gentileza sua...".

"Não por isso", ela diz antes que eu possa concluir, apertando a minha mão. "Eu já queria vir fazia tempo. Só não sabia como. Agora já sei."

Eu não sei do que ela está falando, mas balanço a cabeça mesmo assim. O que eu sei é que ela não tem a menor obrigação de estar aqui, como Priscilla e eu. Faith é só sobrinha do meu pai. Nós somos *filhas*. Ele nos criou, nos alimentou, nos amou. Cuidar dele é um dever nosso.

Mesmo que isso acabe conosco.

A gratidão toma conta de mim, e meus olhos se enchem de lágrimas enquanto Faith e minha irmã saem da cozinha e vão para o quarto do meu pai. Faz tanto tempo que não tenho um tempo livre que nem sei o que fazer com o que ela está me proporcionando.

Praticar com o violino só para ficar andando em círculos?

Não.

Digito uma mensagem para Quan: *Minha prima veio. Ela está AQUI. Você está com o fim de semana livre?*

Ele responde na mesma hora: *Estou, só que agora não mais! Posso ir buscar você hoje à noite? Tipo agora?*

Isso, por favor, respondo.

Estou saindo daqui. Até logo mais.

Aperto o celular junto ao peito por um momento, desejando que não demore tanto para ele chegar aqui. Então subo para o meu quarto. Minha ideia é tomar um banho rápido, arrumar as coisas e deixar a cama feita antes de ir esperar Quan lá fora, mas, quando entro no chuveiro, perco a noção do tempo.

Esse tem sido meu único santuário desde que cheguei. Quando estou no chuveiro, ninguém pode gritar "Anna, vem me ajudar a sentar o papai", ou "Anna, pega um pacote de fraldas na garagem", ou "Anna, leve o lixo pra fora, por favor", ou "Anna, cuida do papai enquanto eu vou ao mercado", nessa hora ninguém pode me obrigar a largar o que estou fazendo, simplesmente aparecer com um sorriso no rosto e interromper meus pensamentos. Estou no banho. Não consigo ouvir. Elas precisam esperar que eu saia.

Mesmo depois de lavar os cabelos e me ensaboar e enxaguar, continuo no chuveiro, com a cabeça encostada no azulejo da parede. Talvez esteja chorando. É difícil saber se são lágrimas ou a água escorrendo pelo meu rosto, mas sinto o choro no meu peito e na minha garganta. E no meu coração.

Eu não deveria ficar tão contente por ir embora. Mas estou. E, para piorar, queria nunca mais ter que voltar. A minha vontade é sair correndo e não parar mais.

27

ANNA

Acordo me sentindo dolorida e desorientada, como se estivesse doente e minha febre tivesse acabado de passar. Minha mente está aturdida, mas reconheço o ambiente onde estou. Um lugar seguro, minha cama, no meu apartamento, o que para mim é um luxo.

Minha cabeça começa a latejar quando me sento, e vejo que estou com roupas normais, e não de pijama — um vestido de malha e calça legging por baixo. Pego o celular na mesinha de cabeceira para conferir as horas e fico confusa ao constatar que são mais de cinco da tarde. Eu não saí da casa dos meus pais mais tarde do que isso? Tenho um zilhão de mensagens não lidas, mas quando começo a olhar começo a sentir náuseas, então desisto.

Desço da cama e, como não pretendo ir a nenhum lugar tão cedo, visto o pijama — e o roupão atoalhado horroroso também, gloriosamente macio — antes de sair do quarto. A luz da sala está acesa, então vou até lá investigar, em vez de ir ao banheiro, como pretendia.

Quan está sentado no meu sofá, com o rosto franzido virado para o notebook e os dedos digitando de modo eficiente no teclado. É uma visão inesperada, mas muito bem-vinda. Adoro ver como ele fica confortável no meu espaço, descalço e usando apenas uma camiseta desbotada e uma calça larga de moletom.

Ele olha na minha direção, e um sorriso largo ilumina seu rosto e o deixa lindo. "Você acordou."

"Oi." Eu coço atrás da orelha e pergunto: "Que dia é hoje?".

Ele dá risada. "É sábado. Você dormiu durante" — ele consulta as horas no celular — "dezessete horas seguidas."

"Isso explica por que estou me sentindo um lixo", respondo, tentando manter a leveza na voz, apesar de me sentir perdida. Esta é a minha folga. E passei metade do tempo dormindo.

Quan deixa o computador de lado e vem até mim, passando as mãos pelos meus braços. "Quer alguma coisa? Está com fome?"

"Talvez eu esteja com fome. Mas preciso muito escovar os dentes. Eu já volto." Cubro a boca, envergonhada, e corro para o banheiro, onde me dedico ao longo processo de escovação — sete segundos por dente, sete segundos à parte correspondente da gengiva para estimular o fluxo sanguíneo e eu não ficar banguela antes dos cinquenta anos — higienização completa com fio dental e bochecho com enxaguante bucal com flúor. Demora um tempão, mas é assim que eu convivo com os problemas periodontais causados pelo meu hábito de bater os dentes.

Quando termino, volto para a sala. Quan não está lá, mas eu escuto barulhos na cozinha. Espiando pela porta, vejo dois pacotes de lámen e duas tigelas vazias.

"Você vai preparar um lámen para mim?", pergunto.

Ele olha por cima do ombro. "Foi a única coisa que encontrei. Pensei em pedir comida, mas achei que você ia estar com fome, e isso aqui é rapidinho de preparar. Quer outra coisa?"

Sinto um nó na garganta. "Não, é perfeito."

Ele sorri e volta ao trabalho, despejando os ovos nas tigelas, esvaziando os pacotinhos de sopa em pó na água fervente e depois colocando o macarrão para cozinhar.

Não muito tempo depois, estamos um diante do outro na minha pequena mesa, com os joelhos encostados, e meus pés sobre os seus porque estou gelada, e ele, quente. O vapor sobe das tigelas, e o ovo pochê parece delicioso. A clara está firme, mas sei que a gema vai escorrer. Levo meus hashis à tigela, mas hesito antes de tocar na comida. Ainda não quero desfazer o arranjo.

"Algum problema?", Quan pergunta, com uma colherada de macarrão já a meio caminho da boca.

Faço que não com a cabeça. "Não, só estou... feliz."

Ele inclina a cabeça, abrindo um sorriso confuso para mim.

Tento retribuir o gesto, mas os meus lábios não obedecem. Não sei como explicar como é maravilhoso *receber* cuidados, ainda que tão singelos, depois de passar tanto tempo só me preocupando com meu pai — como estou me sentindo sombria e solitária, apesar de estar cercada pela minha família, pelas pessoas que mais me amam neste mundo.

Enquanto penso nisso, me pego questionando: *Será mesmo que elas me amam? Será que têm como me amar sem saber quem eu realmente sou?*

Percebo que é em parte por isso que estou tão exausta. Venho recorrendo ao mascaramento há meses — pelo meu pai, mas também pela minha mãe e por Priscilla. Em geral não percebia isso, porque só passava algumas horas com a minha família, ou um dia ou dois no máximo, e depois podia ir embora e me recuperar.

É como se espetar com uma agulha. Uma vez, tudo bem. Dá até para ignorar o que aconteceu. Mas, se ficar se espetando várias vezes sem a pausa necessária para a cicatrização, você vai acabar machucada e sangrando.

Essa sou eu. Estou machucada e sangrando. Mas ninguém consegue ver. Porque é por dentro que estou ferida.

Seja como for, é justo comparar minha dor com o sofrimento do meu pai? Sentimentos de autorrecriminação tomam conta de mim, e eu me ridicularizo, aqui na privacidade da minha mente. Isso não faz eu me sentir melhor. E nem é essa a intenção.

Terminamos de comer, lavo a louça e depois vou me aninhar com Quan no sofá. Ele abre a lista de documentários em busca de um que eu não tenha assistido, mas na verdade já vi todos. E, se tiver narração do David Attenborough, já vi pelo menos cinco vezes. No fim, acabamos decidindo por uns filmes B (ou ainda pior) de ficção científica.

Enquanto leio as sinopses de *Llamageddon* e *Tubarões da areia* em voz alta, rindo com uma mistura de incredulidade e horror, Quan pega o celular e tira selfies de nós.

"Percebi que não temos fotos juntos", ele comenta.

"Nós nunca tiramos antes", respondo, surpresa por termos demorado tanto.

Ele sorri para mim, e sinto seu afeto e sua compreensão nesse gesto. "Estávamos ocupados demais." Quan vai rolando as fotos até encontrar uma horrorosa em que eu pareço estar bufando. "Esta aqui tem potencial para virar fundo de tela."

"De jeito nenhum." Arranco o aparelho da mão dele e apago a foto rapidinho, tomando o cuidado também de excluir da lixeira, para que desapareça de verdade para sempre.

"Ah, qual é", ele protesta, apesar de estar aos risos.

Tiro uma foto dando um beijo no rosto dele e pronto. Está aí a melhor de todas. Ele com um sorriso aberto, totalmente à vontade, exalando contentamento. Quanto a mim, é perceptível uma suavidade nos meus olhos enquanto o beijo, algo que não consigo definir. Mas é uma coisa boa. E, o melhor de tudo, meu roupão horroroso não aparece na foto. Mando a imagem para mim mesma também, e então começo a mexer em sua galeria, como uma boa intrometida.

"Esse é o Michael", ele explica quando chego a uma foto sua com outro cara. Deve ter sido tirada depois de um treino de kendo, porque os dois estão com uniformes suados idênticos e equipamentos de proteção. Quan está com o braço por cima do ombro do outro cara, e os dois estão com bandana branca na cabeça e um capacete embaixo do braço.

"Michael... tipo Michael Larsen, o ML da MLA?", pergunto.

Quan sorri. "O próprio."

A foto seguinte é de Quan cercado de criancinhas com equipamento completo de kendo. Depois vem uma de dois meninos treinando. E mais outra. E mais outra. Criancinhas com uniforme de kendo, sorrindo. Uma selfie de Quan com um garotinho sem um dos dentes da frente. Outra selfie, com outro garotinho de óculos. Quan e as crianças usando camiseta de tiranossauro na frente da academia. Quan sendo esmagado pelas crianças, caído no chão. Ele tenta parecer irritado, mas o sorriso é sincero demais para quem está incomodado de verdade.

"Você gosta de crianças", comento.

Ele imediatamente fica sério, mas assente. "Gosto mesmo." E, depois de uma breve hesitação, pergunta: "E você?".

Dou de ombros. "Elas são legais. Mas não tenho jeito com crianças, e dá pra ver que você tem." Vejo mais algumas fotos e encontro uma de crianças fazendo pose com roupas bacanas da MLA que incluem camisetas de tiranossauros, saias e shorts em estampa xadrez e boina de jornaleiro para todo mundo. "Isso foi uma sessão de fotos para a empresa?"

"É, eu chamei a criançada do kendo para posar pra gente. Foi bem divertido", Quan responde, abrindo um sorriso de pai orgulhoso.

"Não é o tipo de coisa que eu costumo chamar de 'diversão'", respondo com uma risada. "Fazer as crianças atenderem ao que você pede não é como tentar adestrar gatos?"

"Não. Quer dizer, eu não fico gritando ordens e exigindo que me obedeçam. Nós só ficamos fazendo palhaçada e curtindo juntos, e o fotógrafo aproveitou pra fazer as imagens."

"Você vai ser um bom pai algum dia", digo com toda a convicção.

Fico esperando uma risada ou uma demonstração de modéstia ou um comentário do tipo *Espero que sim*. Em vez disso, ele fica tenso e se distancia de mim antes mesmo de levantar do sofá e ir até a varanda. Não consigo ler a expressão em seu rosto enquanto ele observa a rua lá embaixo.

"O que foi?", pergunto, me aproximando devagar, com o coração disparado de apreensão.

Ele enfia as mãos nos bolsos e abaixa a cabeça. Por um bom tempo, fica em silêncio, e mal consigo respirar enquanto espero. Só pode ser por minha causa, pelo que eu falei. Sou sempre eu. E, como sempre, não entendo por quê.

Sem levantar a cabeça, ele pergunta: "Você quer ter filhos algum dia?". Sua voz soa estranhamente embargada, vulnerável, o que faz um calafrio percorrer a minha pele.

"Sinceramente, não sei. Nunca pensei muito sobre isso", respondo.

Ele respira fundo e solta o ar com força. "Eu não posso. Não posso ter filhos."

Paro a alguns passos de distância dele, tentando processar o significado dessas palavras.

"Eu deveria ter contado antes. Desculpa", ele diz, com a voz ainda mais embargada. "Eu tentei. Mas as palavras simplesmente não saíram."

"Não precisa pedir desculpas. Você está me contando agora", eu digo.

Ele dá um suspiro trêmulo e passa a mão no rosto e na cabeça antes de segurar com força a própria nuca. É uma postura tão derrotista que sinto que uma parte do meu coração está se desfazendo, então elimino a distância entre nós e estendo o braço para colocar a mão sobre a dele. Quan faz uma careta a princípio, mas depois me puxa para perto e cola o rosto ao meu.

Agarrando-o com força, como gosto de ser abraçada, eu pergunto: "F-foi porque você ficou doente?".

"É."

Fico sem saber o que dizer, então me limito a tocá-lo — nas costas, no pescoço, no rosto. Beijo sua boca de leve, na esperança de oferecer conforto, mas ele não retribui o gesto.

Em vez disso, ele se afasta, fica em silêncio por um momento e então diz: "Eu entendo se isso mudar as coisas pra você. Pra nós. Mas acho que ia querer que você soubesse de um jeito ou de outro, pra não...". Ele interrompe o que está falando e não termina a frase.

"Pra não o quê?", pergunto.

Ele olha bem para mim e diz: "Anna, eu estou apaixonado por você".

O ar fica preso nos meus pulmões, e meu peito começa a se expandir, e se expandir, e se expandir.

"Não estou pedindo pra você dizer o mesmo se não for isso o que estiver sentindo, mas quero saber se tenho uma chance. Ou o que acabei de contar torna as coisas impossíveis? Eu entendo se for esse o caso, e jamais guardaria rancor de você", ele explica, e a firmeza de suas palavras deixa claro que se trata de uma promessa.

Uma promessa completamente desnecessária.

Estendo o braço e acaricio seu queixo com a barba por fazer, porque sinto a necessidade de tocá-lo. "Isso não muda nada pra mim."

Ele dá um suspiro trêmulo, me puxa mais para perto e me beija na testa, me abraçando como se eu fosse uma pessoa preciosa, importante.

"Eu amo... ficar com você. Só consigo ser eu mesma quando estamos só nós dois. Mas ainda não sei se estou apaixonada", confesso.

Julian e eu dizíamos essas palavras. Ele começou a falar *amo você, linda* ao telefone, como se não fosse nada de mais, e me pareceu que eu deveria retribuir, então fazia isso. Mas na verdade não significava nada.

Com Quan, quero que as palavras sejam sinceras, como as que ele diz para mim. Guardei essa declaração de amor no fundo do meu coração, onde posso levá-la comigo para sempre, como um tesouro, sabendo que nunca vai sair de lá.

Um sorriso se forma lentamente em seus lábios enquanto ele observa meu rosto e então se inclina para beijar o canto da minha boca. "Você disse 'ainda'", ele murmura. "Então acha que vai acontecer."

"Acho."

"Talvez já esteja acontecendo", ele diz, começando a beijar meu pescoço e abrindo meu roupão para expor o pontinho sensível onde meu ombro se encontra com meu pescoço. Quando roça os dentes ali, eu solto o ar com força e me agarro nele.

"Pode ser. Nunca me senti assim com alguém antes."

"E você acha que eu já?", ele pergunta baixinho no meu ouvido, me deixando arrepiada.

"Você já ficou com tanta gente. Pensei que..."

"Nenhuma delas era você, Anna", ele responde simplesmente.

Em seguida me beija fazendo carícias sedentas com a língua, e me sinto arrebatada, tomada pelo desejo. Enfio a mão sob sua camisa, para poder sentir sua pele quente contra a palma da minha mão. Adoro ver como seus músculos se contraem todos quando o toco, e que isso o faz me beijar com ainda mais vontade.

"Quero que seja hoje à noite", ele diz, subindo a mão pela minha coxa e agarrando a carne entre as minhas pernas com um gesto possessivo. "Eu, dentro de você."

"Tem certeza..." Eu perco a voz quando ele enfia o dedo por baixo da minha calcinha em um toque mais íntimo.

Não proporcionei prazer a mim mesma de nenhuma forma nos últimos meses. Não tive vontade. Mas agora, com Quan, meu corpo está voltando à vida, encharcando seus dedos.

"Eu quero você, muito", ele diz com um grunhido antes de sugar a pele do meu pescoço e fazer movimentos circulares no meu clitóris que chegam *bem perto* de ser o que eu preciso.

Procuro sua boca e o beijo enquanto me arqueio em direção ao seu toque me esfregando nele, tentando transformar a carícia naquilo que funciona para mim. Mas, não importa o que eu faça, continua faltando algo.

"Pra cama", ele diz com a voz áspera. "Preciso levar você pra cama."

Sem nenhum aviso, ele me pega no colo e me carrega para o quarto, onde me deita sobre o colchão. Tocando meu rosto quase com reverência, começa a me beijar, mas de repente os beijos não são mais os mesmos. Não têm mais a intensidade de antes. São hesitantes, distraídos.

Ele vai fechar a porta e nos mergulha na escuridão. Quando percebo que não volta imediatamente para mim, me sento na cama. Consigo distinguir sua silhueta no meio do quarto, de pé, imóvel. Tem alguma coisa errada.

"Está tudo bem?", pergunto.

"Está", ele responde, mas sinto uma tensão inegável em sua voz.

Depois de uma longa pausa, escuto que ele está tirando as roupas, deslizando o tecido na pele, derrubando as peças uma a uma no chão, então tiro as minhas também. Não sou do tipo que gosta de ficar nua, e o ar frio contra a minha pele me faz ansiar por ele.

O colchão afunda ao meu lado, e sinto sua proximidade. Uma eletricidade preenche o ar quando ele se estica ao meu lado, me puxando para perto e me aquecendo com seu calor, me beijando na testa. Meu corpo e minha mente se soltam e relaxam.

Fico esperando sentir o toque de sua ereção contra a minha barriga. Mas isso não acontece. Ele amoleceu depois que viemos para cá. E, agora que estou prestando mais atenção, percebo um leve tremor em seu corpo.

"Você está tremendo", murmuro.

"As coisas ficaram bem barulhentas na minha cabeça de repente", ele diz.

"No que você está pensando?"

Ele suspira com um ar tenso. "Bobagens."

Chego mais perto e beijo a primeira coisa que encontro — seu nariz. Em seguida sua boca, seus lábios perfeitos. "Eu penso bobagens às vezes também. De que tipo de bobagem você está falando?"

"Que eu preciso provar muita coisa esta noite, pra você, mas principalmente pra mim. Que eu preciso saber agradar uma mulher como um homem deveria saber", ele explica.

Sinto um aperto no peito ao ouvir essa confissão. "Mas você me agrada."

"Você sabe do que eu estou falando", ele responde, e me agarra pelos quadris e me puxa para junto dos seus, onde seu sexo permanece flácido. "Como eu vou fazer isso desse jeito? Que puta vergonha." Sua voz está cheia de recriminação, e detesto ouvir isso. Eu jamais ia querer que ele se sentisse desse jeito comigo.

"Você não é um robô. É um ser humano. Não é vergonha nenhuma", respondo com firmeza. "E eu também não preciso do seu pau para ter um orgasmo. Não é assim que as coisas funcionam comigo."

Ele parece engasgar por um instante, e então cai na risada. "Não acredito que você disse isso."

Abro um sorriso antes de dar risada também, estranhamente orgulhosa de mim mesma. "Bom, é a verdade. Foi *você* que transformou o sexo entre nós em uma coisa centrada em *mim*. Da minha parte, eu sempre me interessei mais pelo que *você* gosta."

"Nós temos exatamente o mesmo problema", ele comenta. "Por que só estou me dando conta disso agora?"

"Porque nós somos muito diferentes."

Ele me abraça com mais força e pressiona o rosto contra o meu, e durante um tempo é só isso o que fazemos. Respiramos juntos.

"E agora, como vamos continuar a partir daqui?", ele pergunta.

"Não sei. O que você quer fazer?"

Ele me beija nos lábios, no queixo, na mandíbula e morde minha orelha. O ardor provocado por seus dentes, junto com o calor de seu hálito, me arrepia inteira. "Quero te beijar."

"Só beijar?"

"Só beijar." A boca dele se abre junto ao meu pescoço, e sua língua toca minha pele, me deixando sem fôlego.

"Beijar é bom", escuto a minha voz dizer.

"Muito bom."

Seus lábios encontram os meus, e ele passa a língua em mim e chupa meu lábio inferior antes de se apossar da minha boca inteira em um beijo arrebatador. Suas mãos passeiam pelo meu corpo inteiro, apertando as minhas curvas, acariciando os meus seios. Ele mexe com os mamilos até me deixar ofegante em meio ao beijo e me fazer cravar as unhas em seus ombros enquanto o meu corpo se entrega ao seu. Os músculos do meu ventre se contraem em torno do nada, e começo a mexer as pernas, ansiosa, passando as solas dos pés em suas panturrilhas. Nesse momento eu o sinto, já duro de novo, entre as minhas pernas. Quando remexo os quadris, meu sexo acaricia toda sua extensão, e ele interrompe o beijo para soltar um grunhido.

"Quan, você..."

"Estou só beijando", ele repete antes de se apossar de novo da minha boca.

Para mim está ótimo, então eu me deixo levar pelo momento. Acaricio sua língua com a minha, desfrutando do sabor e da textura de sua boca, me deliciando com a sensação do seu corpo contra o meu, sob as minhas mãos, se esfregando no meu sexo, e a pontinha dele começa a entrar em mim. É uma coisa tão tentadora, tão gostosa, que eu me movo na direção daquela sensação, envolvendo-o mais um pouco.

Ele interrompe meus movimentos com a mão firme no meu quadril. "Eu preciso... é melhor... uma camisinha."

"Você falou que só estava beijando", murmuro antes de roçar os lábios nos seus, dando beijinhos provocadores.

"Isso é mais do que só beijar." Para comprovar o que diz, ele mexe os quadris, e nós dois gememos quando ele entra mais um pouco em mim.

"Você quer parar?", pergunto com a voz ofegante.

"Porra, de jeito nenhum."

"Então não para." Eu beijo de leve e remexo os quadris, adorando a sensação do meu corpo se alargando para recebê-lo.

Ele solta um gemido doloroso enquanto entra mais fundo, recua um pouquinho e empurra para dentro de novo. "Não quer que eu use camisinha?"

"Eu fiz os exames depois que Julian... mudou o esquema do nosso relacionamento. Porque achei que ele pudesse estar saindo com outras antes de me contar", consigo dizer. É difícil me concentrar com ele dentro de mim desse jeito. Instintivamente, desejo um contato ainda mais próximo, apesar de saber que não vai satisfazer a contração dolorosa que sinto no corpo. "Eu não tenho nada. Você tem?"

"Também não tenho." Ele me beija, mas só por um instante, como se não conseguisse se segurar. "Você tem certeza de que quer isso?"

"Te... tenho." Minhas palavras se transformam em gemido quando ele entra até o fim.

Ofegante, estremecendo e segurando meu quadril com força, ele diz: "Nunca senti nada tão gostoso quanto você".

Suas palavras me fazem flutuar de felicidade, apesar de eu saber que tenho pouquíssima responsabilidade pelo que ele está sentindo no momento. Não sou do tipo que pratica exercícios todos os dias para otimizar meu tônus muscular vaginal com a intenção de proporcionar o máximo de prazer possível. Por falta de coisa melhor, respondo: "Obrigada".

Ele solta uma risada áspera. "Você é a única pessoa capaz de me fazer rir num momento como este."

Sorrindo na escuridão, eu repito, desta vez murmurando em seu ouvido: "Obrigada".

Ele ri e me beija, e sinto seu sorriso contra o meu. Eu o envolvo nos braços, me perguntando se não vou acabar iluminando o quarto inteiro só com o brilho dos meus olhos.

Ele se mexe entre as minhas pernas com movimentos sinuosos com os quadris, saindo e voltando a entrar como ondas que vão e vêm na praia. É uma coisa tão sexy que lamento as luzes estarem apagadas. Não consigo me segurar e vou acompanhando seus gestos, recebendo o máximo possível dele dentro de mim. Nunca vou chegar ao orgasmo dessa maneira, mas meu corpo tem seus desejos. E no momento o que meu corpo mais deseja é senti-lo.

Nossa posição muda um pouquinho quando ele me deita de costas e segura uma das minhas mãos. Não entendo o que ele quer, mas então Quan encaixa minha mão por entre nossos quadris e murmura: "Faz ficar bem gostoso, Anna".

Uma apreensão toma conta de mim. Não consigo me livrar da sensação de que estou fazendo alguma coisa errada. Escondo meu rosto no seu pescoço e digo seu nome em tom de protesto.

"Para eu sentir que não estou sozinho aqui", ele diz, e há uma vulnerabilidade tão marcante em sua voz que é impossível negar. E Quan é mais importante para mim do que as vozes na minha cabeça.

Na segurança de seus braços, na escuridão, começo a me tocar. E solto um grito quando sinto que me aperto ao redor dele.

"Assim mesmo", ele murmura, beijando minha testa, sugando o lóbulo da minha orelha, mordendo meu pescoço para aplacar o ardor.

Continuo me tocando exatamente da maneira como preciso, e não consigo conter os sons que emergem da minha garganta. O prazer se concentra de uma forma aguda e irresistível.

"Não para", ele me incentiva, se movendo dentro de mim, com os movimentos de vai e vem ganhando impulso.

Não consigo parar. Talvez fosse isso o que sempre precisei, mas nunca soube — amar a mim mesma sem pudor e sem reservas.

Quan me elogia com palavras sensuais, diz que está orgulhoso de mim, me diz o que estou provocando nele. Me pergunta se está gostoso, mas deve saber, não é possível. Estou gemendo sem parar enquanto me movo cada vez mais, erguendo os quadris em sua direção a cada estocada, me contraindo incontrolavelmente por dentro.

"Você está aqui comigo?", ele me pergunta, ofegante. "Eu estou quase lá. Não sei se..."

Puxo sua cabeça para beijá-lo, e ele solta um grunhido quando retribui o gesto. Agarrando a minha bunda com as duas mãos, me puxa mais para perto enquanto começa a meter em mim mais depressa. É esse toque de desespero em suas ações que me deixa louca.

Todos os meus músculos se contraem, e me arqueio em sua direção. Ao mesmo tempo, sinto que estou me alargando, me soltando, estremecendo. Sinto vontade de dizer que estou quase lá com ele, quero contar o que está acontecendo, mas só consigo dizer seu nome.

Grito seu nome quando chego ao clímax. Grito seu nome quando convulsiono ao redor dele, e ruídos ásperos escapam dos meus lábios. Grito seu nome quando me libero por completo.

28

QUAN

Não existe sensação melhor do que a de Anna se entregando ao prazer comigo dentro dela, e gritando meu nome sem parar. Não tem nada parecido no mundo.

Ela tenta me beijar, se mover junto comigo, mas as convulsões são fortes demais. Anna perdeu toda a coordenação motora e, porra, estou adorando isso.

Estou quase lá, mas me seguro e diminuo o ritmo para amplificar o momento. Vou ser o melhor que ela já teve. Preciso disso. Que ela nunca, nunca se esqueça desta noite.

Quando seu aperto em torno do meu pau relaxa e ela suspira e tira a mão de onde estava, entre os nossos corpos, eu me forço a parar. Cerrando os dentes, me retiro do interior de seu corpo quente e a coloco de joelhos. Meu nome em seus lábios sai em tom de interrogação, e eu a acalmo com beijos no pescoço, no ombro. Passo a mão pelas suas costas antes de arquear seus quadris para cima, me posicionando diante de sua abertura e entrando devagar.

A sensação de tomá-la centímetro por centímetro, o som de seus gemidos baixinhos, é quase mais do que consigo suportar e, contrariando todas as possibilidades, fico ainda mais duro. A sensação se espalha pela minha cabeça e vai descendo pela espinha, até que todo o meu ser se concentre lá embaixo, em clamores para eu me despejar dentro dela. É um desespero em estado puro, uma necessidade brutal, mas me recuso a ceder. Vou acariciando seu braço até encontrar sua mão e a coloco entre suas pernas enquanto a beijo no pescoço, pedindo silenciosamente que ela volte a se tocar.

"Não sei se consigo", ela diz. "Eu já..."

"Então só tenta", eu murmuro, passando as mãos pelo seu corpo, massageando as curvas da sua bunda perfeita enquanto resisto à vontade de me mover. "Se não aguentar, é só parar."

O som de seus dedos deslizando sobre o clitóris chega aos meus ouvidos no mesmo momento em que ela solta o ar com força e se fecha em torno do meu pau, fazendo meu abdome se contrair e meus quadris se moverem involuntariamente. É tão gostoso que não resisto à tentação de me curvar para trás e repetir o movimento.

"Você aguenta?", pergunto. Tento ficar imóvel, mas meus quadris continuam se mexendo sem a minha permissão, produzindo estocadas ritmadas.

"Aguento", ela responde, com um tom de voz agudo de urgência.

Anna se joga para trás, reagindo a cada estocada, e dá para ouvir o som dos corpos se chocando enquanto seus gemidos se tornam cada vez mais acelerados. Quando ela estende o braço para trás e me beija por cima do ombro com movimentos enlouquecidos com a língua, gemendo contra a minha boca a cada respiração, sei que ela está quase lá, o que me enche de uma satisfação profunda.

Agarro seus peitos com as mãos e mexo nos biquinhos pontudos. O corpo dela se enrijece como se tivesse sido atingido por um raio. Sua respiração se torna irregular. Ela estremece nos meus braços, tão tensa como se estivesse a um instante de explodir. Eu continuo a beijá-la, a estimular seus mamilos e a meter sem parar, porque é isso que a gente faz quando uma coisa está dando certo — a gente continua. Então continuo até a necessidade de gozar quase me levar à loucura.

E então acontece. Ela dá um berro. E goza com força, como se estivesse soltando uma tensão acumulada durante a vida inteira, o que me deixa em êxtase. Meu corpo pode estar mutilado, eu posso não ser perfeito, mas posso ser o que Anna precisa.

Segurando Anna enquanto ela se desmancha toda, eu me solto. E me desmancho com ela.

29

ANNA

Na segunda-feira de manhã, Quan e eu chegamos com o carro dele à casa dos meus pais. São 7h56. Uma boa filha, uma boa *pessoa*, correria lá para dentro para liberar sua mãe, dar a ela esses quatro minutos a mais de descanso.

Mas eu quero os meus quatro minutos.

Meu fim de semana de folga deveria ter me dado mais energia para encarar tudo isso. Inclusive eu dormi a maior parte do tempo — quase o sábado todo e depois metade do domingo — e, quando estava acordada, tive momentos tranquilos e relaxantes com Quan.

Ontem fomos à casa de panquecas perto do meu apartamento para um brunch, e tiramos selfies com as montanhas de panquecas bonitas ao fundo. Depois, mostrei a ele meus lugares favoritos na cidade — a cafeteria que serve o melhor café expresso, uma galeria de arte onde as pessoas podem comer nos bancos enquanto admiram as obras, um parque que todo mês traz uma nova exposição de esculturas modernas. Tudo a uma curta distância a pé do Davies Symphony Hall — meu mundinho na verdade é bem pequeno, mas Quan não fez nenhum comentário a esse respeito. Nem perguntou nada sobre a minha música. Eu me senti grata por isso. Quando chegamos em casa, imediatamente caí no sono no sofá e só acordei à noite. Estava faminta, mas ainda exausta, então Quan saiu para comprar comida e vimos o documentário *Professor polvo* juntos enquanto comíamos. Depois ficamos agarradinhos, o que levou a uns beijos, o que levou a carícias, o que levou ao meu quarto e a mais uma noite gloriosa de sexo.

Mas, mesmo depois disso tudo, não me sinto descansada nem revigorada. Estou com um nó no estômago e o coração palpitando.

Não quero entrar naquela casa.

"Você vai ficar bem?", Quan pergunta.

Abro um sorriso sem pensar. "Vou, sim." Pode até ser verdade, então não é exatamente uma mentira. Mas parece ser, e eu me corrijo: "Talvez. Eu não sei".

Ele fica pensativo por um momento antes de dizer: "Estou preocupado. Isso pode não estar fazendo bem para você. Não tem outro jeito de conseguir ajuda? Dinheiro não parece ser problema...".

"Tem que ser eu. Tem que ser alguém da família", respondo com firmeza.

"Ah, sim. Eu entendo. Mas você não está bem, Anna. Acho que só passou umas oito horas acordada o fim de semana todo."

Faço uma careta e respondo: "Desculpa. Não foi muito legal da minha parte fazer isso no nosso pouco tempo juntos".

Ele dá um suspiro de frustração. "Não estou reclamando. Estou *preocupado*."

Eu me afundo no assento e olho pela janela para a casa. "Não tem outro jeito. Não está sendo fácil pra ninguém, e preciso aguentar firme, como todo mundo."

Ele começa a responder, mas o relógio marca oito horas. Pego as minhas coisas no assoalho do carro e digo: "Preciso ir. Me manda uma mensagem quando chegar no trabalho?".

"Tá, eu mando", ele diz em um tom resignado.

Eu me inclino sobre o console central e dou um beijo no rosto dele. Preciso entrar logo em casa, mas fico enrolando. Pressiono a testa contra a dele por um momento. "Vou sentir sua falta."

De alguma forma, encontro motivação para me afastar, sair do carro e atravessar o gramado coberto de orvalho. Com um último aceno, entro na casa.

Quando fecho a porta, o peso deste lugar desmorona sobre os meus ombros. A luz do sol entra pelas várias janelas, mas a *sensação* é de escuridão. Tiro os sapatos e percorro o corredor de mármore frio até a cozinha, jogo as minhas coisas em um banquinho da ilha e vou para o quarto do meu pai.

O cheiro alcança meu nariz antes de eu chegar à porta, e tusso para limpar as vias aéreas. Não ajuda em nada. Assim que respiro de novo, o odor que invade fica impregnado nas minhas narinas e na minha garganta. Quando entro, vejo minha mãe de costas para mim, trocando as fraldas do meu pai. Ele está de lado e com as costas viradas para mim, além de outras partes suas que quando era mais nova jamais imaginei que fosse ver.

"Oi, Ma e Ba", digo com um tom alegre, como se estivesse contentíssima por estar aqui, do jeito como fui ensinada.

"Venha me ajudar a virar seu pai", minha mãe me fala em vez de me cumprimentar.

Vou para o outro lado da cama e sorrio quando vejo meu pai de olhos abertos. Ele não está gemendo. Isso só pode ser um bom sinal. Toco seu braço de leve. "Oi, papai."

Seu corpo balança enquanto minha mãe o limpa do outro lado, e ele fecha os olhos com força e faz uma careta. Não está sentindo dor. Minha mãe é eficiente, mas tem um toque suave. Só que eu entendo o que está acontecendo mesmo assim.

Ele detesta isso.

E assim tudo recomeça. Ajudo a trocar sua fralda, apesar da vergonha que isso provoca nele. Quando terminamos, minha mãe se retira e eu o alimento, apesar de saber que ele não quer. Percebemos que estamos na mesma situação. Nenhum dos dois pode falar nada. Nossa vida é ditada por outras pessoas.

Na semana seguinte, Priscilla anuncia que precisa voltar a Nova York por duas semanas. Ela vai embora no dia seguinte.

Ficamos só eu e minha mãe.

E meu pai, claro.

Presos em uma casa enorme e cheia de ecos. Estamos juntos, mas todos se sentindo dolorosamente sozinhos.

Os dias se tornam inacreditavelmente longos e cinzentos, e me sinto meio que entorpecida no cumprimento das minhas obrigações. Pouco a pouco, os erros começam a acontecer.

Minhas mãos de musicista, em geral tão firmes, passam a derrubar as coisas. Uma seringa cheia de alimento líquido. Um balde de água morna durante o banho. Um pote de creme hidratante. Minha noção de espaço decai absurdamente, e minha pele começa a parecer um pêssego todo batido, porque esbarro cada vez mais nas coisas. Minha capacidade de concentração desaparece. Eu me esqueço das coisas. Me distraio e interrompo o que estou falando no meio das frases. Tento entrar nos lugares com a porta fechada.

Cuidar do meu pai se torna ainda mais estressante agora que tenho medo de me esquecer de dar seus remédios, ou de dar sem querer o dobro da dose apropriada. Começo a anotar tudo, mas e se eu escrever e acabar esquecendo de fazer o que era preciso? Deixo as seringas e os copos medidores organizados pela manhã de um jeito que eu saiba no fim do dia se dei toda a alimentação e a medicação programadas. Minha mãe não gosta disso, porque fica tudo muito bagunçado, mas consegue tolerar, para o meu bem.

São as mensagens e os telefonemas de Quan que tornam os meus dias toleráveis. As fotos da gata de Rose também. Ela fez uma tosa horrível na bichinha que a deixou parecida com um estegossauro, e seu olhar de ódio fica bem evidente nas fotografias. Ela e Suzie falam comigo de tempos em tempos, para saber como estou. Elas se importam comigo e, apesar de dizerem frases feitas como Ai, *que pena saber que as coisas estão tão difíceis*, ou *Eu queria poder fazer alguma coisa para ajudar*, sei que na verdade não entendem pelo que estou passando. Ninguém entende, nem mesmo Quan, nem minha mãe, nem Priscilla.

É difícil para mim por causa de um defeito exclusivamente meu — e, sim, considero isso um defeito. Quero ser o tipo de pessoa que vê sentido em cuidar dos necessitados. Essas pessoas são *boas*. São heróis e heroínas, e têm todo o meu respeito.

Eu apenas não sou assim.

O sofrimento do meu pai me afeta de um jeito que não consigo explicar. Sua dor, o fato de estar entrevado na cama, preso a esta vida, sendo que não é isso o que ele quer. Sabendo que isso pode durar anos. Sabendo que tudo o que faço só piora as coisas. Sabendo que é um caso perdido.

Perto do fim desse período de duas semanas, minha mente trabalha quase sem descanso em busca de uma forma de escapar. Não posso usar minha carreira como pretexto para ir embora. Eu só voltaria ao inferno de tocar em círculos. E se eu sofresse um pequeno acidente e quebrasse a perna? Não, eu ainda poderia cuidar dele de cadeira de rodas. As coisas só ficariam ainda mais difíceis. Seria necessário quebrar as duas mãos, e não posso deixar que isso aconteça. Se não me recuperar direito, jamais voltaria a tocar, e o que aconteceria no dia aparentemente inconcebível em que a música voltasse a se comunicar comigo? O que eu faria? Valeria a pena continuar viva?

O que eu gostaria mesmo era de uma lobotomia. Não quero sentir mais nada. Trocaria toda a alegria da minha vida por não me sentir mais como estou me sentindo agora. Faria isso sem pensar duas vezes se soubesse que conseguiria cumprir minhas obrigações normalmente depois. É só isso o que importa agora, manter as coisas andando.

No momento, vivo em função das horas de sono. Oito preciosas horas antes de precisar recomeçar tudo. Mas sempre acabo acordando no meio da noite e chorando agarrada aos lençóis, olhando para o teto e gritando na minha cabeça: *Eu não quero mais isso. Eu não quero mais isso. Eu não quero mais isso.*

As pessoas fazem visitas, inclusive Julian e sua mãe, e eu sorrio para todos do jeito que fui ensinada. Minha mãe adora receber os convidados no quarto do meu pai enquanto eu trabalho. Nesses momentos ela me elogia, diz para as amigas que deixei minha carreira de lado para cuidar do meu pai, que estou me sacrificando por ele, que sou uma ótima filha.

Normalmente, esse tipo de aprovação da minha mãe me levaria às nuvens, mas nestas circunstâncias, não. Se as pessoas soubessem...

O que elas estão vendo não sou eu. O que elas admiram é a máscara que está me sufocando.

A mãe de Julian parece mais impressionada que qualquer outra pessoa e, quando ele começa a me mandar mensagens com cada vez mais frequência, acredito que é por causa dela, que me quer como nora. Ela me puxa de lado durante uma visita e me diz exatamente isso. Eu sorrio e respondo que seria a realização de um sonho. O que mais eu poderia responder?

Uma vozinha cínica dentro da minha cabeça sugere que talvez seu verdadeiro interesse seja que eu cuide dela e de seu marido também algum dia. Essa ideia me enche de pavor. Acho que não vou sobreviver se precisar fazer isso de novo.

No fim da visita mais recente de Julian, ele fica no quarto do meu pai comigo enquanto minha mãe acompanha até a porta a mãe dele e um pequeno grupo de amigas da igreja.

Estou virando meu pai de lado, colocando travesseiros ao seu redor para mantê-lo confortável, quando Julian comenta: "Você é muito boa nisso. Fico bobo de ver".

"Obrigada", consigo dizer, mantendo um tom de voz leve e abrindo um sorrisinho breve. É um elogio. Preciso agir como se estivesse lisonjeada. Mas não é assim que me sinto.

Sinto vontade de berrar.

Quando meu pai parece bem acomodado, vou verificar a planilha para conferir se registrei tudo. Então conto as seringas e os copos medidores, tentando confirmar que não me esqueci de nada nem dupliquei nenhuma dose.

Enquanto forço meu cérebro a fazer as contas, Julian se aproxima de mim por trás. Ele passa as mãos pelos meus braços e se inclina para beijar minha nuca. Sinto um arrepio na pele. Mas não no bom sentido. Eu não quero que isso aconteça. Não quero nada disso. Não com ele.

Mas não me afasto. Nem digo nada.

O *que* eu poderia dizer?

Só o que falei desde que voltei para esta casa foi *sim* e *sim* e *sim* e *sim* e *sim*.

"Será que você pode sair um fim de semana desses?", ele pergunta. "Faz um tempão que não ficamos juntos, só nós dois."

Permanecendo imóvel e medindo bem as palavras para não deixá-lo chateado, eu respondo: "Eu não me sentiria bem deixando minha mãe e Priscilla sozinhas cuidando do meu pai".

"Priscilla viajou e deixou tudo nas mãos de vocês duas", ele lembra.

"Ela não teve escolha. Tinha compromissos importantes para cumprir. Ela não está de férias." Quem teve dias de folga fui *eu*, com Quan, e preciso retribuir isso a Priscilla ficando por perto quando ela precisar de mim.

"Quando vamos poder ficar juntos, então?", ele questiona. Sinto seu hálito quente e úmido na nuca, e preciso me segurar para não fugir para longe dele.

"Quando meu pai melhorar", respondo, apesar de saber que isso nunca vai acontecer. Ele não vai melhorar.

Julian se afasta de mim, e percebo uma aspereza em sua voz quando ele me pergunta: "Você está brava comigo? Porque eu quis um relacionamento aberto?".

Eu me viro, balançando a cabeça. "Não estou brava com você." É a verdade. Não estou mesmo. Não mais. E já segui em frente. Só não sei como dizer isso. Ele vai ficar furioso. A mãe dele também. O que vai irritar a minha mãe, e também Priscilla, e elas vão ficar me pressionando, e vou me sentir cada vez pior, cada vez mais desimportante, e tudo porque elas acreditam que sabem melhor que eu o que é melhor para mim. Não estou em condições de lidar com isso. Pelo menos não agora.

Por favor, agora não.

Mergulhei na escuridão e não consigo encontrar uma saída. Mas estou lutando. Estou tentando. Estou me esforçando ao máximo para fazer o que é certo, o que as pessoas precisam. Só não tenho mais o que oferecer. E gostaria de ter.

"Eu me dei conta de uma coisa nesse tempo que passamos separados", ele comenta.

"E o que foi?", pergunto, como ele espera que eu faça.

"Conheci muitas mulheres. E admito que transei bastante. Algumas foram incríveis... tipo, incríveis *mesmo*", ele diz, sorrindo ao se lembrar. Fico com raiva desse sorrisinho dele. "Outras nem tanto. Mas não me arrependo de nada. Porque tudo isso me ajudou a ver que era só sexo. Nenhuma delas era como você, Anna."

Ele prende uma mecha de cabelos atrás da minha orelha, e a sensação de outra pessoa mexendo nos meus cabelos me causa um desconforto. Mas eu ignoro, exatamente como deveria.

"Quero alguém na minha vida que fique do meu lado não importa o que aconteça, mesmo se eu estiver doente ou preso numa cama. Você sempre entende meu ponto de vista. Me coloca em primeiro lugar. Não me força a fazer o que não quero. Ficar com você é bem *fácil*. Você sabe o quanto isso é especial? Quero ficar com você de novo, só nós dois. Chega de explorar por aí. Já sei o que eu quero", ele avisa.

Eu me forço a abrir um sorriso. Sai meio torto e errado, mas ele não parece perceber que não foi dos melhores. Fica passando a mão no meu cabelo, como se eu fosse seu bichinho de estimação favorito, e eu enrijeço os músculos e aguento firme, sentindo suas palavras reverberarem dentro de mim e incendiarem uma raiva silenciosa.

Quando estávamos juntos, eu *nem sempre* entendia o lado dele. Só *fingia* fazer isso. Eu o colocava em primeiro lugar, acima de mim mesma, inclusive. Mas, depois de estar com alguém que gosta de mim de verdade, percebo o quanto isso é errado. Nunca lutei para me impor, e isso para Julian era ótimo, porque ele podia ter tudo o que queria de um relacionamento. E, pelo jeito, ainda quer mais.

Houve um tempo em que eu achava que era isso o que queria. Mas não é. Não quero isso de jeito nenhum.

E não sei como dizer isso. Não posso ser a responsável pelo fim do relacionamento. Minha família ficaria muito chateada comigo.

Mas se for ele que terminar tudo...

"Eu saí com uma pessoa", digo, sentindo a minha boca ficar seca. "Enquanto você e eu não estávamos mais juntos."

Ele fica tenso de repente e pisca algumas vezes, como se não acreditasse. "Ah, é?"

Umedeço os lábios, me sentindo apreensiva. Mas um relacionamento aberto é uma via de duas mãos. Não seria justo querer que eu ficasse trancada em casa enquanto ele transava com quem quisesse. Mesmo assim, tento minimizar o baque, dizendo: "Só uma pessoa".

"Eu sei quem é?", ele pergunta, contorcendo discretamente os lábios.
"Não."

Isso parece tranquilizá-lo um pouco. "E vocês... Foi *bom*? Você *gostou*?" Percebo um tom de zombaria em suas perguntas, e fico com a impressão de que ele considera impossível que eu possa ter gostado.

Levanto o queixo e, apesar de não levantar o tom de voz, digo com toda a clareza: "Gostei, sim".

A expressão dele se fecha por um breve e aflitivo momento antes de voltar ao normal. "Acho que eu mereci isso."

"Mereceu mesmo."

"Bom, espero que ele tenha se divertido enquanto pôde. Porque a festa pra ele acabou", Julian diz, me segurando pelos braços e me puxando para si. "Quem você ama sou eu."

Ele tenta me beijar, mas viro o rosto e seus lábios encontram só minha bochecha.

"Meu pai está bem ali", eu digo.

"Ele ficaria feliz por nós", Julian responde.

Quando ele está tentando me beijar de novo, minha mãe aparece na porta. "Sua mãe disse que já precisa ir", ela avisa, com uma expressão deliberadamente neutra, apesar de com certeza ter percebido o que acabou de interromper.

Ele sorri como se os dois estivessem se comunicando num código secreto e me dá um beijo na testa antes de se afastar de mim. "Ligo para você mais tarde, tá bom?"

"Ok", murmuro.

Ele sai do quarto e segue minha mãe pelo corredor, enquanto eu fico aqui, paralisada, sem sair do lugar. Se minha mãe não aparecesse, eu provavelmente teria deixado que ele me beijasse. E talvez até retribuísse o beijo. Não porque eu quero, mas porque me sinto obrigada — para deixar todo mundo feliz.

Menos eu.

Meu pai começa a gemer em seu mi bemol habitual, e sinto um aperto no coração. No corpo todo, na verdade. Olho no relógio. Não é hora do remédio. Vou até ele e toco em sua testa. Sua pele está fria. Não é febre. Verifico a posição de seu corpo em busca de algum desconforto. Não há nada que salte aos olhos.

"Qual é o problema, papai?", pergunto.

Ele não abre os olhos, mas sua testa se franze, e os gemidos continuam. Não há nada que eu possa fazer além de segurar sua mão, então é isso o que faço. Sua mão permanece imóvel. Ele não retribui o gesto. Nunca.

De certa forma, ele não está aqui desde o dia do derrame. Ainda está vivo, mas eu o perdi meses atrás. Talvez esteja de luto esse tempo todo sem perceber.

Será que é possível sofrer sem saber?

Quando ele dorme e para de gemer, a tensão no meu corpo alivia, mas ainda escuto aquele tom de mi bemol na minha mente. Repetindo-se num ciclo infindável.

Minha mãe entra no quarto sem fazer barulho, verifica a roupa de cama para ver se fiz tudo direto e senta no sofá perto da cama. "Todo mundo acabou de ir embora." Como não respondo, ela acrescenta: "Só falaram coisas boas de você".

Estou sem energia para esse tipo de coisa, mas me obrigo a abrir um sorriso que parece sincero e digo: "É muita gentileza delas".

"Principalmente Chen Ayi", minha mãe explica, se referindo à mãe de Julian. "Pelo que eu acabei de ver, está na cara que vocês dois estão juntos de novo. Fico aliviada. Aquele outro..." Ela balança a cabeça e franze o nariz.

"Quan tem sido muito bom comigo", respondo, sentindo a necessidade de defendê-lo.

"Claro que sim, ele trata você muito bem. Sabe a sorte que tem. Veja só você. E veja só ele. Mas Julian também é muito bom pra você", ela argumenta.

Não entendo por que Quan teria sorte de estar comigo. Sou extremamente confusa. Minha vida está um caos. Não consegui nem dizer que estou apaixonada por ele.

Mas acho que estou.

Acho que me apaixonei de forma irresistível e em caráter irrevogável, como os cavalos-marinhos e certas espécies de peixes.

"Você precisa conversar com esse Quan", minha mãe diz. "Ele não é má pessoa. E merece ser tratado com respeito. Seja gentil quando terminar tudo."

As lágrimas borram meu campo de visão, mas eu consigo contê-las. "Ele me faz feliz, Ma."

Minha mãe suspira e se levanta para vir ficar ao meu lado. "Ele é só uma fase. Você não se casa com rapazes como esse."

"Não parece ser só uma fase."

"Confia em mim", minha mãe me diz. Seu tom de voz é gentil e sua expressão, bondosa, e me forço a lembrar que ela me ama. Sua intenção não é me ver infeliz. Ela só quer o melhor para mim — a não ser que isso entre em conflito com o que é melhor para meu pai ou para Priscilla. Nesse caso, eu sou uma prioridade secundária. Porque sou a mais nova, e mulher, e não estabelecida na vida. É assim que as coisas são. "Você é jovem. Não sabe dar valor ao que tem. Mas *eu* sei. Julian vai cuidar de você, Anna. Você precisa disso. Você sempre soube nossa opinião sobre sua carreira na música, mas escolheu esse caminho mesmo assim. Então agora precisa ser realista."

"Eu não sou boa em mais nada", lembro a ela.

Quando meus pais me inscreveram nas aulas de violino, acho que alimentavam a esperança de que eu fosse um prodígio e pudesse chegar longe. Quando esse talento especial nunca se revelou, eles me deixaram continuar porque era uma boa atividade extracurricular para mostrar para o setor de admissão das faculdades se eu tivesse uma "boa experiência".

Com Priscilla, isso deu certo. Ela tocou um solo de violino no Carnegie Hall na época do ensino médio, e esse feito, associado a seu histórico acadêmico impecável, garantiu sua entrada em Stanford, onde ela se formou em economia e em seguida foi fazer seu MBA. Todos ficaram horrorizados quando anunciei que, em vez de seguir no caminho de Priscilla, eu queria usar minha formação no violino para me tornar uma musicista.

"Você nunca tentou fazer mais nada", minha mãe retruca, contorcendo os lábios, contrariada. "Poderia ter assumido meu escritório de contabilidade. Eu teria o maior prazer em passar o negócio para as suas mãos."

"Eu sou *péssima* em matemática. Além disso, estou me saindo bem agora", respondo, na esperança de enfim ter provado que meu único ato de rebeldia foi de fato a melhor escolha para mim.

Minha mãe me dá uma encarada. "Você sabe que o sucesso é temporário. Daqui a pouco vai estar sofrendo de novo pra pagar o aluguel."

Sinto um nó na garganta e mordo o lábio por dentro com força o bastante para a dor física me distrair da turbulência emocional. Seguro a mão do meu pai com mais força, acariciando sua pele marcada com o polegar. Ele não retribui o gesto.

"Você sabe que eu digo isso para doer menos quando os outros falarem a mesma coisa", minha mãe explica com um tom suave.

Engolindo em seco, eu assinto.

"A mamãe está cansada, então vou dormir agora." Ela acaricia meu cabelo, mais ou menos como Julian fez antes, e fico imóvel e permito, apesar de ter a sensação de um bando de formigas andando pelo meu couro cabeludo. É assim que ela demonstra afeto por mim. Quando era mais nova, eu reclamava quando as pessoas — avós, tias, tios etc. — tentavam me tocar assim, e era castigada por isso. Isso é uma coisa que magoa as pessoas, faz com que se sintam rejeitadas, o que é um pecado terrível, em especial entre uma criança e alguém mais velho, então aprendi na marra a cerrar os dentes e aguentar firme. Estou com os dentes cerrados agora, inclusive. "Você é uma boa menina, Anna. O que está fazendo é difícil, mas você não reclama. E sempre me escuta. Tenho orgulho de você."

Com uma última carícia na minha cabeça, ela se retira. As lágrimas se acumulam nos meus olhos antes de caírem no dorso da mão do meu pai. Eu as enxugo com a manga da blusa, mas não param de cair.

Não faço nenhum barulho enquanto choro.

30

QUAN

"Que bom finalmente conhecer você pessoalmente", digo para Paul Rochard, diretor de aquisições da LVMH, enquanto aperto sua mão.

"Eu digo o mesmo." Ele abre um sorriso educado para mim e, depois de desabotoar o paletó, se senta na cadeira diante de mim à mesa do restaurante.

Estou esperando por essa reunião a semana toda. É nossa última conversa antes de finalizarmos os termos do contrato. Depois, basta assinar.

A Michael Larsen Apparel vai fazer parte da companhia LVMH Moët Hennessy Louis Vuitton.

Só que esse cara está me transmitindo uma energia meio estranha. Não sei exatamente o que é, mas tem alguma coisa errada.

Um garçom se oferece para encher seu copo de água, mas ele recusa com um gesto de mão. "Não precisa, não vou ficar muito." Concentrando-se me mim, ele diz: "Você deve ter várias perguntas a fazer, então aproveito para garantir que sim, nós queremos Michael Larsen e a MLA na nossa organização. Estamos determinados a fazer a coisa acontecer. E devo dizer que a sua forma de liderar a empresa causou uma ótima impressão".

"Obrigado", respondo, imaginando que talvez eu estivesse enganado. "Foi bem estimulante começar a empresa do zero. Estou ansioso para trabalhar com o seu time e seguir nesse ritmo de crescimento."

"Seria um ótimo aprendizado para você, com certeza", Paul comenta, e aí está mais uma vez. A energia estranha. "Principalmente considerando a sua experiência um tanto limitada."

Eu me ajeito melhor na cadeira, me sentindo alarmado. "Isso até agora não foi problema."

Paul faz questão de ajustar a abotoadura de diamante no punho da camisa branca impecável antes de dizer: "Vamos direto ao ponto. Você não é a pessoa certa para liderar a empresa depois da aquisição. Vamos contratar um CEO com as credenciais adequadas, mas, caso se interesse, você pode comandar a equipe de vendas".

Meu corpo todo esquenta até eu sentir meu pescoço queimar sob a gola da minha camiseta e meu blazer esportivo. "Eu e Michael recebemos garantias desde o início de que íamos ser mantidos nas funções atuais."

"E Michael definitivamente precisa ficar", Paul afirma.

Percebo o que ele não diz: Michael é essencial. Eu não.

"Você e Michael são parentes, não é isso?", ele pergunta.

"Somos."

Me dando uma boa encarada, ele complementa: "Eu sei que seria mais cômodo levar a coisa para o lado pessoal e recusar a oferta, mas preciso que você se pergunte se isso é mesmo o melhor para Michael. Já vou avisando que, se isso acontecer, vocês nunca mais vão fazer negócio conosco. É pegar ou largar". Antes que eu possa abrir a boca, ele se levanta, abotoa o paletó e olha no relógio, franzindo a testa como se essa conversa de poucos segundos tivesse demorado tempo demais. "Vou instruir os advogados a segurar os contratos. Uma semana deve ser tempo suficiente para você pensar. Você tem o meu contato. Espero receber boas notícias na segunda."

Ele vai embora, e eu fico aqui sentado, sozinho. Pela primeira vez na vida, realmente entendo o significado de "perder o chão". O garçom aparece para perguntar se quero alguma coisa, e não consigo me virar para encará-lo. Não quero ser visto por ninguém neste momento. Não vou suportar ter que olhar para alguém nos olhos.

Não comi nada ainda, e gosto daqui, mas deixo uma nota de vinte dólares na mesa e saio de cabeça baixa. Do lado de fora, vou andando pela calçada até a minha moto e me retiro pelas ruas. Não sei para onde estou indo, mas vou chegar lá depressa.

Com o mundo passando cada vez mais rápido por mim, eu penso: *Foda-se esse cara*. Fomos Michael e eu que criamos essa empresa — *nós dois*. Eu sei o que fiz, o valor do meu trabalho. Não sou substituível.

Michael não vai deixar isso acontecer. Somos sócios. Vamos continuar juntos. A MLA estava indo muito bem antes de esse pessoal aparecer. E vamos continuar bem sem eles.

Prefiro acabar com tudo a entregar a empresa nas mãos daquele babaca.

Michael faria isso também, se eu pedisse.

Nós somos próximos. Mais que irmãos.

Só que eu jamais pediria uma coisa dessas.

Jamais pediria para ele abrir mão de seus sonhos. Não por mim.

Entro na via expressa e acelero até o limite enquanto vou costurando o trânsito. Posso tomar uma multa feia por isso — se a polícia conseguir me alcançar. Neste momento, eu aceitaria de bom grado o desafio da perseguição.

Quero ignorar as regras, destruir tudo, ver a fumaça preta subir pelo céu. Dane-se se eu me machucar no processo. Talvez eu até aprecie a dor. Não seria pior do que essa sensação horrível de traição.

Mas existe alguém que se importaria, *sim*, se eu me machucasse, alguém que gosta de me ver dirigir com as duas mãos no volante e sinalizando antes de todas as curvas.

Mesmo com a pulsação ecoando nos meus ouvidos, e o coração a mil, e raiva explodindo dentro do peito, quando penso em Anna, eu me acalmo.

Quando me dou conta, estou seguindo para o sul pela 101. Não me surpreendo de estar indo diretamente ao encontro de Anna. Minha bússola sempre aponta na sua direção.

31

ANNA

Hoje é aniversário do meu pai. Isso significa que preciso tocar, mas não estou pronta para isso, nem de longe. Não pratiquei nenhuma vez. Essa noite deve ser interessante. Imagino que não vou chegar nem perto do violino, mas ainda não descobri como vou me safar. Uma apendicite seria conveniente.

Priscilla voltou na semana passada, o que não significa que as coisas tenham ficado mais fáceis. Sua viagem para Nova York não deve ter sido nada boa, porque ela está sendo mal-humorada e grossa com todo mundo, menos com meu pai, que ela trata cada vez mais como se fosse um recém-nascido, usando um tom de voz normalmente reservado a bebês, beijando seu rosto o tempo todo e apertando suas bochechas enquanto diz que ele é uma gracinha. Não acho que o meu pai goste disso. Na verdade, tenho quase certeza de que ele detesta. É um homem orgulhoso, não uma criancinha. Mas não falo nada.

A festa está marcada para esta noite, mas meu tio Tony está aqui desde bem cedo. Tentou contar sobre o divórcio caríssimo que seu amigo médico está enfrentando porque teve um caso com uma moça de trinta anos e ela engravidou, mas meu pai gemeu e dormiu durante a história toda. Depois, o tio Tony colocou seus óculos em estilo aviador e pegou um livro — *Ringworld*, de Larry Niven. Ele passou a maior parte do dia lendo em silêncio ao lado da cama do meu pai.

Com seus sessenta e poucos anos, o tio Tony é o irmão mais novo do meu pai, e o menos bem-sucedido. Não consegue parar em emprego nenhum por mais de alguns meses, e vive do seguro-desemprego e da ajuda da família. Durante toda a minha vida, meus pais usaram o tio

Tony como um modelo de fracasso, dizendo coisas como *Se continuar insistindo nessa coisa de carreira na música você vai acabar como o seu tio Tony*. Mas ele vem visitar meu pai toda semana, não atrapalha ninguém, nunca pede nada e sempre traz bombons Ferrero Rocher. De vez em quando, traz um envelope vermelho com algumas poucas notas de vinte dólares dentro, para contribuir com os cuidados do irmão.

Estou voltando para o quarto do meu pai com um novo pacote de fraldas que trouxe da garagem quando vejo Priscilla espiando lá dentro.

"Não sei por que ele vem", ela comenta, falando baixinho para que ninguém ouça dentro do quarto.

"Ele só vem passar um tempo com o papai." Isso para mim é bem óbvio.

Ela solta uma risadinha de desprezo. "Ele é tão preguiçoso. Poderia fazer um esforço para tentar fazer o papai falar, ou mostrar uns vídeos, ou falar com amigos deles pelo FaceTime, ou fazer uma massagem, ou lavar a louça. *Alguma coisa*. Mas só fica sentado ali."

"Às vezes não é fácil nem ficar só ali sem fazer nada", eu digo baixinho. Acho que ele está fazendo o melhor que pode, e não espero nada mais que isso. Não consigo entender por que ela desdenha das pessoas que estão tentando dar o melhor de si.

Priscilla contorce os lábios e suas narinas se franzem de desgosto quando ela me lança um olhar atravessado. "É a sua cara dizer isso. Também não interage em nada com o papai, e anda tão desleixada ultimamente que talvez fosse melhor se nem estivesse aqui."

A agressividade dessas palavras me deixa sem fôlego, mas é o olhar em seu rosto que me atinge, provocando um impacto que não sei nem descrever. É para *mim* que ela está olhando desse jeito, é a *mim* que considera tão desprezível, e eu estou me esforçando ao máximo. Estou lutando para não desmoronar.

Mas ela simplesmente não faz ideia.

"É difícil fazer essas coisas quando ele *não quer* conversar nem ver vídeos nem falar com ninguém pelo FaceTime. Ele só quer que tudo isso *acabe*", respondo, tentando fazê-la entender.

A expressão de desgosto dela se intensifica. "É o que ele quer? Ou *você*?"

"Se ele quiser, eu quero", confesso com um leve sussurro. Estou cansada demais de vê-lo sofrer, cansada demais de só tornar as coisas piores. *Cansada demais.*

Os olhos dela se arregalam, como se estivesse chocada comigo, horrorizada.

Sem dizer uma palavra, pega o pacote de fraldas da minha mão e entra no quarto, abrindo um sorrisão para o tio Tony enquanto agradece pelos chocolates. Ele assente de bom grado e retoma o livro.

Fico perto da porta, aguardando ela dar suas ordens, como sempre faz. Se ela começar a mandar em mim, é sinal de que tudo está bem. Mas não é isso o que acontece.

É como se eu nem estivesse aqui.

Viro as costas e me afasto do quarto. Preciso ficar sozinha e decidir o que fazer, como dar um jeito nisso. Ela é minha irmã. Preciso do seu amor. Simplesmente *preciso*.

Eu não deveria ter dito nada, sei disso. Mas estou fazendo isso há tanto tempo que parece que as palavras estão se acumulando, querendo pular para fora, exigindo ser ouvidas. *Por favor, por favor*, sinto vontade de gritar, por favor, *me entende.*

Para de me julgar.

Me aceita.

Mais adiante no corredor, minha mãe abre a porta da frente e deixa entrar uma tropa inteira de gente — parentes de fora da cidade e seus respectivos familiares e algumas de suas amigas da igreja. Estão sorrindo, trocando cumprimentos, entregando envelopes vermelhos que ela enfia no bolso. Todo mundo quer ajudar a cuidar do meu pai de alguma forma, e o dinheiro é a forma mais fácil de fazer isso.

Tento me esconder no banheiro, mas é tarde demais para isso. Já fui vista.

"Anna, venha dizer oi", minha mãe chama, fazendo um gesto com a mão.

Meu rosto está em chamas e estou à beira das lágrimas, mas abro um sorriso e me lembro de enrugar os cantos dos olhos. Me complico na hora de cumprimentar cada um. Sou uma péssima fisionomista, e existem palavras diferentes para tia e tio em cantonês, a depender do lado da família, paterno ou materno, se são irmãos mais velhos ou mais novos do meu pai ou se são parentes agregados à família. No fim, minha mãe precisa me reapresentar a todo mundo, e eu repito os títulos que ela fala, só que com uma pronúncia abominável que faz as pessoas rirem. Minha mãe ri também, mas algo na expressão do rosto dela me diz que considera meu fiasco uma humilhação.

Quando termino os cumprimentos, meu coração está a mil, e minha cabeça, latejando. Preciso de um lugar tranquilo. Preciso de um tempo. Quando estou fechando a porta, Julian e sua mãe aparecem nos degraus da frente. Eu não os convidei, então devem ter sido Priscilla e minha mãe que os convidaram. Seria bem melhor se elas não tivessem feito isso. Lidar com ele exige energia, e eu sinto que estou chegando ao fim das minhas reservas.

Entorpecida, percebo que ele está bonito hoje. Bom, na verdade sempre está, mas hoje ainda mais. Com uma calça cáqui bem ajustada, uma camisa social branca sem gravata e um blazer azul-marinho, e com o cabelo bem-arrumado. Seus cachos que chegam até a altura do queixo parecem ter sido penteados por um profissional com uma escova redonda e um secador e depois passados na chapinha, mas sei que ele simplesmente já levantou da cama assim. Julian tem sorte em muitos sentidos.

Meus músculos faciais se recusam a se mover, mas eu os obrigo a cooperar com base na pura força de vontade. Digo as coisas certas com a dose certa de entusiasmo. Dou um abraço em Julian e sua mãe e os levo até o quintal, onde o pessoal do bufê montou uma tenda enorme com mais de dez mesas no gramado. O sol está só começando a se pôr, então o céu ainda está claro, e a iluminação de Natal pendurada mais acima ainda parece bem sutil. Os arranjos florais são lindos — hortênsias frescas em tons de azul vivo e magenta — e há uma mesa comprida repleta da comida do restaurante preferido do meu pai.

É isso o que acontece quando Priscilla se encarrega de um evento. Tudo sai perfeito.

Para as outras pessoas.

Para mim, é um teste de resistência. A cada minuto, chegam mais e mais convidados. As mesas ficam cheias. O barulho aumenta. A movimentação aumenta. Aperto a mão dos desconhecidos e abraço os conhecidos. Jogo conversa fora, levando meu cérebro ao limite ao acompanhar tudo o que é dito com atenção, por achar que as pessoas querem receber uma reposta o mais rápido possível, e então reajo da maneira como se deve, o que envolve expressões faciais, modulações de voz e gestos com as mãos. Sou uma marionete, mais do que consciente dos fios que precisam ser manipulados para uma performance convincente.

Enquanto isso, no fundo do quintal meus primos arremessam uma bola de futebol americano de um lado para o outro. Tem uma bebê chorando, e sua mãe tenta distraí-la apontando para a bola. As abelhas zunem em torno das camélias. O ar tem cheiro de grama, flores, comida chinesa, bebida alcoólica e a fumaça do churrasco do vizinho.

Eu não ando hidratando minha pele como deveria e, quando começo a transpirar, meu rosto arde. Minhas mãos ficam gosmentas, e Julian me solta para secar as palmas na calça.

"Não sei se é você ou eu", ele comenta com um risinho. "Estou meio nervoso hoje."

"Por quê?", pergunto, porque isso é meio incomum no caso dele.

Seu peito se expande quando ele respira fundo e, em vez de responder, ele pergunta: "Quer uma bebida? Eu estou precisando".

"Claro." Agora que ele mencionou, entorpecer os meus sentidos sobrecarregados com doses excessivas de álcool parece uma ideia incrível. Talvez eu beba uma garrafa toda sozinha.

Eu o sigo até o bar e, quanto Julian pede duas taças de vinho tinto, não consigo deixar de reparar no quanto ele é bonito. Mas poderia dizer o mesmo de um quadro de Monet, e não sinto o menor desejo de ter um. Julian não é como Vivaldi para mim. Ele não me cativa. Não é meu porto seguro.

Só existe um homem que causa esse efeito em mim, e ele não está aqui. Gostaria que estivesse. No entanto, é bom que não esteja. Tenho quase certeza de que a minha mãe não o quer por aqui. Priscilla não o respeita nem um pouco. E o restante da família iria detestá-lo logo de cara.

Enquanto Julian me entrega uma taça de vinho e dá uma gorjeta para o barman, os convidados ficam em silêncio. Priscilla aparece com nosso pai na cadeira de rodas. Está com uma touca de lã na cabeça, e por cima da roupa de hospital ela apoiou um cardigã preto com as costas para a frente. Um cobertor de flanela cobre suas pernas, e está bem preso sob seus pés. Sua cabeça está apoiada em almofadas, mas ainda tomba um pouco para o lado quando ele olha ao redor, piscando com um ar meio grogue.

"Obrigada por terem vindo. Meu pai está muito feliz por vocês estarem aqui com ele para comemorar seu aniversário de oitenta anos", Priscilla anuncia com orgulho.

As pessoas aplaudem e se amontoam ao seu redor, e ouço um falatório constante enquanto todos se organizam para tirar uma foto de família com ele. Vejo minha mãe no meio do grupo, vestida e maquiada de forma impecável, conversando animadamente com os convidados, todos à vontade. Eu me dou conta de que esta festa não é para o meu pai. Ele parece inclusive ter pegado no sono.

"Para onde foi a Priscilla?", Julian pergunta.

Olho ao redor e, como não a vejo, respondo: "Deve ter ido 'tomar um ar'".

Ele contorce os lábios como se tivesse comido alguma coisa de que não gostou. "Acho que vou esperar até ela voltar, então."

"Esperar pra quê?"

Ele se limita a sorrir e balançar a cabeça antes de dar um gole no vinho. "Minha mãe disse que conversou com você."

Não sei bem do que ele está falando, mas assinto com a cabeça. "É muita gentileza dela vir visitar a gente com tanta frequência." Essa me parece ser a única coisa adequada a dizer.

Ele me lança um olhar de descrença antes de dar outro gole no vinho. "Você disse para ela que adoraria ser nora dela."

Sinto um mau pressentimento. Ao que parece, todas as pequenas mentiras que contei para agradar às pessoas estão se voltando contra mim, e que a hora da verdade está chegando. Vou ter que encarar a situação em algum momento e tomar decisões difíceis. Mas hoje não. Não aqui nem agora, não com todo mundo olhando.

"Falei, sim. Gosto muito dela", respondo. Sinto minhas bochechas cansadas por causa de tantos sorrisos forçados, mas sorrio de novo para ele.

"Você sabe o que isso significa, não é?", ele pergunta, estendendo a mão para prender uma mecha de cabelos atrás da minha orelha.

Faço de tudo para não me encolher enquanto as terminações nervosas do meu couro cabeludo protestam contra o toque indevido. Meu sorriso permanece imóvel, mas meu coração está tão acelerado que me sinto até tonta. Não me lembro mais da pergunta, mas sei o que devo responder. "Sim."

Um sorriso largo surge em seu rosto, e recebo a confirmação de que falei a coisa certa. Estou me sentindo aliviada e apavorada ao mesmo tempo.

32

QUAN

A rua onde os pais de Anna moram está tão lotada que preciso estacionar no quarteirão seguinte e ir andando. Tem alguém dando uma festa.

Normalmente, eu não ligaria. Acharia bom esticar as pernas com a caminhada e imaginar as pessoas se divertindo. Mas hoje só consigo pensar que preciso ver Anna, com urgência. Estou me sentindo um lixo, e só existe uma coisa capaz de fazer com que eu me sinta melhor. Ela.

Preciso dela nos meus braços. Preciso sentir o seu cheiro.

Quando me aproximo da casa, porém, vejo que a entrada da garagem está cheia de carros. A festa é *aqui*.

Me dou conta de duas coisas ao mesmo tempo. A primeira é que deve ser a festa de aniversário do pai dela. A segunda é que não fui convidado.

Isso me atinge como um soco no estômago, mas digo para mim mesmo que está tudo bem. Eu entendo. Ainda preciso fazer mais para conquistar a família dela. Mas como vou fazer isso se ela não me convida para coisas desse tipo? Nesse momento eu deveria estar puxando o saco dos mais velhos, marcando partidas de golfe com quem joga e virando melhor amigo dos primos dela. E, acima de tudo, deveria estar ao lado de Anna.

Mas não estou. Estou aqui fora, enquanto ela está lá.

Paro diante da casa vizinha e me pergunto se não seria melhor virar as costas e ir embora, aceitando a rejeição, mas então ouço a voz da irmã dela.

"Obrigada por me ajudar a colocar o meu pai na cadeira, Faith." Tem um monte de árvores e arbustos no caminho, então não consigo vê-la direito, só uma parte de sua silhueta de perfil enquanto ela leva um cigarro à boca. A fumaça vem na minha direção, e preciso me segurar para não tossir.

"Sem problemas", Faith responde, completamente longe das vistas. "Foi bem fácil com aquele Hoyer Lift. Eu nunca tinha visto um antes."

"É fácil, sim, mas mesmo assim precisa de duas pessoas para usar o elevador. Eu não queria pedir para Anna. Ela anda tão avoada ultimamente que era capaz de derrubar meu pai", Priscilla diz com um tom de voz mordaz que me deixa todo tenso. Preciso cerrar os dentes para não sair em defesa de Anna.

"Você pega muito pesado com ela", Faith responde, e sinto necessidade de abraçá-la.

"Talvez, mas sou exigente mesmo com todo mundo. E por acaso você não acha que eu pego pesado comigo mesma também?", Priscilla rebate.

"Na verdade pega *ainda* mais pesado com você mesma."

Priscilla levanta a mão, e a brasa de seu cigarro brilha com mais intensidade enquanto ela traga. Uma nova lufada de fumaça é soprada na minha direção. "Pedi demissão quando estava em Nova York."

"*Quê? Como assim?* Pensei que você adorasse o seu emprego."

"Eles já estavam me devendo uma promoção fazia três anos, e no fim deram para o cara novo que ficou com os meus projetos enquanto eu estava aqui. Precisei ir pra Nova York corrigir as bobagens *dele*, e o cara é promovido na minha frente. Eles que se fodam. Acho que vou entrar com um processo."

"Que péssimo", Faith comenta. "Não consigo nem imaginar como é ter que lidar com mais isso, além de tudo o que você está passando. Já pensou em fazer terapia?"

Priscilla solta uma risada amargurada. "Rá, até parece. Anna foi fazer terapia e agora pensa que é autista. Que absurdo. Pra mim não, muito obrigada."

Depois de uma pausa, Faith pergunta: "Será que a Anna não pode ser autista mesmo?".

Priscilla faz um som de deboche. "Não."

"Não sei, não. Ela era bem estranha quando criança, toda calada. Acho que não tinha nenhuma amiga quando..."

"Eu me recuso a ouvir isso", Priscilla avisa.

"Ah, qual é, você não acha..." Alguma coisa cai e se despedaça na calçada bem na minha linha de visão. "Merda."

Em vez de fugir para não ser visto — que se dane —, eu dou um passo à frente. "Precisam de ajuda com isso?"

Priscilla e a tal Faith, que nunca me foi apresentada, dão um pulo de susto.

"Desculpem. Eu não queria assustar vocês", digo.

"Você deve ser o Quan", Faith diz com um sorrisão no rosto. "Eu queria conhecer você faz tempo. Sou a Faith." Ela dá um passo na minha direção para apertar a minha mão, mas os pedaços de vidro quebrado estalam sob seus sapatos.

"Prazer em conhecê-la", eu digo, me agachando para ajudar a recolher os cacos. A parte de cima da taça de champanhe ainda está praticamente intacta, então ponho os pedaços quebrados lá dentro. Quando termino, não resta nada além de uma mancha molhada no chão.

Priscilla pega a taça da minha mão com um sorriso que não chega a franzir os olhos. "Obrigada, Quan. Você deve ter vindo ver a Anna."

Antes que eu possa confirmar e me desculpar por ter aparecido sem ser convidado, Faith me pega pelo braço, toda empolgada. "Ela está lá no fundo. Vai ficar muito feliz em te ver. Vem, eu levo você lá."

Priscilla faz menção de dizer alguma coisa, mas no fim só se limita a dar um sorriso a contragosto na minha direção enquanto Faith me conduz até o quintal pela lateral da casa, passando pelas latas de lixo, onde a taça é descartada.

Consigo ouvir as pessoas antes de vê-las — rindo, conversando, tossindo, berrando (tem alguma criança bem irritada aqui). Quando contornamos a parede, demoro um tempo para processar toda a cena. Parece até uma festa de casamento, não de aniversário.

"Vamos ver. Onde é que ela está?", Faith diz enquanto percorre a multidão com os olhos.

"Lá está Priscilla", alguém diz, e a mãe dela aparece acenando para ela, chamando-a até uma mesa na extremidade da mesa onde está o pai delas, sentado em uma cadeira de rodas.

"Eu preciso ir. Pode comer e beber à vontade. O bar fica ali", Priscilla me diz, apontando para um canto ali perto onde tem uma pequena fila de pessoas esperando seus drinques antes de se afastar.

Quando vou agradecer, um barulho alto atrai a atenção de todos para um cara bonitão que está batendo com um garfo em uma taça de vinho. "Atenção, pessoal, por favor. Sua atenção um minutinho", ele pede.

Anna está ao lado dele. Está usando um vestido preto simples, com o cabelo solto. É a coisa mais linda que já vi na vida.

Vou andando na direção dela enquanto o cara põe o garfo na mesa e segura a mão dela.

Será que é um amigo?

Não, essa linguagem corporal não diz "amigo". Aliás, não estou gostando *nada* da linguagem corporal desse cara, segurando a mão da *minha* namorada desse jeito.

"Em primeiro lugar, gostaria de desejar um feliz aniversário a Xin Bobo", ele diz, levantando a taça na direção do pai de Anna.

Na mesma mesa onde está Priscilla, a mãe de Anna faz um carinho no ombro do marido antes de levantar sua taça de champanhe.

"*Zhu Xin Bobo shengri kuaile*", o sujeito diz antes de dar um gole de sua taça, junto com todo mundo na tenda. "Agora que tenho a atenção de todos, gostaria de dar uma notícia."

Fico completamente imóvel. Meus pés de repente parecem pesar uma tonelada. Não pode ser o que estou pensando.

"Quem é esse cara?", pergunto baixinho para Faith.

Ela se vira para mim com os olhos arregalados e tira a mão da frente da boca para responder: "Julian".

Meu coração para de bater enquanto observo o rosto de Anna e tento compreender a situação. Ela está sorrindo para esse bosta, prestando atenção a cada palavra. Seu rosto está vermelho, e seus olhos até brilham. Maravilhosa demais.

"Anna e eu vamos nos casar", Julian anuncia.

33

ANNA

"Ainda não marcamos a data nem nada, mas acho que quanto antes melhor, para as pessoas mais importantes da nossa vida poderem estar todas presentes. Não é mesmo, Anna?", Julian pergunta.

Por um período de tempo mais longo do que deveria, só consigo olhar para ele e sorrir. Essa é a única reação exterior aceitável quando está todo mundo olhando para mim.

Mas, por dentro, estou desmoronando.

Ele disse que *vamos nos casar*. Como isso é possível? Ele nem pediu a minha mão. Se tivesse feito isso, eu teria dito não. Eu não o amo. No momento, posso inclusive até odiá-lo.

As palavras se acumulam na minha garganta, exigindo ser ditas. Coisas como *Não, você entendeu tudo errado*, ou *Nós nunca vamos nos casar, e não lamento nem um pouco por isso*.

Mas então vejo minha mãe, com a mão no peito e lágrimas de alegria escorrendo pelo rosto. Priscilla limpa as lágrimas e se inclina toda animada na direção do ouvido do nosso pai, sem dúvida para contar sobre o meu futuro matrimônio. A mãe de Julian sorri para mim como se este fosse o momento mais feliz da sua vida.

E eu não consigo falar nada. Não na frente de uma plateia como essa.

Mais tarde, digo a mim mesma. *Faço isso mais tarde*. Quando estiver tudo mais calmo, quando não houver ninguém por perto, quando eu tiver tido tempo para recobrar o fôlego, quando minha cabeça não estiver mais explodindo.

Recupero minha voz e respondo: "Sim".

Os aplausos irrompem, junto com assobios altos. Os talheres se chocam contra as taças, e Julian sorri para mim, como se eu tivesse lhe dado o mundo todo de presente. Quando ele se inclina para me beijar, um rosto conhecido aparece no meu campo de visão.

Quan.

Ele está aqui. E viu isso. E parece que alguém acabou de arrancar seu coração de dentro do peito.

Os lábios de Julian tocam os meus, e fico paralisada. Eu não retribuo o beijo. Não consigo.

O que foi que eu fiz?

Ele não parece perceber que seu beijo não foi retribuído quando se afasta e levanta sua taça para mim.

"Um brinde a nós", ele diz.

Bato minha taça na sua e jogo a cabeça para trás para beber. O que mais eu poderia fazer a esta altura? Apesar de o vinho ter gosto de vinagre na minha boca, eu engulo.

Em seguida, meus olhos se voltam imediatamente para Quan. Mas ele não está mais lá.

Um pânico absoluto toma conta de mim. Não posso deixá-lo ir embora. Preciso me explicar. Preciso fazê-lo entender.

"Eu já volto", aviso para Julian e corro para a frente da casa.

Não o encontro no gramado nem na entrada da garagem, então saio correndo pela calçada. Está começando a anoitecer, mas consigo vê-lo. Está andando depressa, para longe de mim.

"Quan", eu chamo enquanto vou atrás dele.

Em vez de se virar para mim, ele aperta o passo. "Agora não, Anna."

"Não é o que você está pensando."

Ele continua andando, e sou obrigada a correr para alcançá-lo. Quando seguro sua mão, ele puxa o braço de volta como se eu tivesse queimado sua pele. Isso me atinge como um tapa na cara.

"Quan..."

Ele se vira em um gesto abrupto. "Eu já disse que não quero ter essa conversa agora. Eu não estou..." Ele respira fundo. Percebo que seus punhos estão cerrados na lateral do corpo. "Não estou conseguindo pensar direito. Não quero falar nada que... Eu não quero magoar você."

"Me desculpa", digo. "Eu não vou casar com ele. Só não podia falar isso na frente de todo mundo. E a minha mãe queria tanto isso que eu... eu..."

"*Eu* também estava lá, e vi a minha namorada falar para a família inteira que vai casar com outro. Você tem ideia de como é?", ele pergunta.

"Sei que fiz algo errado. Me desculpa, de verdade. Vou dar um jeito nisso", digo em tom de súplica. Não estou no controle da minha vida. Ele sabe disso.

"Então trata de fazer isso agora", ele responde. "Nós voltamos lá juntos, e você pode fazer um outro anúncio. Dizer com quem você está de verdade. *Comigo.*"

Não sei o que dizer. Não posso fazer o que ele está pedindo. Todo mundo quer que eu fique com Julian. Se é para contrariar a vontade de todos, preciso arrumar outra forma de fazer isso, uma estratégia mais discreta e inteligente. Ainda estou pensando a respeito, mas a minha ideia é fazer Julian voltar atrás. Assim ninguém pode me pressionar. Ninguém pode me obrigar a dizer *sim*.

"Ou será que só pode ficar comigo às escondidas? Você tem vergonha de mim, Anna?", ele me pergunta com um tom áspero.

"*Não.*"

"Então por que parece que tem? Por que você não pode me defender?"

Minha garganta trava, e eu só balanço a cabeça inutilmente. Como ele pode querer que eu o defenda se não posso nem falar por mim mesma? Não tenho permissão para isso. Por que ele não entende isso?

Diante da ausência de resposta, a decepção toma conta do rosto dele. "Não tem mais jeito. Não dá mais pra continuar com isso."

Uma descarga de adrenalina faz o meu coração se contrair, e os meus sentidos entram em alerta vermelho. "Isso o quê?"

"*Nós*. Você está acabando comigo, Anna."

Não suporto ver a tristeza nos olhos dele, então abaixo a cabeça e me esforço para não emitir nenhum som enquanto as minhas lágrimas caem. Sinto raiva de mim mesma por estar magoando a pessoa que amo. Sinto raiva de não poder fazer *nada* a respeito. Sinto raiva da armadilha que virou a minha vida. Não tenho saída. Nunca vou conseguir agradar todo mundo.

"Eu estou indo embora", ele avisa.

Todas as fibras do meu ser se rebelam contra isso, e agarro o tecido do meu vestido com as mãos enquanto me seguro para não tentar impedi-lo. Existe uma espécie de barreira invisível em torno dele agora, e a minha presença dentro dos seus limites não é permitida.

"Eu não quero que você vá", eu digo, e as palavras parecem ter saído do fundo da minha alma, de tão verdadeiras.

Em vez de responder, ele se vira e continua andando pela calçada. Sem olhar para trás nenhuma vez, põe o capacete, sobe na moto, liga o motor e vai embora.

Continuo observando até ele desaparecer de vista e, mesmo depois, continuo com os olhos fixos na esquina. É o fim. Não existe mais nada entre nós. Ele terminou comigo. Não me sinto preparada para um futuro em que nunca mais vou vê-lo. Eu tenho a minha família, sim. Mas o que esperar da minha vida a partir de agora? Onde está o meu porto seguro?

Ele é só um homem. Eu não deveria me sentir tão vazia só porque ele se foi. Mas sei que perdi uma coisa importante, uma coisa essencial. Porque não perdi só Quan. Perdi também a pessoa que eu sou quando estou com ele — a que existe por trás da máscara.

Eu perdi a *mim mesma*.

"Anna, você está aqui fora?", ouço Faith gritar atrás de mim.

Não encontro forças para me mexer nem para dizer onde estou. Não quero ser encontrada. Está silencioso aqui, e quero ficar sozinha.

Mas os seus passos estão vindo na minha direção, e pouco tempo depois ela diz: "Achei você. Está tudo bem?".

Me sentindo exausta até os ossos, olho para ela por cima do ombro e assinto com a cabeça.

"A Priscilla falou que está na hora de você tocar", ela avisa com um tom hesitante.

Minha garganta está quase fechada, mas consigo dizer: "Tá bom".

"Você parece tão tristinha, Anna. Aconteceu alguma coisa?"

Não encontro forças para responder, então balanço negativamente a cabeça e volto em silêncio para casa. Enquanto abro a porta, aviso: "Vou pegar meu violino".

Ela abre um sorriso hesitante para mim e volta para a festa.

Meus pés parecem inacreditavelmente pesados quando subo para o meu quarto, onde o estojo do violino está no chão, sob uma pilha de roupa suja. Me ajoelho no chão, tiro tudo de cima e, depois de uma pequena pausa, abro o estojo. Aqui está meu violino.

Não é um Stradivarius, e não vale um milhão de dólares, mas é meu. É bom. Eu conheço o som, a sensação, o peso e até o cheiro desse instrumento. É uma parte de mim. Passando os dedos sobre as cordas, me lembro de todas as provações e momentos triunfais que atravessamos juntos. Testes, noites de estreia, meu primeiro contato com a releitura de Max Richter de *As quatro estações* de Vivaldi, minha *obsessão* por essa recomposição, a performance que me deixou famosa no YouTube, meu inferno circular com a peça que não consigo tocar até o fim...

É uma pena eu precisar quebrar esse violino hoje.

Mas não vejo escolha. Não posso tocar. Se tentar, só vou acabar me humilhando diante dos meus críticos mais implacáveis — minha família. Os problemas psicológicos que estou enfrentando não são suficientes para me fazer merecer o respeito dessas pessoas, nem mesmo uma tentativa de compreensão. Para elas, o que eu preciso fazer é identificar o problema, encontrar uma solução e seguir em frente. Simples assim.

Então vou fazer isso agora, só não da maneira que todos prefeririam.

Tiro o violino do estojo, apreciando a familiaridade de suas curvas nas minhas mãos, e o abraço. *Desculpa, amigo,* murmuro dentro da segurança da minha mente. *Eu conserto você mais tarde.*

Depois de apertar a crina do arco, eu aplico o breu. Não há necessidade. Não vou tocar hoje. Mas faz parte do ritual, e precisa ser feito.

Saio do quarto da minha infância e atravesso o corredor até o alto da escada. Segurando o violino pelo espelho, e tentando criar coragem, me preparo para arremessá-lo escada abaixo com a maior força que puder. É um instrumento resistente, e não posso só lascá-lo. Precisa ficar estragado a ponto de não ser mais possível tocá-lo. Essa é a intenção.

Conto até três na minha cabeça, arremesso o instrumento e o vejo voar pelos ares. Em determinado momento, chego a pensar que ele vai quicar nos degraus e cair no chão sem nenhuma marca, e que vou ser obrigada a jogá-lo várias vezes, talvez pular em cima dele como se fosse uma cama elástica antes de causar um estrago sério. Mas meu violino faz o inesperado ao entrar em contato com o piso de mármore.

Ele se desfaz em pedaços.

Com um suspiro de susto, largo meu arco, corro escada abaixo e recolho freneticamente os pedaços com os dedos. O espelho partiu bem ao meio, e do corpo não sobrou nada além de fragmentos de madeira. Uma das cordas arrebentou. As demais estão caídas sobre o mármore no pé da escada, junto com as cravelhas e o cavalete e outros detritos inidentificáveis.

De jeito nenhum vou conseguir consertar isso.

Esse violino nunca mais vai emitir nenhum som.

Suspiros incontroláveis escapam da minha garganta. Não consigo impedir. Não consigo silenciá-los. O sofrimento dentro de mim vai se fazer ouvir agora. Não vai silenciar.

"Anna, a Priscilla falou que você precisa..."

Levanto os olhos e vejo Faith observando a cena, boquiaberta. Nem tento contar a mentira que preparei com antecedência, de que derrubei o instrumento "sem querer".

Meu violino está morto. Eu o matei com as próprias mãos.

Eu peguei uma coisa linda e inocente e assassinei. Porque sou incapaz de dizer *não*.

Destruí tudo de bom que existe na minha vida.

Porque sou incapaz de dizer *não*.

Porque ainda estou tentando ser algo que não sou.

"Eu já venho", Faith diz antes de sair correndo.

Estou à beira da histeria, às lágrimas e tentando montar meu violino como se fosse um quebra-cabeça 3D quando Faith reaparece, trazendo Priscilla a reboque.

"Ai, meu Deus", Priscilla diz ao observar a carnificina. Ela me analisa por um momento de tensão antes de aparentemente perder algum tipo de batalha anterior e falar com uma voz resignada: "Para com isso. Você não vai conseguir consertar, só vai se machucar com essas farpas todas. E relaxa, ok? Não é o fim do mundo. A mamãe já queria te dar um novo mesmo. Já estou inclusive conversando com vários vendedores".

"Vocês iam me dar um violino novo?", pergunto, deixando as lascas de madeira caírem dos meus dedos para o chão.

"É, acho que até já encontrei o ideal. Só estamos negociando o preço", ela conta.

Sei que deveria me sentir grata por ela não estar mais me ignorando. E que deveria agradecer pelo violino.

Mas a minha sensação é a de que um pavio se acendeu dentro de mim. Estou queimando, prestes a explodir.

Não consigo deixar de perguntar: "Você ia comprar sem pedir a minha opinião?".

"A mamãe queria que fosse uma surpresa. E não queria que você se envolvesse. Ela sabia que você ia gostar do mais caro, e não é assim que se faz um bom negócio. Não se preocupa, eu testei um que gostei, e serviu bem pra mim. Vai ser confortável pra você também, e você sabe que tenho bom gosto", Priscilla diz, como se eu estivesse chateada sem motivo e precisasse ouvir a voz da razão.

Mas encontrar um violino para um violinista é uma tarefa complicada. O encaixe e o peso precisam ser perfeitos, e a voz peculiar do instrumento precisa refletir o estilo do músico. E ninguém além de *mim* é capaz de determinar isso.

E, o mais importante, eu *não queria* um violino novo. Eu gostava do antigo, o que agora não passa de pedaços de madeira. Se tudo saísse de acordo com o plano, elas teriam substituído o antigo e me obrigado a tocar, independentemente da minha opinião sobre o assunto.

E eu obedeceria. Com um sorriso no rosto, ainda por cima.

Porque sou incapaz de dizer não.

Priscilla esfrega a testa com ar de cansaço. "E agora? Você não pode tocar com isso."

"Você ainda tem o seu violino da época do colégio?", Faith pergunta com um tom esperançoso.

Priscilla arregala os olhos e sorri como se o sol tivesse acabado de aparecer em um dia nublado. "*Tenho*. Está na prateleira do meu closet. Você é um *anjo*. Obrigada." Ela dá um beijo na boca de Faith e sai correndo escada acima.

Rindo e limpando a boca com o braço, Faith vai buscar um cestinho de lixo na cozinha e se agacha ao meu lado para a me ajudar a limpar a bagunça. "O timing foi perfeito, né? Priscilla me contou sobre o violino que vão comprar para você. É italiano, e muito antigo. Não vou dizer nada mais além disso."

Olho para os pedaços do violino no chão, perdida demais para conseguir organizar meus pensamentos. Está tudo errado. *Tudo*. Começo a bater os dentes sem parar, tentando voltar ao normal, mas não adianta. Esse sofrimento terrível dentro de mim se recusa a ir embora.

Este dia, este dia interminável. Por que ainda não terminou? Preciso que este dia termine agora.

Neste momento.

Neste *exato* momento.

NESTE. EXATO. MOMENTO.

Priscilla desce correndo a escada com um estojo de violino, que estende para mim como se fosse um prêmio. "Pronto. Agora é só afinar e ir lá para fora."

Agarro o que sobrou do meu violino nas mãos até as partes lascadas perfurarem a minha pele e consigo dizer: "Eu não consigo tocar".

Priscilla dá um suspiro de irritação e olha para cima. "Consegue, sim."

"Eu *não* consigo tocar", repito.

"Você é tão *irritante*", Priscilla responde com os dentes cerrados. "Você precisa fazer isso, pelo papai. É o *aniversário* dele."

"O que está acontecendo aqui?", minha mãe pergunta, aparecendo no fim do corredor e andando na nossa direção, seguida por Julian e um punhado de parentes curiosos.

"Ela está se recusando a tocar. Derrubou o violino dela, então eu trouxe o meu antigo. E mesmo assim ela não quer", Priscilla explica.

"*Eu não consigo tocar*", repito mais uma vez. "E já disse por quê, mas você não quer..."

"Quer saber como lidar com a ansiedade? É só afinar o violino, subir no palco e tocar uma nota por vez até a música acabar. Simples assim. É só ir até lá e fazer", ela diz. E até abre um sorriso, como se fosse engraçado eu não entender uma coisa tão óbvia. Depois de tirar seu antigo violino do estojo empoeirado, ela estende o instrumento para mim. "Vai lá tocar, Anna."

Para mim, é a gota d'água. Eu não vivo enfrentando batalhas internas contra mim mesma. Não é uma coisa *simples* como ela dá a entender. Pelo menos não para mim. E ela nem sequer tenta entender. Simplesmente quer que eu obedeça, como sempre faço.

"Não", digo com um tom firme e decidido, apesar da estranheza que isso causa até em mim mesma.

Por um instante ou dois, ela me encara como se isso tudo estivesse além de toda e qualquer compreensão. E então esbraveja: "Você está sendo uma pirralha mimada que...".

"*Eu não vou fazer isso*", interrompo aumentando o tom de voz, para ela ser *obrigada* a me ouvir.

Priscilla se incomoda visivelmente com a minha demonstração pública de desrespeito, e minha mãe diz em um tom agudo e recriminador: "*Anna*".

"Está vendo com o que eu preciso lidar?", Priscilla se queixa.

"Você não quer tocar para o Ba?", minha mãe pergunta, parecendo perplexa. "Você precisa tocar a música dele. Pode ser a sua última chance." O rosto dela se contorce em dor, e as lágrimas se acumulam em seus olhos.

Eu não deveria ser capaz de sofrer mais do que estou sofrendo, mas parece que absorvo também a dor dela, para se acumular à minha. É insuportável. Não consigo segurar tudo isso. Sinto como se estivesse me despedaçando quando digo: "Minha última chance foi meses atrás. Agora ele não escuta mais nada. Ele não quer nada disso. Está sendo torturado, porque nós nos recusamos a deixar que ele vá embora".

"Nós, não. *Você* é que pensa assim. É *você* que está cansada de cuidar dele. *Você me disse que quer que ele morra*", Priscilla retruca, apontando o dedo na minha cara com o rosto contorcido na mesma carranca de antes.

Minha mãe dá um suspiro de espanto, cobre a boca com a mão e fica me olhando, horrorizada. Todos os demais presentes me encaram dessa mesma maneira. A vergonha e a humilhação me dominam.

"Estou tentando o máximo que posso, mas já chega", digo com a voz embargada. "Não posso continuar vivendo assim. Estou cansada, e a minha mente está em frangalhos. *Preciso de ajuda*. Alguém pode me ajudar para eu não precisar mais fazer isso sozinha? Por que precisamos ser só nós?"

"Quer saber", Priscilla diz. "Se você está cansada e de saco cheio, por que não arruma as suas coisas e vai embora? Você não anda fazendo muita coisa mesmo, e estou tendo que refazer todo o seu trabalho. Você vai facilitar bastante a minha vida se voltar para o seu apartamento e ficar trancada lá."

Por que eu estou me torturando assim esse tempo todo mesmo?

Jogo o que sobrou do meu violino no cestinho de lixo e corro escada acima para arrumar as minhas coisas. Preciso ir embora daqui.

"Ei, você, hã... Você está bem?", Julian pergunta da porta.

"*Estou ótima.*" Não era a minha intenção, mas a resposta sai em um grito.

Ele olha para mim como se não me reconhecesse. Nunca viu esse meu lado antes. Ninguém viu, pelo menos não depois que aprendi o mascaramento. Mas agora a minha máscara está em pedaços, como meu violino. Estraguei tudo. Fui respondona. Disse *não*. Todo mundo vai ficar sabendo daquela coisa horrível que eu disse para Priscilla.

Você quer que ele morra.

Eu não presto mais.

Não sirvo mais para ser amada.

O mais depressa que consigo, e limpando as lágrimas que não param de escorrer pelo rosto, enfio as minhas roupas, as sujas e as limpas, dentro da mala. Depois vou para o banheiro tirar minhas coisas de lá. Enquanto forço o zíper para fechar a mala, escuto o som de Julian tirando as chaves do bolso.

"Eu levo você pra casa", ele se oferece.

A ideia de ficar presa no carro com ele durante uma hora me parece intolerável. De jeito nenhum vou conseguir fazer isso. "Preciso ficar sozinha. Obrigada, mas não", digo com o que ainda me resta de autocontrole.

E aí está essa palavra de novo. Sinto que não resta mais nada de bom na minha vida, mas pelo menos consigo dizer *não*.

Ele me olha como se eu estivesse sendo ridícula. "Anna, nós moramos a cinco minutos um do outro, e *vamos nos casar*. Não posso deixar você ir embora sem mim."

"Eu não quero que você me leve." Minhas palavras saem determinadas, mas meio desarticuladas. Estou perdendo a capacidade de falar por causa do excesso de estímulos, estou sentindo isso. "E não quero casar com você. Aliás, você nem me pediu em casamento, simplesmente anunciou para a minha família toda."

"Eu pedi, sim. Você sabia do que eu estava falando", ele responde, como se fosse a coisa mais óbvia do mundo.

"Não, você não foi nem um pouco claro. E não quero mais ficar com você. Está tudo acabado entre nós, Julian."

Ele faz uma careta de choque. "Como assim? Mas que exagero. Seja mais razoável, Anna."

Existem muitas coisas que quero dizer a ele, por exemplo como fazer um pedido de casamento de um jeito que a outra pessoa saiba o que está acontecendo, e não mandar sua mãe fazer isso por você, ou esclarecer tudo direitinho com a noiva antes de anunciar o compromisso para todo mundo. Mas as minhas energias estão se esgotando, e a minha língua se recusa a cooperar.

No fim, só consigo olhá-lo bem nos olhos e dizer: "Não".

Pendurando a alça da mala no ombro, vou embora. Todo mundo voltou para a festa, então chego à porta da frente sem problemas. De lá, vou até o parque mais próximo e chamo um carro para voltar a San Francisco.

34

QUAN

Quebro todos os limites de velocidade enquanto vou para bem longe de Anna. Não me importa se eu sofrer um acidente. Talvez uma parte de mim até queira que isso aconteça.

Perdi tudo. Meu trabalho, minha namorada, minha masculinidade — foi tudo para o espaço, e não sei lidar com o que sobrou. Com isso que eu virei.

Cinco anos atrás, nada seria capaz de abalar a minha confiança desse jeito. Eu seguia pelo meu caminho à minha maneira, cobrindo o meu corpo de tatuagens e mandando à merda quem não gostasse. Mas o sucesso me seduziu. As *pessoas* me seduziram. E, desde então, estou lutando para ser o homem que elas pensam que sou sem nem me dar conta disso.

Mas essa luta acaba aqui. Não tenho mais nada a oferecer a ninguém. Nem fama, nem fortuna, nem futuro. Quando fui correndo ver Anna, precisava de uma garantia de que essas coisas não importavam, que *eu*, a pessoa que sou, já bastava.

Não foi isso o que aconteceu.

Quando chego à cidade, vou direto para a loja de bebidas. Minha ideia é comprar umas dez garrafas, me trancar no meu apartamento e beber até meu cérebro se liquefazer dentro do crânio. Mas, quando paro em um sinal vermelho, me vejo na frente da minha academia. E, pelas janelas, dá para ver um monte de gente nas esteiras — um coroa, uma gostosa, umas mulheres ricas com roupas de ginástica fluorescentes, um cara sarado que parece o Rambo. Estão todos correndo, suando, completamente absortos em seu desconforto físico. O sinal fica verde, e quando vejo uma esteira vazia perto da parede, tomo uma decisão repentina e estaciono.

Lá dentro, visto a roupa de ginástica que deixo no armário que aluguei na academia e vou para a última esteira restante. Os instrutores — que são caras legais, e eu conheço todos porque já frequento este lugar há um bom tempo — tentam puxar assunto e jogar conversa fora, mas quando aumento a velocidade e começo a correr para valer, eles entendem o recado e me deixam em paz. Não estou a fim de conversar. Não estou a fim de ouvir música. Não estou a fim de ver tevê. Só quero correr.

Então é isso o que faço. Durante horas.

Quando me pego pensando em Anna e no meu trabalho, aperto o passo, como se pudesse escapar de tudo isso ao correr bem rápido. Funciona por um tempo, mas não dá para correr a toda para sempre. No fim, minhas energias se esvaem, e quando diminuo o ritmo os pensamentos voltam a me atormentar. Os acontecimentos do dia se repetem na minha cabeça. A informação de que o negócio com a LVMH só sai se eu cair fora. Ver Anna sorrindo para aquele cara enquanto ele anunciava o casamento, e depois os dois se beijando.

As lágrimas ameaçam escorrer pelo meu rosto, e enxugo os olhos como se estivessem ardendo de suor antes de ajustar a esteira na velocidade máxima de novo. Eu corro e corro e corro. Até não aguentar mais. Então me arrasto para casa, durmo, como e repito tudo de novo no sábado.

No domingo de manhã, meu corpo está dolorido. Mas não o suficiente. Preciso de uma corrida mais longa e exaustiva, que me leve ao limite e de fato esvazie a minha mente.

Eu me entupo de granola e de uma porcaria hipercalórica saudável, ponho gelo no joelho, vejo vídeos no YouTube de pessoas correndo pelo Grand Canyon inteiro em um dia. De uma extremidade a outra, somando a ida e a volta, são mais de sessenta quilômetros. Todos os relatos que vejo explicam que isso não é para espíritos fracos, que exige muito planejamento, que a pessoa pode morrer, e blá-blá-blá. Não estou em um estado mental muito estável no momento, então essa me parece ser a melhor ideia do mundo. Num gesto impulsivo, compro uma passagem aérea para Phoenix, reservo um carro na locadora de veículos, consigo um quarto de hotel perto da extremidade sul do Grand Canyon graças a um cancelamento de última hora e vou para o aeroporto, planejando minha rota e a logística de hidratação no caminho.

Afinal, o que tenho a perder?

Porra nenhuma.

Quando chego ao Arizona, cerca de duas horas depois, vou comprar as coisas de que preciso, como um kit de hidratação, roupas leves, comida para fazer trilha e barrinhas energéticas, protetor solar e labial, um boné, uma lâmpada para prender na cabeça etc. Em seguida, percorro o longo trajeto de carro até o Grand Canyon Village, faço check-in no hotel e vou dormir bem cedo.

Meu alarme me acorda às duas da manhã, e já estou na trilha às três. Ainda está escuro, e sei que estou sendo idiota, que deveria ter me preparado mais, só que não hesito em seguir em frente.

Só quero correr.

E estou determinado a definir um novo recorde.

A vista que surge quando o sol se levanta é deslumbrante. Penhascos majestosos mergulhados na sombra do nascer do sol, maiores que a ação do tempo, maiores que qualquer homem. Me sinto minúsculo, na acepção mais precisa da palavra. Meus problemas são insignificantes. Meu sofrimento é trivial.

A altitude cai de forma abrupta enquanto desço pelas rochas de bilhões de anos até as profundezas do cânion, e chego à metade da corrida em menos de três horas, me sentindo bem-disposto e revigorado. Nunca respirei um ar tão puro antes, nem me senti tão próximo da natureza. Meu joelho quase não dói. Era exatamente disso que eu precisava.

Mas, quando começo o caminho de volta, a coisa muda de figura. O ar fica mais quente, mais pesado. Meu joelho começa a protestar. Não tem nenhum lugar para eu repor a água, então reduzo o consumo e começo a economizar. No começo vai tudo bem, mas, com o sol ficando mais forte a cada quilômetro, a sede começa a me desgastar. Meu nível de energia cai. Começo a me sentir zonzo. Se quiser continuar, *preciso* beber água.

Está quente depois de passar o dia todo nas minhas costas, e o bico da garrafa está com gosto de suor, mas é exatamente disso que o meu corpo precisa. Tento não exagerar, só que, por mais que eu beba, nunca parece ser o bastante. A água acaba no local em que a trilha fica mais íngreme.

Mas o meu tempo até agora está ótimo. Se eu conseguir manter esse ritmo no último trecho, ainda tenho a chance de quebrar o recorde. Eu *preciso* disso. Preciso mostrar para todo mundo do que sou capaz. Para aquele cara com as abotoaduras de diamante, para Anna, para aquele babaca do Julian, que pensa que vai se casar com ela, para a família dela, para a minha família. E, acima de tudo, para *mim mesmo*. Preciso provar que sou capaz. Preciso dessa conquista.

A única coisa que tenho a esta altura sou eu mesmo. E isso precisa ser suficiente.

Então me forço a ir mais depressa.

A trilha fica ainda mais íngreme. De acordo com a pesquisa que fiz antes de vir, estou encarando uma altitude de mil e quinhentos metros. Parece intimidador, mas eu me condicionei fazendo treinos intervalados. Sei que dou conta do recado.

Só que nunca estive debaixo de um sol de quase quarenta graus, depois de ter corrido cerca de cinquenta quilômetros e já meio desidratado.

O céu escurece com a aproximação de uma tempestade, mas o calor não diminui. Em vez disso, o ar fica mais denso, como em uma sauna, e sinto que estou carregando o peso do mundo nos ombros enquanto subo uma escadaria infinita que desaparece no meio das nuvens. Mesmo assim, sigo em frente, um passo por vez, ignorando a tontura, a exaustão e a dor cada vez mais forte no joelho. Se eu tiver que subir até o céu, é isso o que vou fazer.

Uma paisagem dramática me cerca, mas estou muito mal para apreciar. Estou sozinho, então definitivamente não consigo dividir isso com ninguém. No fundo da minha mente eu sei, vagamente, que estou desperdiçando a experiência. Mas a vontade de vencer, de quebrar o recorde, de sentir a reconfortante certeza de que sou bom o bastante e o melhor me cega.

Eu sou necessário, caramba. Eu mereço que me defendam. Meu corpo não é mais o que era, mas olha só o que é capaz de fazer.

Sinto uma cãibra no quadríceps, e quase tropeço e caio para fora da trilha, rolando cânion abaixo. Consigo me equilibrar e, massageando a coxa com o punho fechado, tento continuar em frente, apesar de estar sentindo uma dor filha da puta. Os músculos se contraem ainda mais, e eu me recosto na lateral do penhasco. Grunhindo por entre os dentes, e ciente de cada segundo que passa, alongo a coxa até a musculatura se soltar. Quando tento caminhar, minha perna ameaça travar de novo, então me permito um descanso. Afinal, não tenho escolha.

Estou sem água, mas talvez a comida ajude. Pego uma barrinha energética na mochila, mastigo com a pasta de amendoim, mesmo com a boca seca, e engulo. Meu estômago se revira e, alguns minutos depois, ponho tudo para fora. Enquanto vomito atrás de uma moita, o céu desaba, e a chuva cai sobre mim como um dilúvio. Em questão de segundos, estou encharcado e tremo sem parar enquanto visto a capa de chuva.

Esse é o verdadeiro desafio de atravessar o Grand Canyon. Você não luta só contra a sua mente, o seu corpo e a trilha. É preciso enfrentar a natureza, o calor, o frio, a chuva pesada.

A determinação cresce dentro de mim. O tempo está passando, mas ainda dá para quebrar o recorde. E daí que correr na chuva é uma coisa perigosa e idiota? Sem risco, não existe recompensa.

Eu me afasto da encosta do penhasco e me obrigo a seguir cambaleando em frente. Tudo dói — meu quadríceps travado, meu joelho estropiado, até meus pulmões. Mal consigo enxergar por causa da chuva, mas continuo.

Então escorrego e, desta vez, vou para o chão. Bem na beira do precipício. Só que tenho uma sorte absurda. Não rolo por muito tempo. Caio em cima de uma superfície plana de grama molhada. Estou todo arranhado, mas não sangrando. A única coisa gravemente ferida é o meu orgulho. E meu coração.

Anna ficaria muito chateada se me visse assim. E ainda mais se soubesse por que estou me submetendo a isso.

Pensar nela faz meus olhos arderem, e estou cansado demais para conseguir segurar as lágrimas. Deixo que elas se misturem às gotas de chuva que caem em meu rosto.

Por mais que eu esteja sofrendo, não me arrependo de tê-la amado como amei — como *ainda* amo. No nosso relacionamento, eu me dediquei de corpo e alma, até ficar claro que ela não estava disposta a fazer o mesmo. E, na MLA, a mesma coisa. A empresa pode afundar ou fazer sucesso sem a minha presença, mas meu orgulho não mudaria em nada. Fiz a minha parte da melhor maneira que pude. Nada vai tirar isso de mim.

O importante não é vencer a corrida.

É este momento aqui, em que estou deitado na lama, olhando para o céu escuro, com a chuva caindo na minha cara.

Estou encarando a dor, o fracasso, os meus limites, e tentando dar um jeito de ir até o fim.

Deixo meu joelho e minha coxa descansarem, permitindo que meus músculos sobrecarregados se recuperem, então vejo a água se acumulando na minha capa de chuva, levanto o tecido impermeável e bebo tudo.

A chuva se transforma em garoa e depois em névoa fina antes de parar de vez, então levanto e subo de volta para a trilha. Não olho mais no relógio para ver se existe chance de quebrar o recorde. Não posso mais correr hoje, seria irresponsabilidade total. Se eu desmaiar, for devorado por um animal selvagem ou precisar ser levado de helicóptero para um hospital, isso não conta como desafio concluído.

Encontro um galho comprido, que uso para apoiar o peso da minha perna machucada enquanto me arrasto pela escadaria infinita que desaparece nas nuvens. Quando o sol se põe, o cânion brilha em tons avermelhados como se estivesse em chamas, e a vista me deixa sem fôlego. Queria que tivesse alguém aqui comigo para ver isso. Da próxima vez, vou fazer direito. Vou me preparar melhor para as mudanças de altitude, vou trazer mais água, vou trazer alguém para me acompanhar.

O fim da trilha aparece na minha frente e, apesar de não ter conseguido definir recorde nenhum, me sinto incrivelmente realizado. Não foi uma corrida nada bonita. Vomitei no caminho, caí, chorei feito criança, mas consegui. Cheguei até o fim.

Fiz a minha parte. E vou continuar fazendo.

Finalmente volto a me sentir eu mesmo.

Retorno a San Francisco no dia seguinte. Não faz sentido ficar. Não vou encarar a trilha de novo só por diversão. Meu corpo não aguenta. Me sinto como se tivesse sido atropelado por um caminhão e pisoteado por um bando de gorilas furiosos.

Estou vendo mapas do Grand Canyon no celular enquanto aplico gelo no joelho e engulo comprimidos de ibuprofeno como se fossem balinhas quando o interfone toca. Alguém veio me visitar.

Imediatamente, apesar de parecer que a vida em que a conheci não existe mais, eu me pergunto se pode ser Anna. Não existe a menor chance de voltarmos a ficar juntos. Eu me recuso a ser seu amante secreto ou alguma merda desse tipo enquanto ela continuar com aquele babaca. Mas meu coração idiota não está nem aí para isso. Pula dentro do peito como um cachorrinho feliz só com a possibilidade de vê-la de novo.

Arrasto o meu corpo maltratado até o interfone e aperto o botão sem hesitar. "Alô?"

"Me deixa subir. A gente precisa conversar", diz uma voz familiar. É Michael. Não é Anna. Sem dúvida estou decepcionado, mas sabia que o momento dessa conversa chegaria. Já tive tempo de tomar uma decisão e me resignar a ela.

Sem dizer uma palavra, destravo a porta do prédio, destranco a porta do apartamento e volto mancando para o sofá para continuar a aplicação de gelo no joelho.

A campainha toca depois de alguns minutos e, como eu imaginava, Michael verifica se a porta está aberta. Como está destrancada, ele entra e vem sentar no sofá ao meu lado.

"E aí", eu digo, levantando os olhos dos mapas. "O que está rolando?"

"Sério mesmo? O que está rolando?", Michael questiona. "Por onde você andou, cara? As coisas estão rolando a mil na aquisição, e você me manda um e-mail do nada dizendo 'Vou tirar um tempo para correr, volto na quarta'. Tentei te ligar um monte de vezes."

"Desculpa aí, não tem sinal de celular lá no Grand Canyon."

Michael arregala os olhos como se quisesse me matar.

"Imagino que você deve estar querendo falar sobre a nova condição imposta pela LVMH", eu digo.

"Por que você não me contou? Só fiquei sabendo por causa de um dos nossos advogados. O cara estava em pânico", Michael me conta.

"Não tem nenhum motivo para pânico", respondo com toda a calma. Não posso dizer que *gostei* de tomar essa decisão, mas pelo menos agora estou em paz com isso.

Michael passa as mãos pelos cabelos desgrenhados e dá um suspiro de alívio. "Eu sabia que você ia dar um jeito nisso."

Abro um sorriso ao ver o quanto Michael confia em mim. Ele confia em mim.

"E aí, o que você fez? Como vamos sair dessa?"

"Não tem jeito de sair dessa. Eu vou pular fora", aviso. Ele abre a boca como se estivesse prestes a começar a esbravejar, então me explico: "No começo, fiquei puto *de verdade*. Não era isso que eu tinha em mente, claro. Queria que a gente continuasse na parceria até o fim. Mas não faz sentido. É uma ótima oportunidade, e eu quero que você chegue o mais longe que puder".

"Você está falando como se já estivesse fora", Michael responde, incrédulo.

"Bom, na verdade não estou. Vou ficar até passar tudo para o cara novo, seja lá quem for. Provavelmente um velhote simpático de cabelo branco que tem uma casa nos Hamptons. Mas depois vou sair da empresa, sim." Perder meu cargo e passar a receber ordens do cara que assumiu o meu lugar seria um passo atrás. Não vai rolar. Prefiro trabalhar limpando banheiros. Talvez eu entre no ramo de restaurantes. Acho que poderia ser uma boa.

"Se é assim, então vamos desfazer o acordo", ele diz.

Dou um longo suspiro. "Eu sabia que você ia dizer isso, mas precisa ser racional agora. Eles vão pagar uma puta grana pra nós e também vão..."

"Não." Ele se levanta do sofá e começa a andar de um lado para o outro pela sala, arrancando os cabelos e me lançando olhares cada vez mais furiosos. "Se está pensando que vou deixar que eles ponham você pra fora, pode esquecer, porra."

Tiro o gelo do joelho e fico de pé para continuar a conversa. "Escuta só..."

"Senta aí e põe esse gelo de volta no joelho. Você quase se matou de tanto correr, não foi?"

"Estou bem." Mas me sento mesmo assim e volto a pôr o gelo no joelho. "Dá pra você parar de ser dramático? É a coisa certa. Eu *quero* que essa aquisição dê certo."

Ele me olha como se eu estivesse louco. "Tem duas coisas que eu gosto na MLA. Uma" — ele estende um dedo para enfatizar o que diz — "é poder criar roupas para crianças, e a outra" — ele estende um segundo dedo — "é poder trabalhar com um puta CEO que também é meu melhor amigo. Se você sair, automaticamente meu trabalho perde metade da graça. Não vou deixar isso acontecer. A empresa é nossa. Quem manda somos nós. E isso significa que você fica."

Eu balanço a cabeça, frustrado por ele não me ouvir, mas também orgulhoso por dentro. É por isso que ele é meu melhor amigo. E é por isso que eu não posso deixar que ele jogue fora essa oportunidade. "Isso não é o melhor para a empresa. Você precisa dar um passo atrás e ver as coisas sob um ponto de vista lógico. Com canais de distribuição internacional..."

"Eu me recuso a continuar ouvindo isso", Michael responde, levantando e indo até a porta. "Vou conversar com os advogados e avisar que o negócio está cancelado."

Antes que eu possa responder, ele vai embora, batendo a porta.

Dou um respiro resignado e, apesar de não me sentir muito à vontade com a ideia, pego o celular e ligo para a mulher dele.

Ela atende no quinto toque. "Alô?"

"Oi, sou eu, o Quan. Michael acabou de sair daqui", eu conto.

"Ah, ok. Obrigada por me avisar."

"Ele falou que o acordo com a LVMH não vai rolar se eu não cair fora?", pergunto.

"Contou, sim."

"Bom, ele está pensando em desistir da aquisição, apesar de eu estar disposto a cair fora. Você não pode deixar isso acontecer, Stella", eu digo.

"Porque você quer o dinheiro da sua parte da venda?", ela pergunta.

"*Não.* A questão não é essa." Se outra pessoa me dissesse isso, eu me sentiria ofendido, mas sei que ela não está fazendo nenhuma insinuação com isso. Só precisa dessa informação para pensar. "Quero que a empresa vire uma marca global. Quero que Michael chegue longe. Essa é a escolha certa."

"Eu discordo", ela responde em um tom comedido. "A sua liderança é responsável por metade do sucesso que a empresa conseguiu até hoje. É um estilo de administração ousado e eficiente, e você tem uma relação de confiança com seus empregados. Outro CEO não conseguiria motivar todos eles como você. E seus parceiros de negócios adoram você também. Não acho que iam continuar trabalhando com a MLA com outra pessoa no comando. Além disso, você não viu todas as matérias de revista que já saíram sobre a MLA? A imprensa adora mostrar você e Michael juntos."

Eu recosto a cabeça nas almofadas do sofá e solto um grunhido de irritação. "Não sei por que eles fazem tanta questão de me envolver nessas coisas."

"Você é uma das caras da marca, Quan", ela responde simplesmente. "Fiquei muito decepcionada quando soube que a LVMH queria tirar você. Pra mim está claro que eles não sabem o que estão fazendo no caso da MLA, e provavelmente vão acabar destruindo algo especial se fizerem as coisas do jeito deles. Por favor, não me peça para convencer Michael a aceitar a aquisição. Ele ficaria muito infeliz, e não seria bom para a empresa. Não concordo com a sua decisão."

Levo a mão à testa, dividido entre a tentação e o dever. Como econometrista, Stella não analisa os problemas pelo viés emocional. Eu tinha certeza de que ela achava que a empresa poderia abrir mão de mim.

Mas ela não acha.

Pelo contrário, está me dizendo exatamente o que eu queria ouvir.

Eu estava disposto a sair do caminho e fazer a coisa certa. Mas agora não sei mais que decisão tomar.

"Você está fazendo a ideia de recusar a aquisição parecer uma coisa racional", eu comento.

"Porque é mesmo." Escuto um bipe do outro lado da linha, e ela acrescenta: "É ele. Preciso desligar. Tchau, Quan".

"Tchau, Stella."

Eu desligo e jogo meu celular no sofá. Estava preparado para seguir em frente e concentrar as minhas energias em outra coisa. Não vou desperdiçar a minha vida tentando provar nada para uns esnobes do caralho que usam abotoaduras de diamantes. Não preciso provar nada para ninguém. Já cansei dessa história.

Mas pelo jeito ainda tenho mais trabalho pela frente. A minha parte ainda não está feita.

35

ANNA

Os dias seguintes se passam em uma espécie de estranho borrão. Sinto que dormi a maior parte do tempo, mas não é um sono que me deixa revigorada e bem descansada. É uma coisa fragmentada — uma hora aqui, duas horas ali — e fico me virando na cama durante boa parte da noite, encharcando o pijama de suor.

Eu deveria estar cuidando do meu pai, mas virei uma proscrita. Não posso voltar para casa. Ironicamente, é um alívio estar longe de Priscilla, da minha mãe, do meu pai, daquele quarto, dos gemidos em mi bemol. Mas a culpa e uma sensação profunda de rejeição me atormentam o tempo todo. Não estou melhor do que antes. Posso até estar pior. A comida não tem gosto. Não consigo me concentrar o suficiente para ler. Não posso mais usar a música como mecanismo de escape.

Sinto falta de Quan.

Quando estou acordada, assisto a documentários, para a voz de David Attenborough me fazer companhia enquanto vejo fotos minhas com Quan no celular. Sinto vontade, mas não me permito ligar nem mandar mensagens. Eu o magoei. Me deixei dominar pelo medo que sinto do que os outros vão pensar.

E o que isso trouxe de bom para mim?

Minha vida está em ruínas. Mas isso é porque foi construída sobre mentiras — as *minhas* mentiras. Talvez isso fosse acontecer de qualquer jeito. Talvez *precisasse* acontecer. Não consigo aceitar a ideia de pedir desculpas à minha família por impor minha vontade quando minha mãe e minha irmã exigiram de mim mais do que eu era capaz de oferecer.

Se tem alguém com quem preciso me desculpar, é Quan. Eu disse estas palavras na noite da festa: "Me desculpa". Mas não consegui dar um jeito na situação. Não consegui assumir nosso relacionamento na frente de todo mundo, como ele merecia, e vou me arrepender disso para sempre. Se eu pudesse voltar no tempo, anunciaria a todos, com o maior orgulho, que estamos juntos.

Só que não estamos mais.

Mas eu *posso* pelo menos fazer um pedido de desculpas melhor. Quanto mais penso a respeito, mais tenho certeza de que preciso fazer algo. Continuo pensando nisso até que um dia — não sei nem que dia é hoje; uma olhada no meu celular me diz que é domingo — a necessidade de tomar uma atitude me leva até o chuveiro, onde removo duas semanas de sujeira do corpo.

Quando estou de banho tomado e com roupas limpas, faço a caminhada de quinze minutos até o apartamento de Quan. É um prédio quadradão de oito andares em que só estive uma vez antes, e na garagem subterrânea, na primeira noite que meu pai passou no hospital. Nunca entrei na casa dele. Deve existir uma lista de Atributos de Péssima Namorada que inclua isso também.

Estou criando coragem para ligar e pedir para ele me deixar entrar no prédio quando um cara suado com roupas de ginástica abre a porta e fica me olhando.

"Você é a Anna", ele diz.

"Eu te conheço?" Não sou muito boa fisionomista, mas esse rosto é bonito demais para esquecer.

"Ah, não. Nunca fomos apresentados, mas já vi fotos suas. Sou o Michael." Ele não estende a mão para mim, só abre um sorriso cauteloso. "Você veio ver o Quan?"

Eu abaixo a cabeça, envergonhada. "É."

"Por quê?", ele pergunta.

Fico remexendo os pés por um instante, constrangida, antes de responder: "Preciso me desculpar com ele".

Depois de uma breve hesitação, ele sorri para mim e dá um passo para o lado, deixando a porta aberta para mim. "É o 8c, já que pelo jeito você nunca esteve aqui antes. É melhor bater. Ele nunca escuta a campainha."

"Obrigada", agradeço sinceramente antes de correr para dentro.

A subida de elevador é curta, mas dura o suficiente para fazer o meu coração disparar. Sei o que preciso fazer para mostrar como me sinto, e é uma coisa apavorante. Mas, se der certo, se fizer alguma diferença, vai ter valido a pena.

Quando chego à porta assinalada como 8c, ajeito o meu vestido, prendo o cabelo atrás da orelha e levanto a cabeça antes de bater. Três vezes, como se estivesse convicta do que estou fazendo.

Porque estou mesmo.

Não estou dançando conforme a música. Ninguém me pressionou a fazer isto. Ninguém me obrigou. Bati na porta porque *eu* quis. Estou aqui porque é exatamente onde *eu quero* estar.

Sou eu, Anna. E tenho uma coisa para dizer.

36

QUAN

Estou no chuveiro, curtindo a exaustão nos meus músculos e o ardor da água quente na pele depois da corrida que fiz com Michael — eu o convenci a fazer a trilha do Grand Canyon, que vamos correr juntos assim que estivermos prontos para o desafio — quando escuto alguém bater na porta. Com um grunhido, desligo o chuveiro e ponho uma toalha na cintura. Michael deve ter esquecido as chaves ou coisa do tipo.

Quando abro a porta, sou pego totalmente de surpresa pela presença de Anna. Ela está sem cor, quase pálida. Percebo que está nervosa. Mas com um brilho feroz nos olhos e o queixo erguido em ar de desafio. Como naquele vídeo do YouTube antes de começar a tocar o violino. Absolutamente linda. Por alguns segundos, perco totalmente o fôlego.

"Queria conversar com você, se não for um problema", ela diz. "Pra pedir desculpa".

Essa palavra, *desculpa*, faz tudo vir à tona de novo, e eu seguro com mais força a maçaneta, sem saber se continuo olhando para ela ou se fecho a porta para me preservar de mais sofrimento. "Você já pediu desculpa. Não precisa fazer isso de novo."

"Isso significa que você me perdoou e vai me aceitar de volta?", ela pergunta com um tom esperançoso. O sorriso em seu rosto é de leveza, mas seus olhos continuam sérios, inseguros.

"Anna..."

Ela olha por cima do meu ombro para o apartamento. "Posso entrar?"

Aponto para a toalha na minha cintura e tento despachá-la gentilmente, dizendo: "Agora não é um bom momento. Eu estava bem no meio...". Sua expressão assume um ar de desânimo, e ela se afasta com os olhos marejados. Não consigo suportar essa cena, e escancaro a porta. "Entra."

Seu rosto se ilumina de imediato, e ela passa por mim e entra no meu espaço. É a primeira vez que vem aqui, eu me dou conta. Não sei como me sinto enquanto Anna observa tudo. Está mais ou menos arrumado, porque finalmente contratei uma faxineira para vir aqui, e o apartamento veio decorado com sofás e enfeites modernos e tudo mais. Nada disso me representa, mas é um lugar bem iluminado e arejado, principalmente de dia, como agora.

"É legal aqui. Obrigada por me deixar entrar", ela diz, sendo tão educada que deixa a situação dez vezes mais constrangedora do que deveria ser. Podemos ter terminado tudo, mas ainda somos *nós*.

Ela fica em silêncio, e meu olhar se volta para suas mãos, que seguram as alças da bolsa. Sinto uma necessidade de confortá-la de alguma forma, de acalmá-la, e levo as mãos às costas para não fazer nenhuma idiotice, tipo abraçá-la. Meus braços coçam só de pensar nisso. Estão ansiosos para agarrá-la.

Eu me forço a lembrar que está tudo acabado. Ninguém que se dê ao respeito a aceitaria de volta depois do que ela fez.

"Me desculpa", ela diz de repente. "Eu sinto muito *mesmo* pelo que fiz. É porque eu não consigo me impor, principalmente em público, e principalmente quando a minha família está envolvida. Sei que é uma péssima justificativa, mas é a verdade. Só que estou decidida a mudar isso. Prometo que nunca mais vou fazer nada desse tipo quando o assunto for você — se eu tiver uma chance, claro. Vou traçar um limite ao seu redor, e te proteger e te defender e levantar a minha voz por você quando for preciso. Você vai estar seguro ao meu lado. E vou fazer o mesmo por mim. Porque eu também sou importante."

Suas palavras, a expressão no seu rosto, sua linguagem corporal — tudo colabora para me fazer ceder. E uma parte de mim deseja isso. Só que a outra parte se lembra muito bem de qual foi a sensação de ver outro cara anunciando que iria se casar com ela e a beijando na frente da família inteira, o mesmo sujeito em que Anna garantiu que iria dar um pé na bunda. "Sei que você está sendo sincera. Pelo menos neste momento. Mas quando a hora chegar não tenho segurança de que vá conseguir fazer isso de verdade. Simplesmente não consigo. Você tem *vergonha* de mim. Porque eu não sou como o porra do Julian."

Ela respira fundo. "Eu não tenho *vergonha* de você", Anna diz com convicção, com as lágrimas escorrendo pelo rosto. "Não quero que você seja como o Julian. Quero que você seja do jeito que é. Eu te *amo*. Não sei como conseguiria ter passado esses últimos meses sem você. Todos os dias naquela casa foram um inferno pra mim, vendo meu pai sofrer, detestar a própria vida, e precisando mantê-lo vivo mesmo assim. Isso me destruiu pouco a pouco até não restar quase nenhum motivo para viver. Fui engolida pela tristeza e pelo sofrimento e pela desesperança e por todo tipo possível de aversão de mim mesma. Mas você era o meu farol. Você me trouxe de volta. A única coisa boa que o meu coração partido consegue sentir é esse amor por você."

Suas palavras provocam um impacto tão forte em mim que fico em choque. Sei que tudo isso é verdade. Dá para perceber isso na voz dela, e é condizente com o que estou vendo com os meus próprios olhos. Dou vários passos em sua direção antes de me dar conta do que estou fazendo, então me detenho. "Não sabia que estava tão ruim assim", eu murmuro, me referindo à primeira parte do que ela falou, mas não menciono a segunda. Não sei o que fazer com essa declaração de amor. Era o que eu queria, mas tenho medo de que não exista um futuro para nós.

Ela desvia os olhos e enxuga o rosto com o dorso da mão. "Eu não sabia como falar isso. Pessoas decentes não se sentem assim quando estão cuidando de quem amam. Isso deveria me deixar... feliz, realizada, essas coisas."

"O caso do seu pai é diferente", eu lembro. "Não julgo você por se sentir assim."

"Mas a minha família julga", ela diz, franzindo o rosto numa demonstração de sofrimento intenso que me faz dar mais um passo em sua direção. "Só que eu vou aprender a não me importar com o que elas pensam, com o que *qualquer um* pensa. Eu preciso. Porque não posso mais viver assim."

Ela larga a bolsa no chão, alinha os ombros e me encara com uma expressão determinada.

"Não tenho como fazer você confiar em mim, mas posso mostrar o quanto confio em *você*", ela diz antes de abrir o zíper do vestido.

"O que você está..."

Anna tira o vestido por cima da cabeça e o deixa cair descuidadamente no chão. Eu fico sem palavras. Nem imagino o que ela está fazendo. Para isso, precisaria pensar. Mas só consigo observar enquanto ela leva as mãos para trás, abre o fecho do sutiã e o tira da frente dos peitos. Mordendo o lábio inferior, leva as mãos ao elástico da calcinha e abaixa até os tornozelos antes de chutá-la de lado.

Absorvo avidamente a imagem de seu corpo nu — os peitos com mamilos escuros, a curvatura da barriga, o formato dos quadris, os tufos ondulados entre as coxas deliciosas. Eu nunca a vi assim. Porque só transamos no escuro.

Com a respiração acelerada e o corpo tremendo tanto que dava para perceber, ela procura algo ao redor do apartamento e se encaminha para lá. Para o meu quarto. Minhas pernas vão atrás dela por vontade própria e fico observando, completamente atordoado, enquanto ela abre as persianas de todas as janelas, senta na minha cama desarrumada e vai se acomodando até descansar a cabeça sobre o meu travesseiro.

Em seguida fecha os olhos e vira a cabeça, respirando como se estivesse puxando o cheiro todo para os pulmões. "Você queria que eu dissesse... ou mostrasse... do que eu gosto", ela diz. "É bem difícil pra mim, então por favor... tenha paciência comigo."

"Não precisa fazer isso. Eu jamais..."

"Eu quero", ela me interrompe e, apesar de perceber que está nervosa, diz essas palavras com firmeza e convicção.

Ela se remexe sobre o meu lençol branco, inquieta, agarra as cobertas com as mãos e, por fim, como se tivesse juntado toda a coragem que tem, abre as pernas para mim. De leve no começo, e depois cada vez mais. Para eu poder ver. Cada dobra, cada contorno, cada cor, cada segredo — está tudo escancarado para mim, e me sinto inebriado com essa visão.

Me observando através das pálpebras semicerradas, ela passa a mão pela barriga na direção da boceta, mas, antes de se tocar, perde a coragem e fecha os olhos com força, engolindo em seco com tanta força que consigo até escutar.

"Tem um certo jeito como eu gosto de ser tocada", ela explica. "Tem que ser assim, senão não consigo relaxar nem me deixar levar."

Depois do que parece ser uma eternidade, seus dedos se acomodam sobre o clitóris, e eu observo, hipnotizado, enquanto ela se toca. Sua respiração acelera, e eu sinto que nunca vi nada mais sexy na minha vida.

"Tem um padrão", escuto a minha voz dizer enquanto sento no pé da cama, incapaz de manter a distância. Claro que tem um padrão. É Anna. Mas não é nada complicado. É extremamente simples. Tem uma simetria, com um certo número de carícias em sentido horário e a mesma quantidade no sentido anti-horário. Sinto uma vontade tão grande de tocá-la dessa maneira que chega a parecer uma necessidade física.

Ela fica bem vermelha, mas confirma que sim com a cabeça para mim. "Sei que é estranho, mas..."

"É o que você precisa, então nunca seria estranho. Simplesmente é o que é", respondo. "Do que mais você precisa?"

Eu não deveria perguntar. Ainda não entendi aonde isso vai chegar. Mas não consigo me segurar. Preciso saber.

"Você não sabe?", ela sussurra.

"Não, eu não sei."

"Preciso do seu toque e dos seus beijos, para não sentir que estou sozinha", ela me diz, e parece prender a respiração enquanto aguarda a resposta.

Uma batalha furiosa está ocorrendo dentro de mim. Eu quero fazer o que ela está fazendo. Não tem nada que eu queira mais.

Ela está *nua*.

Na minha cama.

Mas isso significaria que estou disposto a perdoá-la e que vou correr o risco de sair magoado de novo.

Fico hesitante por tempo demais, e ela cobre a boca para abafar um soluço e faz menção de se levantar da cama, tentando esconder o rosto de mim, mas não é rápida o bastante. Percebo seu sofrimento, e parece que tem uma faca encravada no meu peito. Eu a puxo para mim antes que seus pés encostem no chão.

"Tudo bem", ela diz com a voz de choro. "Eu entendo. Estraguei tudo. Não mereço..."

Eu a beijo. Só uma vez. Sei que posso atribuir isso a um erro, ao calor do momento. Ainda posso terminar tudo. Mas então a beijo de novo, e sua boca é tão inacreditavelmente perfeita que não consigo evitar um outro, ainda mais profundo. Assim que sinto seu gosto, sei que não existe mais volta. Não posso perder isso. Agora entendo o que ela está fazendo. Finalmente está se abrindo para mim, como venho pedindo desde o início. É difícil, mas ela está tentando mesmo assim, e não tem nada mais importante para mim do que isso. Eu a perdoo. Arriscaria qualquer coisa por ela. Eu a beijo com tudo o que tenho dentro de mim. Talvez de um jeito bruto demais, mas ela aceita. E retribui como se estivesse faminta por mim.

Quando me afasto de sua boca e começo a beijar seu pescoço, ela estremece e pergunta: "Está me beijando porque está com pena de mim?".

Mordo seu pescoço e deslizo a mão entre suas coxas. Eu a toco da maneira como ela me mostrou. "Você acha que é isso o que faço quando estou com pena de alguém?"

Ela joga os ombros para a frente, e seus quadris se projetam contra a minha mão. Sua boca se abre num suspiro silencioso.

"Aprendi direitinho?", pergunto, apesar de achar que sim. Ela está encharcando meus dedos enquanto tenta aumentar ainda mais a proximidade entre nós. "Está gostoso?"

Em vez de responder, Anna me dá um beijo demorado. Seus quadris se remexem contra a minha mão enquanto ela lambe meus lábios, chupa minha língua e solta gemidinhos que me levam à loucura. Suas unhas arranham as minhas costas, mas não o suficiente para romper a pele, e todos os músculos do meu corpo se enrijecem. O impulso de deitá-la na cama e me enfiar dentro dela é quase incontrolável.

A única coisa que me impede é o excesso de claridade no quarto. Quando estivemos juntos antes, a escuridão não era só por causa dela. Era para me proteger também.

Quando ela agarra a minha bunda por cima da toalha, o tecido se afrouxa precariamente, e quase não consigo segurá-la com a minha mão livre antes que caia.

Ela não se dá conta do conflito que está acontecendo dentro de mim. Seus movimentos são de urgência, mas também de frustração. Consigo sentir isso na maneira como ela me toca, como se estivesse procurando por algo, tentando dizer alguma coisa.

"Me fala", eu digo.

Ela me beija com mais força e estremece nos meus braços. Sinto a pressão das suas unhas nos meus ombros, a umidade na minha mão, a tensão no seu corpo. Ela está quase lá. Mas não consegue se soltar por completo.

"Do que você precisa?", pergunto. Eu topo qualquer tipo de sacanagem, desde que seja com ela. Só preciso saber o que é para poder fazer.

"Eu preciso..." Ela esconde o rosto no meu pescoço e não termina a frase.

Eu suspiro no seu ouvido: "De alguma coisa na bunda?".

"Não", ela responde, surpresa. "Eu preciso..." Mas pressiona o rosto contra o meu pescoço com mais força. "Por que isso é tão difícil?"

"É melhor fechar as persianas? Pra ficar que nem antes?" Sei que é meio errado, mas quero que ela diga *sim*.

Anna olha bem para mim, e as lágrimas se acumulam em seus olhos enquanto ela balança a cabeça. "Eu *quero* fazer isso quando não está escuro. Quero poder dizer para você quando... mas eu... ainda tenho medo que..." Seu queixo estremece, mas ela respira fundo e um brilho de determinação aparece em seu rosto. "Eu preciso..." Ela respira fundo de novo. "Eu preciso..." Ela envolve meu pescoço com os braços e me aperta forte por um longo e trêmulo momento.

"Eu prometo que topo tudo", digo.

Ela beija meu queixo e murmura no meu ouvido: "Eu preciso que você me coma".

Suas palavras mandam uma onda de choque pelo meu corpo — a *última* em particular, porque sei como foi difícil para ela dizer isso. Minha pele se incendeia antes de uma espécie de percepção aguda tomar conta de mim. Parece que tudo o que fizemos foi só para me trazer a este momento.

Eu me afasto dela, e levo as mãos à toalha em torno da minha cintura. Ela está me deixando ir até o fim. Preciso fazer o mesmo. Esse meu corpo não é mais o que era, mas é o que tenho. Foi comigo até o inferno e voltou. Não posso mais continuar sentindo vergonha.

Sem tirar os olhos de seu rosto, eu me mostro para ela.

37

ANNA

O corpo de Quan é uma mistura de tatuagens e músculos definidos de corredor e contornos masculinos. Ele é lindo.

Sua ereção se mostra orgulhosa, e me agrada num nível primitivo. É uma reação *a mim*. *Eu* sou o objeto de seu desejo. A outra parte dele, a que causa tanta vergonha, é mais ou menos parecida com todas as outras que já vi na vida real e em fotografias. Talvez tenha uma aparência mais assimétrica. Mas eu aceito mesmo assim, da mesma forma que o aceitei. Da mesma forma que aceitei o meu violino imperfeito.

Eu não esperava por isso. Não era a minha intenção que acontecesse, mas eu deveria saber que era a consequência natural do meu pedido.

Sua confiança é uma honra para mim. E me faz amá-lo ainda mais.

"Posso tocar você?", pergunto, estendendo a mão, mas parando antes de chegar perto demais.

"Sempre", ele responde.

Quando ele segura a minha mão, pensei que fosse fazer meus dedos envolverem seu sexo. Mas, em vez disso, ele me guia até uma linha de pele elevada na sua pelve, um dos locais onde seu corpo não está coberto de desenhos.

"Essa é a única cicatriz visível da cirurgia", ele conta.

Passo as pontas dos dedos pela marca de pouco mais de cinco centímetros. É até difícil acreditar que algo tão pequeno tenha provocado tamanho impacto. É por causa desse corte, dessa cirurgia, que ele está comigo agora.

Eu me inclino para a frente e levo os lábios à cicatriz. Quero que ele saiba que não me desperta aversão, que me sinto grata por essa marca em sua pele, que o amo por inteiro. Passo o rosto pela extensão firme de seu sexo para que ele possa testemunhar o meu afeto, depois viro e esfrego do outro lado. É macio como veludo, mas está quentíssimo. Dou um beijo casto na ponta.

"Anna, não precisa fazer isso", ele fala com uma voz áspera. "Eu sei que você não gosta de..."

"Isso não é um boquete. Só estou beijando você", digo, mas então meus lábios se afastam e passo a língua nele. Quando chego a esse ponto, parece a coisa mais natural do mundo enfiá-lo na boca.

Ele se encolhe como se tivesse levado um choque elétrico. Seu peito se expande. Seus músculos do abdome ficam tensos, fazendo as ondas de tinta em sua pele se moverem como se fossem mesmo ondas do mar. Mas, quando toca meu rosto, seus dedos são mais do que suaves.

Enquanto o chupo, roçando a língua na ponta antes de engolir mais fundo, seu olhar não se desgruda de mim. Estou lhe dando prazer, mas estamos fazendo isso juntos. Nenhum dos dois está sozinho, cada um em seu mundo. Não sou só um acessório de masturbação.

E, ao contrário das outras vezes que fiz isso, estou gostando. Seus gemidos ásperos me excitam. A violência contida de seu corpo forte me excita. Cada reação sua me excita.

Ele não empurra minha cabeça nem me obriga a chupar, sabendo que eu não conseguiria recusar. Me dá a escolha de fazer ou não. E, por causa disso, escolho fazer. Isso muda tudo.

Não fico contando os segundos enquanto o acaricio com a boca. Não torço para ele terminar logo para poder fazer outra coisa.

Pelo contrário, deleito meus sentidos com ele, me inebrio com sua sensação, seu gosto, seu cheiro de quem acabou de tomar banho, sua visão, o som de sua respiração pesada. Alguma coisa desperta em mim. Fico ainda mais molhada entre as pernas, e a sensação de vazio no meu ventre se expande até se tornar dolorida. Quando ele tira da minha boca e me beija com força, me empurrando para a cama enquanto cobre meu corpo com o seu, estou quase perdendo a cabeça de desejo.

Ele acaricia meu sexo com a ponta dos dedos. Exatamente do jeito que eu preciso. Exatamente. Porque eu mostrei como é. E eu grito e arqueio o corpo na direção de seu toque. Estou quase lá, mas preciso de algo mais, algo que ele me ensinou a querer. Eu o puxo para mais perto, tento forçar as palavras a sair da minha boca, *aquela* palavra.

Mas ele entende. Se coloca entre as minhas pernas, e nós observamos a cabeça do seu pau me penetrar, avançando lentamente enquanto seus dedos me acariciam. A sensação do meu corpo se alargando para recebê-lo, esse preenchimento extraordinário, me deixa sem fôlego. Quero saborear o momento, guardar cada detalhe na memória. Quando ele recua e se enfia de novo em mim, encontrando o ritmo perfeito, me acariciando nos lugares certos e do jeito certo, eu me contraio em torno dele, sem conseguir me controlar. Estou arrebatada pela intensidade em seu rosto, e pela fluidez do sexo, e pelos movimentos do seu corpo enquanto me possui, enquanto me *fode*.

A escuridão tirou isso de mim. O meu medo tirou isso de mim.

O prazer se intensifica, e meu corpo inteiro se enrijece. Eu o beijo freneticamente, precisando dessa conexão extra enquanto chego cada vez mais perto, enquanto me aproximo do precipício para vivenciar um momento em que o tempo deixa de existir. Quando as convulsões me dominam, eu continuo a beijá-lo, gemendo alto a cada vez que respira.

Seu olhar quando me vê estremecendo sob seu corpo é de satisfação e luxúria, mas mesmo assim cheio de ternura, cheio de amor, e sei que estou completamente segura com ele, aqui em plena luz do dia.

Seus movimentos se aceleram, sua expressão se torna quase de dor e, com um som de rendição, ele dá uma estocada profunda, nos unindo com ainda mais força enquanto nossos corações batem em uníssono. Eu o abraço e o beijo de leve, sorrindo, murmurando "*Eu te amo*" em seu ouvido.

Passamos horas de bobeira na cama, conversando e sorrindo um para o outro enquanto a noite cobre nossa pele desnuda. Ele me conta as histórias por trás de suas tatuagens de tema aquático enquanto eu as contorno com a ponta dos dedos. Falo sobre as minhas peças musicais favoritas inspiradas pelo mar, a abertura de *O navio fantasma*, de Wagner, e *O mar*, de Debussy, e como elas são capazes de encapsular momentos de tranquilidade extasiante e violência explosiva. Como sempre, falar sobre música me leva a lembrar de *As quatro estações*, de Vivaldi, e sou obrigada a mencionar a intensidade incomparável das peças *Verão* e *Inverno*, que evocam as tempestades mais lindas e impressionantes. Ele ri quando descrevo as tempestades desse jeito, mas sem deboche. Diz que as tempestades são incríveis, mas não para quem acaba preso no meio de uma. E também comenta que minha paixão pela música é uma de suas coisas favoritas em mim, e que tem certeza de que vou voltar a tocar quando estiver pronta. Espero que ele esteja certo.

Quando a fome nos tira da cama e nos leva à cidade em busca de um jantar, andamos de mãos dadas e ficamos bem próximos um do outro, maximizando os pontos de contato entre nossos corpos, como se precisássemos dessa segurança extra depois de tudo o que aconteceu. Estou com vontade de comer lámen — é meu prato favorito no mundo —, então ele me leva para Chinatown, o melhor lugar para comer esse tipo de comida. Nós dois pedimos tigelas fumegantes de sopa taiwanesa apimentada com carne e macarrão. Quando terminamos, a barriga está cheia, as vias aéreas desobstruídas e a língua dormente, e há muita endorfina ativada pelo ardor da pimenta.

Estou meio sonolenta, então ele me leva para casa. Podemos ter visto documentários juntos, não me lembro ao certo. Mas com certeza ficamos bem agarradinhos porque não consigo ficar longe dele, que também se sente assim. Nós nos beijamos, mas sem nenhum intento sexual, e sim para expressar nosso afeto. Eu adormeço em seu peito, embalada pela constância de seus batimentos.

Em todos os sentidos, é uma noite perfeitamente impecável.

Então percebo no ar uma sensação de inevitabilidade na manhã seguinte, quando recebo uma ligação da minha mãe. Antes de atender, já sei que é uma notícia ruim.

Ela confirma isso quando diz: "Seu pai acabou de falecer".

PARTE TRÊS
DEPOIS

38

ANNA

Depois de desligar o telefone, eu sinto... nada. Pelo menos, é o que me parece a princípio. Estou calma. Não choro. Percebo que estou com sede, e consigo pegar um copo de água e beber tudo sem inalar o líquido para os pulmões. Mas tudo ao meu redor parece que está com um aspecto irreal. A água tem um gosto meio esquisito, talvez metálico. O copo parece estranhamente pesado nos meus dedos. Isso sempre foi tão maciço assim? Quando olho para o copo, percebo que a superfície da água está tremendo de leve.

Quan me abraça, e eu largo sobre ele todo o peso do meu corpo enquanto tento entender tudo.

É o fim. Meu pai não está mais sofrendo.

Acho que é isso que ele queria.

Mas agora ele se foi mesmo, de vez.

Não existem mais doces escondidos no quarto. Nem a possiblidade de ouvirmos músicas antigas juntos no toca-fitas. Ele não vai mais aos meus concertos. Não vamos ter mais nada juntos.

A sensação de perda me envolve, mas é silenciosa, talvez porque a esta altura eu já tenha ficado de luto por ele tantas vezes. Quantas vezes no hospital? Quantas vezes desde que o levamos para casa? Meu coração já percorreu esse caminho até torná-lo bem conhecido, e é difícil ver novas trilhas se abrindo quando existe um imenso sentimento de fracasso cobrindo tudo com sua sombra.

Não fiquei até o fim. Se soubesse que seriam só mais duas semanas, a sensação de que era tudo inútil talvez não me oprimisse tanto. Talvez devesse ter aguentado as pontas, ter sido menos ausente e mais funcional.

Talvez devesse ter encontrado uma forma de tocar para ele na festa, já que era mesmo minha última chance. Talvez minha família ainda pensasse que sou a pessoa que fingi ser por tanto tempo — não perfeita, mas pelo menos aceitável.

Não sei nem se ainda sou bem-vinda, mas vou para casa ajudar no que puder. Quan se oferece para me levar e me buscar mais tarde, mas acabo pedindo para ele ficar lá comigo.

Vamos de mãos dadas até a porta da casa dos meus pais e, depois que abro, continuo segurando sua mão enquanto atravessamos o corredor de mármore. A casa está mais fria do que nunca, e pelas janelas entra uma luz cinzenta, apagada.

Encontramos Priscilla no quarto do meu pai, onde a cama hospitalar está ostensivamente vazia. É a suíte principal da casa e, sem a presença do meu pai, parece dez vezes maior. Priscilla está organizando os medicamentos em sacos plásticos e caixas, e não dá nenhuma indicação de que notou nossa presença. Sua aparência está péssima. Olhos inchados, a pele amarelada, e parece que perdeu peso nas duas últimas semanas. Está um esqueleto. Consigo ver até rugas em seu rosto. É a primeira vez que ela aparenta ser quinze anos mais velha que eu, e detesto ver isso.

Então engulo meu orgulho e minha mágoa e vou até ela. "Oi, Je je."

"Tem uma caixa cheia de coisas que você esqueceu no seu quarto", ela diz com um tom ríspido.

"Vou pegar, obrigada."

Em vez de responder, ela continua organizando os remédios, me ignorando de bom grado.

"Você... precisa de ajuda com isso?", pergunto.

Ela me lança um olhar glacial e responde: "Não". Logo em seguida, retoma o que está fazendo. Só que, desta vez, deixa cair um frasco de comprimidos no chão.

Eu pego o frasco e ponho sobre a mesa para ela. "Que tal olhar para mim? Para a gente conversar? Por favor?"

Ela ergue o queixo e dedica sua atenção a mim, mas sem dizer nada. Fica só à espera.

"Eu sinto muito." É difícil conceitualizar em termos lógicos o que fiz de tão errado. Só falei a verdade. Defendi meu ponto de vista. *Por que isso é ruim?* Mas eu a magoei, e me arrependo disso, e de verdade quero ser melhor no futuro. "Eu não queria magoar você. O que eu fiz foi só..."

"Você me acusou de torturar o papai porque eu não conseguia deixar ele ir", ela me interrompe, apontando um dedo furioso na minha direção enquanto seus olhos se enchem de lágrimas. "Você devia ter me dado apoio. É isso o que as irmãs fazem. Mas me traiu e me desrespeitou. Na frente de todo mundo."

Ela não encosta em mim, mas meu corpo todo se encolhe a cada movimento de seu dedo. "A minha intenção não era trair você. Eu disse que *todas nós* estávamos torturando o papai."

"Não foi escolha minha. Eu só estava tentando fazer a coisa certa." Priscilla cobre o rosto com as mãos e seu corpo magro chacoalha inteiro, o que acaba comigo. "Você devia entender. Era para nós termos passado por isso juntas."

Com um aperto no coração, eu a abraço, dizendo tudo em que consigo pensar para amenizar a situação. "Me desculpa por ter magoado você. Sinto muito. Eu sinto muito mesmo."

Por fim, ela quebra o gelo e retribui o abraço. Sinto que tenho uma irmã de novo. Sinto que talvez tudo possa ficar bem.

Mas, quando enfim desfazemos o abraço, ela limpa as lágrimas e age como se não houvesse mais nada a ser dito. Do ponto de vista de Priscilla, eu estava errada, então me desculpei. Eu amo minha irmã. Não quero causar nenhum sofrimento a ela. Mas algo importante ainda precisa ser resolvido.

Fico esperando, mas nada acontece. Sentimentos turbulentos se acumulam no meu peito, exigindo serem liberados, e eu não consigo simplesmente fazer eles sumirem.

Prometi a mim mesma que ia estabelecer limites. Em torno de Quan. E de mim mesma. Porque eu também sou importante.

Se eu não souber me impor, ninguém vai fazer isso por mim.

Preciso fazer isso.

"E você não vai se desculpar *comigo*?", questiono.

Ela estreita os olhos para mim. "Por quê?"

"Por ter me magoado. Por ter me tratado daquele jeito. Eu falei que estava sendo difícil. Que ficar aqui estava me fazendo mal. Mas fiquei mesmo assim. Por *quem* você acha que eu fiquei? E mesmo assim você me despreza, porque não cumpri as suas expectativas. Pra você, não fazia diferença se eu estava fazendo o meu melhor. Você..."

"Se o seu melhor é um trabalho de merda, continua sendo *uma merda* mesmo assim", ela grita.

"Por que a gente não podia ter alguém pra ajudar, então?", pergunto, a esta altura sem conseguir segurar as lágrimas. "Ele precisava de muitos cuidados, e nem *queria* isso. Era muita coisa só pra nós três."

"Muita coisa pra *você*, na verdade", Priscilla retruca com os dentes cerrados, apontando para mim de novo. "Pra *mim*, nunca foi."

Isso me magoa, mas tem um elemento de verdade que me deixa estranhamente calma. Sinto Quan vindo na minha direção. Sem dúvida está incomodado com as coisas que Priscilla está dizendo e quer me defender, mas faço um gesto para que mantenha distância. Preciso resolver isso sozinha.

"Eu sou diferente de você", digo para Priscilla.

"Está falando desse seu 'diagnóstico'?", ela rebate, sarcástica, fazendo aspas com os dedos ao dizer a palavra *diagnóstico*.

"Não sei se isso tem alguma coisa a ver. Talvez tenha. Mas essa sua expectativa de que eu sou igual a você tem que acabar."

Priscilla revira os olhos. "Eu *não tenho* essa expectativa. Pode acreditar."

"Então por que vive me julgando e me pressionando pra mudar? Por que não pode me aceitar como eu sou?"

"Família é assim mesmo", ela responde entre os dentes. "Eu *tenho* que julgar e pressionar você pro seu bem."

"O que ia me fazer bem neste momento é um pedido de desculpas seu." Preciso que ela me ame o suficiente para admitir que me magoou e se comprometa a tentar não fazer isso de novo. Preciso que ela *queira* me entender. Que aceite as minhas diferenças. Me esconder e mascarar as coisas, tentar agradar os outros, tentar agradá-la — tudo isso está acabando comigo, e eu não posso mais viver assim.

Ela comprime e franze os lábios. "Não posso pedir desculpas se não fiz *nada* de errado. Quem fez foi *você*."

"E você não quer nem saber por quê?", pergunto, sentindo que estou desmoronando.

"Não estou interessada nos seus pretextos, Anna", ela responde, irritada.

Sinto vontade de corrigi-la e dizer que são motivos, não pretextos, mas não faço isso. É inútil continuar. Agora eu percebo.

Preciso fazer uma escolha. Posso passar a vida tentando fazê-la me aceitar, seja obrigando Priscilla a ceder ou cedendo eu mesma, ou posso abraçar quem sou e me concentrar em outras coisas. Como eu vou querer viver.

Eu me viro e vejo Quan encarando a minha irmã com os dentes e os punhos cerrados. Ele está indignado, mas, quando volta sua atenção para mim, seu rosto se entristece. Ela não entende. Mas ele entende.

Seguro sua mão e saio do quarto. No corredor, ele olha para mim e murmura: "Estou orgulhoso de você".

Antes que eu possa responder, minha mãe aparece com o estojo do violino de Priscilla nos braços. "Dê mais um tempinho pra Je je", ela diz.

Não quero discutir com a minha mãe, mas também não vou fazer promessas que sou incapaz de cumprir, então fico em silêncio.

Seu olhar se volta para Quan, para nossas mãos dadas, e fico achando que ela vai fazer algum comentário sobre nós. Fico achando que vai anunciar seu descontentamento e perguntar sobre Julian. Mas não é isso o que ela faz. Minha mãe entrega o estojo com o violino para Quan.

"O dela quebrou. E ela é teimosa demais pra aceitar este. Mas guarde, caso ela queira tocar em algum momento, tudo bem?", ela pede.

"Pode deixar." Quan sorri para ela, um sorriso lindo que ilumina seus olhos e transforma seu rosto, e neste momento acho que minha mãe entende por que eu o amo tanto. Existe uma bondade e uma gentileza nele que são genuínas.

"Você está bem, Ma?", eu pergunto.

Ela parece exausta, mas assente com a cabeça. "Nós sabíamos que era questão de tempo. Menos Priscilla, talvez. Ela está se culpando por não ter feito o bastante pra impedir."

As palavras da minha mãe me fazem parar para pensar. Não gosto da ideia de que Priscilla esteja se culpando depois de ter feito tudo o que pôde — tudo o que qualquer um poderia ter feito, na verdade. Mas acho que deve ser isso o que acontece quando a pessoa tem um nível de exigência impossível de alcançar e uma capacidade tão limitada de sentir empatia. Pessoas assim são cruéis com os outros, e ainda mais consigo mesmas.

Uma percepção inesperada me vem à mente: ainda bem que não sou como Priscilla.

"A senhora precisa de ajuda com alguma coisa?", Quan pergunta, olhando ao redor da casa impecável da minha mãe em busca de algo que possa precisar de uma intervenção sua.

"Não, não", minha mãe responde, mas abre um sorriso cansado. "Tem o funeral, mas ainda preciso planejar os preparativos. É melhor vocês irem pra casa. Priscilla está..." Ela não consegue encontrar as palavras certas para dizer, então se limita a balançar a cabeça. Para mim, minha mãe diz: "Seria de bom-tom se você tocasse na cerimônia".

As lágrimas se acumulam nos meus olhos. Isso de novo não. "Ma, eu não acho que..."

"Pense no assunto. Só isso", ela se apressa em dizer enquanto nos conduz até a porta da frente. "Vá pra casa. Descanse. Coma. Você está muito magrinha. Eu aviso sobre os preparativos."

Enquanto estou saindo, ela me puxa de lado e me surpreende com um abraço. Não me repreende. Não pede nada. Não me diz nada. Só me mostra que se importa comigo.

É tudo o que eu sempre quis.

39

ANNA

Eu gostaria de poder dizer que, depois do funeral, passei algumas semanas de luto e então retomei a minha vida do ponto onde tudo havia parado. Gostaria de poder dizer que aprendi a me impor e parar de agradar os outros, e que foi fácil superar o bloqueio criativo associado à minha música. E também gostaria de poder dizer que Priscilla e eu nos reconciliamos.

Mas, se dissesse isso, eu estaria mentindo.

Quando o funeral terminou, alguma coisa intangível se rompeu na minha mente, e eu desmoronei. Desde então, aprendi que o nome disso é *burnout* autista. Não me lembro de nada do que aconteceu nas semanas seguintes ao funeral. É como se nunca tivessem existido. Os primeiros dias dos quais me recordo são de meses depois, e são lembranças de ficar olhando para o nada ou vendo os mesmos documentários sem parar enquanto praticamente fundia meu corpo ao sofá. Não faço nada de produtivo. Não consigo concentrar a mente em tarefas que envolvam o mínimo de complexidade, como ir ao correio, ou pagar as contas, ou até mesmo conferir na internet o extrato da minha conta bancária. Só consigo evitar o despejo do meu apartamento graças ao milagre moderno do débito automático. Emocionalmente, estou mais do que instável. Alterno entre a melancolia intensa, a raiva (de Priscilla) e a exaustão que vem depois do acesso de melancolia e raiva. E eu choro... muito.

Rose e Suzie me mandam mensagens, mas raramente respondo. Não tenho energia para escrever. É importante para mim que elas se importem comigo. Valorizo isso. Mas preciso passar por essa fase sozinha e me reaproximar delas só mais tarde.

Jennifer também procura ter notícias minhas, mas não tenho energia para falar com ela. A terapia não tem como me ajudar quando estou nesta situação.

40

QUAN

Depois de alguns meses, vou morar com Anna. Já passava quase todo o tempo lá mesmo, então não faz mais sentido manter meu apartamento. Como tenho condições e quero fazer isso, assumo o pagamento do aluguel. Ela paga as contas de água, luz etc. É um arranjo que funciona bem para nós dois.

Sei que ela não está bem, mas com o tempo estamos superando a situação. Acho que ela está se recuperando pouco a pouco. Quando chego em casa depois do trabalho, ela sempre fica feliz em me ver. Pergunta como foi meu dia e escuta enquanto eu falo sobre bobagens com as quais ninguém se importa, como a gaivota que vi na hora do almoço roubando um sanduíche das mãos de um cara ou a rolinha que ainda tenta sentar em cima dos filhotes no ninho que fez do lado de fora da janela do meu escritório, apesar de os filhotes já estarem quase do tamanho da mãe.

Cuido de Anna todos os dias quando estou fora, mandando mensagens cheias de coraçõezinhos ou memes engraçados com polvos e outros bichos. Quando estamos juntos, eu a abraço o tempo todo, porque sinto que ela precisa ser amada. Mas não transamos muito. É meio difícil sentir algum estímulo quando sua namorada mal consegue ficar acordada depois das oito da noite e acorda chorando, em muitas madrugadas. Resolvo essa questão no chuveiro. Não que eu prefira bater punheta a fazer sexo com a mulher que amo, mas não me incomodo de esperar até que ela esteja pronta.

41

ANNA

Demoro um bom tempo para me sentir mentalmente preparada para praticar música. Meses e mais meses. Mas então fico obcecada com a ideia de comprar um violino novo. Não quero nem encostar no antigo de Priscilla. Qualquer coisa menos isso.

Claro que é justamente nesse momento que minha mãe decide me fazer uma visita. Fico perplexa quando ouço sua voz no interfone certa tarde. "Anna, sou eu."

E fico ainda mais perplexa quando a deixo entrar e, instantes depois, abro a porta e a vejo lá, de calça social branca, camisa de seda creme e uma echarpe Hermès amarrada ao pescoço de um jeito estiloso. É um visual casual, mas elegante, só que dá para perceber que ela envelheceu um bocado desde a morte do meu pai. As novas rugas que vejo ao redor dos seus olhos me entristecem. Priscilla já deve ter voltado para Nova York a esta altura. Isso significa que ela agora é a única moradora daquela casa gigantesca. Deve estar se sentindo muito sozinha.

"Oi, Ma. Hã, pode entrar. Não repara na bagunça." Se eu soubesse que ela vinha, teria dado uma ajeitada nas coisas. Mas só tive tempo de tirar as louças sujas de cima da mesinha de centro, jogar dentro da pia e arrumar às pressas as almofadas e as cobertas no sofá. Minha cama está desarrumada. O cesto de roupa suja está transbordando. O banheiro está um desastre. Fico rezando para que ela não entre na cozinha.

Minha mãe se acomoda de um jeito meio desajeitado na poltrona e olha ao redor, se detendo no par de tênis de corrida masculino no canto da sala e na bolsa de lona aberta e cheia de roupas de ginástica. Também tem uma pilha de livros de administração de empresas no canto da mesa perto dela, e minha mãe lê os títulos com interesse. "Quan veio morar com você?"

Me sento no sofá e baixo os olhos para os joelhos. "Sim."

"Você está feliz com ele?", ela pergunta e, pela maneira como diz isso, percebo que realmente quer saber.

Não consigo conter o leve sorriso que se abre nos meus lábios. "Estou." Sem ele, eu não sei como estaria neste momento. Sinto sua falta o tempo todo quando está no trabalho. Quando ele me manda mensagens durante o dia, fico absurdamente feliz.

"E sua música? Como vai?", minha mãe quer saber. "O violino da Je je está quebrando o galho?"

Eu desvio os olhos e faço que não com a cabeça.

"Quanta teimosia, Anna", ela comenta com um tom de cansaço na voz. "Olha aqui, eu quero comprar este para você."

Minha mãe tira o celular da bolsa e me mostra o e-mail de um vendedor que Priscilla encaminhou para ela. No corpo da mensagem tem a foto de um violino Guarnieri bem elegante. Guarnieri foi um luthier italiano que no século XVIII rivalizava com Stradivari, o criador dos famosos violinos Stradivarius. O violino mais caro do mundo é um Guarnieri. Não *este*, claro. De acordo com o vendedor, este Guarnieri foi danificado várias vezes e passou por diversas restaurações, o que interfere no preço. Ainda assim, custa o mesmo que uma casa.

"Ma, é um exagero. Eu..."

Minha mãe bufa. "Não é exagero nenhum, se é pra minha filha. Priscilla diz que o som dele é ótimo. Você vai gostar."

Uma sensação desconfortável sobe pela minha pele, e devolvo o celular para a minha mãe. Falando num tom suave e comedido, mantendo a compostura da maneira como aprendi que devo fazer com ela, eu digo: "Fico feliz que você queira me dar isso. Significa muito pra mim. Obrigada. Mas...".

"Você não vai querer tocar se foi ela que escolheu", minha mãe complementa, me *entendendo* de um jeito que não imaginei que fosse capaz. "Eu estava lá, ouvi o que ela disse, e não foi nada gentil. Mas você precisa perdoar sua irmã. Deixar passar. Deixar as coisas voltarem ao normal. Ela me falou que está triste por ter perdido você e Ba ao mesmo tempo."

Sinto a sensação de injustiça tomar conta de mim. "Como perdoar alguém que se recusa a pedir desculpas? Já faz meses. Ela poderia ter me ligado, mandado uma mensagem, vindo até aqui. Mas não fez nada disso. Nem vai fazer."

Minha mãe faz um gesto com a mão, minimizando a situação. "Você sabe como a Je je é."

"Sei, sim. Ela acha que tem o direito de me tratar assim. E, pelo jeito como anda agindo, não vai mudar de ideia. *Isso não é justo comigo*", eu digo, sem tentar esconder a raiva que sinto. Deixo minha máscara cair completamente.

Fico esperando que minha mãe me repreenda por "dar uma de abusada", por não lhe dar ouvidos, mas em vez disso ela fala: "Tenta ver as coisas do ponto de vista dela".

"E o *meu* ponto de vista? Não estou sendo irracional. Não estou pedindo pra ela arrancar um braço." Só estou pedindo para ser tratada como igual.

"Você está separando nossa família, e só somos nós três agora", minha mãe me diz, me implorando com os olhos para ceder, porque Priscilla não vai fazer isso. "Quero todas *juntas*. É Natal, quero ter bons momentos nas festas de fim de ano. Pode levar seu Quan. Sei que o Ba ia querer isso."

"Acho que não, se ele soubesse como é difícil pra mim ser o que a Priscilla quer, o que todos querem", respondo baixinho. "Tentei ser diferente, tentei mudar por vocês, mas não tem jeito. Só me faz mal. Eu... Eu..." Penso em mencionar meu diagnóstico e o inferno que tenho sofrido, mas me lembro da reação de Priscilla e me dou conta de que seria inútil.

"Você tem autismo", minha mãe complementa.

A surpresa me deixa paralisada. Não consigo falar. Não consigo nem piscar.

"Faith me contou. Provavelmente vem do lado do seu pai. Que nem com o tio Tony", ela murmura, e por algum motivo isso me faz rir. "Andei lendo sobre o tema. Acho que agora entendo."

Ela põe a mão sobre a minha, mas então fica hesitante, como se não soubesse mais se era apropriado me tocar. Viro as palmas para cima e seguro sua mão com força, dizendo — sem precisar recorrer a palavras — que ela pode, sim, fazer isso.

"Não sei o que fazer", ela confessa. "Parece que nem conheço mais você."

"Eu também não sei o que fazer", respondo. "Mas podemos recomeçar do zero."

Ela aperta as minhas mãos e assente com a cabeça. "Você era difícil quando pequena, muito difícil, e eu sinto muito por não ter entendido como... ou o quê... pensei que estivesse fazendo o melhor pra você."

"Tudo bem, Ma", eu me escuto dizer. Uma parte de mim ainda duvida que essa conversa esteja mesmo acontecendo, mas o toque das suas mãos nas minhas parece bastante real.

Ela olha bem para mim antes de dizer: "Muito antes de me casar com seu pai, durante a Revolução Cultural na China, fui mandada para os campos de reeducação, onde trabalhei e passei fome na lavoura. Sabia disso?" Balanço a cabeça, atordoada, e ela continua: "Nossa família não estava segura porque Gung Gung era um proprietário de terras rico. *Eu* não estava a salvo. Foi isso o que aprendi com eles — ser diferente não é *seguro*". Falando em meio às lágrimas, se agarrando a mim como se eu fosse uma boia de salvação, ela complementa: "Pressionei você a mudar porque queria sua segurança. Você entende?".

Sinto um nó na garganta, mas consigo dizer: "Acho que sim". Um velho aperto de ressentimento parece perder força no meu coração. Eu precisava ouvir isso. "Por que nunca me contou?"

Ela dá um longo suspiro de exaustão. "Contei pra Priscilla. Não queria esse fardo horrível do passado nas suas costas. Me preocupo demais com você, Anna."

"Eu *quero* saber de coisas assim."

"Algum dia eu conto. Por enquanto, eu..." Ela suspira de novo. "Preciso conversar com sua irmã. Ela teve que reservar um horário na agenda de trabalho pra gente conversar, acredita? Vive muito ocupada no emprego novo. Está fazendo cem horas por semana até a fusão ser concluída ou algo assim. Vou falar pra ela tentar fazer terapia. Eu estou indo uma vez por semana."

Fico boquiaberta.

Ela dá risada, e então dá um tapinha na mão e se levanta. "Preciso ir. Acho que vou tomar um cappuccino e comer um doce no parque enquanto converso com ela. As pequenas coisas boas da vida."

Eu acompanho minha mãe até a porta e, antes de sair, ela me abraça forte. Está usando seu perfume de sempre, mas o cheiro está mais suave. Ela não encosta no meu cabelo. São pequenas mudanças, mas acho que foram por minha causa. Ela deve ter lido algo sobre isso. Não consigo nem explicar o quanto é importante para mim.

"Eu amo você, Anna", ela diz, com determinação. "Não importa o que aconteça, espero que saiba disso. Brigue com sua irmã se for preciso, mas *eu* vou continuar na sua vida. Converse comigo, me diga quando eu estiver fazendo as coisas erradas e vou tentar o meu melhor. Não posso perder você."

Estou atordoada demais para conseguir responder, então só balanço a cabeça e a abraço com mais força, encharcando sua echarpe com as lágrimas.

Quando ela finalmente sai, continuo observando até ela desaparecer escada abaixo, e então vou para a varanda enquanto ela entra no velho Mercedes conversível do meu pai e vai embora. Fico imaginando se está ouvindo o cassete que ficou emperrado no toca-fitas.

Eu me dou conta da ironia agridoce dessa situação. Perdi meu pai e minha irmã, mas de alguma forma isso me trouxe a minha mãe.

42

ANNA

Todos os melhores violinos do mundo já foram feitos antes, e nada do presente ou do futuro é capaz de competir com o passado. Não acredito nessa ideia, e por isso decido comprar um violino feito à mão por um luthier de Chicago. Não custa o mesmo que uma casa, ainda bem, mas não é barato. Gasto quase todas as minhas economias. E vale cada centavo, aliás. A voz do instrumento é doce e viva e dolorosamente linda — fico apaixonada logo no primeiro teste, tocando minhas primeiras escalas desajeitadas depois de quase um ano.

Quando o levo para casa, estou determinada a dominar a composição de Richter. Tirei um bom tempo de folga. Preciso voltar à música descansada e com uma nova perspectiva. Prometo a mim mesma que vou aprender a composição em um mês. Antes de ficar famosa na internet, eu precisava de menos do que isso para ganhar fluência com uma peça musical. Devo conseguir, principalmente com meu violino novo.

Não é assim que as coisas acontecem. Logo caio na mesma armadilha mental de antes, só que agora é ainda pior. Fico tocando em círculos horrendos e intermináveis o dia todo e, quando paro para descansar, minha mente está cansada e sem energias de um jeito que nunca senti. Ainda assim, estou determinada a seguir em frente. Digo a mim mesma que *vou* terminar isso, mesmo que seja a última coisa que faço.

Acabo me esforçando tanto que sofro um *burnout* pior que o anterior. Perco dias e semanas. Perco a capacidade de ser funcional. Dessa vez, além da tristeza e da raiva, sinto também ansiedade e desespero. A composição de Richter está me aprisionando, arruinando a minha vida. Quero ser livre. Por que não consigo ser livre?

Se não conseguir tocar para me libertar, só existe outra maneira...

E, de lá, é um mergulho na escuridão total.

Mas tem uma luz que nunca permite que eu me afaste demais. Essa luz é Quan. Quando acordo no meio da noite, nauseada e chorando silenciosamente e me sentindo tentada, mais do que tentada, a me libertar da única outra forma que acredito ser possível, ele percebe que tem alguma coisa errada. E acorda. E me abraça. Pergunta qual é o problema.

Sei que ele vai acreditar em mim. Que não vai me tratar com desdém nem me dizer para deixar de ser criança e aguentar firme. Então conto a verdade desagradável dos meus pensamentos e das minhas fantasias, e ele me abraça e me balança de um lado para o outro.

43

ANNA

Por insistência de Quan, volto a procurar Jennifer. Ela me encaminha para um psiquiatra. Começo a tomar uma medicação que salva minha vida.

Passo a me sentir... otimista. Tem dias que fico até *bem*. Mas os remédios não me tiram do meu bloqueio criativo. Quando pego o violino, ainda toco em círculos, então o deixo de lado. Entendo que ainda não estou curada a ponto de conseguir tocar. Preciso dar tempo à minha mente.

Não consigo me concentrar em textos longos, então passo a ler poesia. Um poema pode ter apenas dois versos, às vezes só um, mas existe uma ideia contida ali, uma história inteira. É perfeito para alguém como eu. Me apaixono logo de cara pela obra de Rupi Kaur, lendo uma página aqui, outra ali, cochilando enquanto vejo documentários, em especial o episódio "Cabo" da série *África*, de David Attenborough. Assisto à cena de dois minutos em que as borboletas acasalam no cume sem árvores do monte Mabu, em Moçambique. Fico fascinada com as cores vívidas e os padrões de asas iridescentes e com a quantidade estonteante de borboletas revoando pelo céu azul. Parece um mundo diferente deste que habito, e que só posso sonhar em conhecer.

Quando Quan fica sabendo desse meu novo interesse especial, me surpreende criando um jardim de borboletas na minha pequena varanda. Põe lá fora vasos com asclépias e passifloras que se agarram ao gradil de metal. Quando chega o verão, as plantas florescem com cores vibrantes, e as borboletas aparecem. É como em Moçambique.

Fico sentada na varanda durante horas, sentindo os raios do sol e observando as borboletas dançando ao meu redor. Elas não são tímidas, nem sentem medo. Os beija-flores competem com elas pelo néctar, e dou risada quando vejo minhas pequenas borboletas enfrentarem oponentes maiores e saírem vencedoras. As lagartas nascem de pequenos ovos e têm um apetite voraz, mastigando as folhas das asclépias e deixando rastros precisos, como quando a gente come milhos na espiga. Dou nome a todas elas — como Chompy, Biggolo e Chewbacca — e levo Pedra para ficar com a gente lá fora. Só tomo cuidado para não deixá-lo embaixo das plantas. Pedra não ia gostar se suas novas amigas fizessem cocô nele.

Juntos, vemos as lagartas monarcas formarem crisálidas verdes, escurecerem e então irromperem para revelar suas asas em tons deslumbrantes de laranja e preto. Mais adiante no verão, um tipo diferente de borboleta vem visitar minhas passifloras. A pingos-de-prata também é chamada de borboleta-do-maracujá. Do lado de fora, as asas são marrons e peroladas, mas, quando estão abertas, mostram uma cor de tangerina maravilhosa. Suas lagartas não são bonitinhas como as monarcas. São escuras e têm espinhos, parecem quase venenosas, e suas crisálidas ficam camufladas para terem o aspecto exato de folhas secas. Mas, quando cutuco uma, ela se sacode e se mexe, mostrando que está bem viva.

Parece morta, mas só está em transição.

Fico me perguntando se não é uma metáfora para mim. Será que também estou me metamorfoseando e me transformando em algo melhor?

44

ANNA

Demora, mas sinto que estou me curando. Vou pondo as contas em dia, pagando as multas por atraso, deixando o máximo das cobranças no débito automático. Limpo o apartamento. Aquele círculo escuro em torno da pia do banheiro não deveria estar lá. (É mofo.) Lavo as roupas sujas. Começo a usar as roupas de ginástica para os propósitos para os quais foram feitas, mas nada muito pesado. Corro dez minutos por dia, aumentando o tempo pouco a pouco. De vez em quando, Quan e eu visitamos minha mãe, mas não podemos aparecer sem avisar. Na maior parte das vezes, é grande a chance de não ter ninguém em casa. Ela não trabalha tanto quanto antes, mas passa a maior parte do tempo viajando com as amigas. No momento, elas estão em Budapeste.

Quando a nova estação chega, sinto uma inquietação um tanto estranha. Levo um tempo para me dar conta de que quero ouvir música. Mas não música clássica. Algo bem diferente. Quero escutar... jazz. Durante semanas, escuto tudo o que consigo encontrar, desde Louis Armstrong até John Coltrane e artistas mais contemporâneos como Joey Alexander, e finalmente, finalmente, *finalmente* me sinto inspirada por sua musicalidade. Finalmente, eu *desejo* tocar.

É só então que enfim pego meu violino de novo, mas vou com cuidado. Faço as coisas devagar, primeiro só praticando as escalas. Redescubro a alegria que sinto com os padrões. Os calos voltam a surgir na ponta dos meus dedos. Toco as músicas simples da minha infância para ver se consigo.

45

QUAN

Um ano depois de termos recusado a oferta da LVMH, Michael e eu estamos diante da nova diretora de aquisições da empresa. Ao que parece, várias funcionárias acusaram Paul Richard de assédio sexual, e ele foi demitido.

"Fico feliz em conhecer vocês dois pessoalmente", diz Angèlique Ikande, abrindo um sorriso largo enquanto aperta a minha mão e depois a de Michael. Com seu terninho branco e seu corpo escultural, parece uma Mulher-Maravilha do mundo corporativo.

"Nós também", eu respondo, fazendo um gesto para ela se sentar à mesa do restaurante.

Ela acomoda seu corpo longilíneo na cadeira e pede para a garçonete uma taça de *sauvignon blanc* antes de nos observar por alguns instantes. "Gostaria que vocês soubessem que considero o meu antecessor um babaca completo."

Michael cai na risada, e eu também não consigo conter meu sorriso ao levantar a taça para brindar seu pronunciamento. Estava bastante em dúvida sobre o propósito da reunião, mas Michael e eu nem pensamos em cogitar nada em voz alta. A negociação com Paul Richard foi uma experiência péssima que nenhum dos dois ainda superou por completo. Angèlique, porém, é outra história. Não é metida a besta. Transmite uma impressão de competência e honestidade absoluta. Não é difícil conversar com ela.

"Vocês não devem saber", ela conta, "mas o acordo com a MLA era um projeto meu, e no último instante Paul enfiou o nariz onde não era chamado. Em nome da LVMH, peço desculpas sinceras pela conduta dele. Mas não é só por isso que estou aqui. A primeira coisa que quero fazer como nova diretora de aquisições é terminar o que comecei. Não tem nada que eu gostaria mais neste momento do que trazer a MLA para o grupo LVMH — e isso inclui *vocês dois*. Para mostrar que estou falando sério, vou subir a proposta original em vinte por cento."

Considerando qual era a proposta original, vinte por cento é muita grana. Olho para Michael para ver como reage, e sorrio ao perceber que ele teve a mesma reação.

"Precisamos discutir melhor tudo isso", aviso.

"Claro", ela responde.

Meio que fico esperando que ela se levante da mesa e vá embora, como Paul Richard fez, mas ela fica para o almoço. Pergunta sobre a nossa linha de produtos de verão. Diz que está acompanhando nossas redes sociais e gostou de ver a exposição que ganhamos recentemente. Para mostrar o quanto gosta das criações de Michael, mostra fotos dos filhos no celular. Não sei se foi de propósito ou não, mas a impressão que fica é que as crianças só usam roupas da MLA, e percebo o quanto isso agrada Michael. E essa é a melhor forma de conquistar minha simpatia.

Quando o almoço termina, nos despedimos e nos comprometemos a conversar em breve.

"E então?", Michael pergunta enquanto dirige de volta para o nosso prédio. "O que você acha?"

"Acho que ela toparia aumentar a proposta em vinte e cinco por cento, talvez trinta", respondo em um tom de voz neutro, apesar de meu coração estar tão disparado que parece que vai arrebentar as costelas.

Michael está de óculos escuros, então não vejo seus olhos, mas ainda assim sei o que ele está pensando quando se vira para mim e depois volta a prestar atenção no trânsito. "Não foi isso que eu perguntei."

Dou de ombros e tento parecer que não estou nem aí, mas deixo transparecer um leve sorriso.

Ele deve ter visto, porque me dá um empurrão com força no ombro. "Seu cuzão, quase me pegou nessa. Você quer fechar o negócio, né? Dessa vez vai rolar mesmo. Se a gente quiser."

"Ah, sim. Eu quero. Ela entende a nossa marca. Além disso, talvez seja a nossa principal cliente e nós nem sabemos." Pego meu telefone para conferir o e-mail, como faço a todo momento, e acrescento: "Mesmo assim, preciso ver tudo isso por escrito antes de...".

No alto da minha caixa de entrada tem uma nova mensagem, de Ikande, A. Com um arquivo anexado. Quando abro, vejo que é o contrato que estávamos negociando com Paul Richard, mas agora especificando claramente que POR FORÇA DESTE CONTRATO, QUAN DIEP PERMANECERÁ NO CARGO DE CEO DA MICHAEL LARSEN APPAREL & CO., SUBSIDIÁRIA DA LVMH MOËT HENNESSY LOUIS VUITTON.

"Que foi?", Michael pergunta.

"Ela acabou de mandar o contrato", explico. "Está exatamente do jeito que ela falou."

"Porra. Agora vai rolar de verdade." Michael engole em seco, e seu rosto fica pálido enquanto ele agarra o volante com toda a força, como se fosse desmaiar.

"Respira fundo. Encosta e me deixa dirigir. Se eu sofrer um acidente, Anna me mata."

"Eu estou bem, estou bem", ele garante, se recompondo e recobrando o controle. "Tem certeza de que você quer seguir em frente com isso? Nós não somos *obrigados*. Mas precisamos pensar seriamente..."

"Eu quero, sim. Não vou deixar um ressentimento atrapalhar tudo. Nós estamos prontos. E vamos arrebentar." Sinto do fundo do coração que é a coisa certa a fazer, e sei que vamos fazer acontecer. Vamos vestir milhares de crianças com roupas maneiríssimas, e vamos nos divertir como nunca nesse processo.

Michael abre um sorriso tão largo que chega a ser assustador, e imagino que estou com essa mesma cara também.

Quando chego ao nosso apartamento, algumas horas mais tarde, mal posso esperar para dar a notícia a Anna. Mas não sou recebido pelo seu habitual abraço. Pelo que estou vendo, ela nem está em casa, o que imediatamente me deixa preocupado.

Tiro os sapatos, saio procurando pelo apartamento e lá está, na mesa da cozinha, diante de um bolo caseiro com velas acesas.

"*Feliz aniversário.*" Anna aparece na cozinha, leva o violino ao queixo e toca diante de mim pela primeira vez, com um sorrisão no rosto.

Demora alguns segundos, mas mesmo um analfabeto musical como eu conhece "Parabéns a você" — provavelmente na versão mais elaborada de todos os tempos. Aconteceu tanta coisa hoje que esqueci que era meu aniversário. Mas Anna não esqueceu.

Então me dou conta da importância do que ela está fazendo, do fato de *esta* ser a primeira coisa que ela toca para mim. Se eu já não estivesse apaixonado, me apaixonaria agora.

Quando a música termina, ela guarda o violino e abre um sorriso tímido para mim. Eu a abraço com força e a encho de beijos. "Porra, é o melhor aniversário da minha vida. Você tocou até o fim. Estou muito orgulhoso de você. Te amo, te amo, te amo."

Ela limpa as lágrimas do meu rosto com os polegares e me dá um beijo mais lento e profundo. "Eu te amo."

Suas mãos deslizam pelo meu peito até a cintura da minha calça, e minha braguilha se abre.

"Tem certeza?", pergunto, apesar de estar rezando para ela dizer *sim*. Minha vontade é tanta que estou praticamente subindo pelas paredes. "Nós não..."

"É seu aniversário", ela diz, arrancando o vestido pela cabeça e me puxando para o quarto.

Estamos há tanto tempo sem transar que o nosso sexo de aniversário dura só cinco minutos, mas sem dúvida nenhuma foram cinco minutos épicos. Conto sobre a LVMH, e ela solta um gritinho de alegria. Mais tarde jantamos o bolo. Acabamos ficando enjoados, e depois ainda comemos sobras para sossegar o estômago, rindo a cada garfada.

Com certeza, o melhor aniversário da minha vida.

46

ANNA

Decidi que está na hora de voltar à composição de Richter. Mas desta vez me preparo antes. Agora sei que as coisas nunca vão voltar a ser como antes. Foi uma bobagem minha achar que poderia acionar uma chavinha mágica e voltar no tempo. A verdade é que a arte nunca vai ser uma coisa que não exige esforço, como já foi um dia — não agora que as pessoas têm expectativas em relação a mim. A única coisa que posso fazer é seguir em frente e, para isso, preciso parar de buscar a perfeição. É impossível. Nunca vou conseguir agradar todo mundo. Já é difícil demais agradar a mim mesma. Em vez disso, preciso me concentrar em dar tudo o que tenho, e não o que as pessoas querem, porque é isso que *eu tenho* para dar. Não recorro mais ao mascaramento, se puder evitar.

Começo a trabalhar na composição de Richter, pela última vez. É um processo lento e árduo. Cometo vários erros e volto para corrigir o que posso, mas *não* desde o início — só volto para o começo uma vez, e inclusive me arrependo. Escuto vozes na minha cabeça me criticando, me julgando. Muitas vezes elas conseguiram me abalar, e terminava me sentindo decepcionada. Mas agora sigo em frente mesmo assim. Resistir à compulsão de recomeçar — de buscar a perfeição, ignorando as vozes — é exaustivo, e na maior parte dos dias consigo praticar no máximo algumas horas antes de meu cérebro se sentir esgotado. Mas é algo que preciso aprender. Se conseguir respeitar meu próprio ritmo, não vou desmoronar de novo. E ir devagar é melhor do que ficar doente.

E é dessa forma que chego ao fim da composição de Richter. Quando conto para Quan, ele abre uma garrafa de champanhe e comemora comigo, apesar de eu ainda ter muitas outras composições para ensaiar para a gravação e a turnê que vem depois. Uma por uma, eu aprendo as outras também. Entro no estúdio, gravo tudo, e preservo os arquivos digitais de todas as tomadas, mesmo as que não saíram cem por cento perfeitas.

A dificuldade é sempre a mesma. Toda vez que levo o arco às cordas, é uma luta, mas permaneço fiel a mim mesma.

Toco com o coração.

Epílogo

ANNA

Hoje é o dia.

Vou tocar diante de uma plateia.

O funeral do meu pai foi há mais de dois anos. Demorei um tempão para me recuperar e voltar a lutar. Muitas vezes perdi a esperança e achei que nunca fosse conseguir.

Mas aqui estou, nos bastidores do palco.

É um público pequeno, só cinquenta pessoas, mas estou nervosa como se houvesse milhares lá fora. Vieram todos aqui só por minha causa — convidados vindos de todas as partes do país (e até de fora) para me ouvir. Estão me homenageando ao dedicar seu tempo a mim. Por mais que eu tenha lutado por mim mesma enquanto praticava para dominar essas composições, também fazia isso por eles. Valorizo demais esse pequeno grupo de pessoas que é capaz de me entender.

Espero que minha arte consiga tocá-los. Que provoque reflexões. Que tenha um impacto.

Recebo o sinal de que chegou a hora, controlo meus nervos e vou com meu violino para o palco.

As luzes são ofuscantes, e resisto à tentação de olhar para cima. Na primeira fileira, está meu amor, Quan. Ele sorri para mim com um buquê de rosas no colo, e sinto meu amor trasbordar por ele de tal forma que parece que meu peito vai explodir. Ao seu lado está minha mãe. De vestido de gala, e com suas melhores joias, toda orgulhosa entre suas amigas ricas. Do outro lado de Quan estão dois rostos que nunca tinha visto pessoalmente, mas que reconheço mesmo assim. Rose e Suzie, minhas grandes amigas que sempre fizeram de tudo para me apoiar e não encararam como uma afronta pessoal o fato de eu ter sumido quando a minha vida ficou complicada demais. Estou animada para jantar com elas depois da apresentação.

É um grupo pequeno, mas tudo bem. É só disso que eu preciso.

Me sentindo emocionada e mais viva do que nunca, levo o violino ao queixo e posiciono o arco sobre as cordas.

E começo a tocar.

Nota da autora

Este livro é uma obra de ficção, mas também em parte uma autobiografia. Entre os romances que escrevi até hoje, é o que mais tem uma parte de mim. Por isso é escrito na primeira pessoa, e não na terceira, como os demais. As palavras fluíam melhor quando eram ditas por um "eu" em vez de "ela". Mas o caráter pessoal do livro tornou a escrita um processo angustiante. As dificuldades de Anna são as minhas. Seu sofrimento é o meu. Sua vergonha é a minha. E eu revivia tudo isso a cada vez que me sentava para escrever. No total, por motivos que vão desde um bloqueio criativo ao *burnout* autista, demorei mais de três anos para concluí-lo; mas, independente de como for a recepção ao livro, estou orgulhosa de ter conseguido e da história que contei aqui. Escrever esta nota é um grande momento para mim.

Ao mesmo tempo, porém, escrever esta nota também é uma experiência agridoce. Escrevi a nota da autora de *O teste do casamento* enquanto estava num quarto de hospital com a minha mãe, fazendo companhia para ela em sua luta contra as complicações relacionadas ao tratamento de um câncer de pulmão. Mesmo extremamente doente, ela tentava conversar comigo, estabelecer uma conexão. E fez aquele tempo valer a pena. Mas aquela noite foi a última em que minha mãe foi "ela mesma". Depois, a doença a consumiu. Por amor, minha família a tirou do hospital e a levou para casa, onde e eu meus irmãos cuidamos dela vinte e quatro horas por dia. Quando a condição da minha mãe se agravou, comecei a ter ideias suicidas. Não estou compartilhando isso por querer despertar pena em ninguém, e sim porque quero que as pessoas saibam que a síndrome de *burnout* que aflige os cuidadores é uma coisa muito séria. Tenho sorte de ainda estar viva.

Sinto que é preciso conversar sobre a prestação de cuidados, e a sociedade vem ignorando esse tema. Não é algo sobre o qual falamos livremente. Ninguém quer dar a impressão de que está "reclamando", nem fazer parecer que cuidar de um ente querido seja um fardo. Mas a verdade é que ser cuidador é um trabalho difícil. Nem todo mundo tem preparo para isso. Com certeza eu não tenho, e isso não tem nada a ver com o fato de estar no espectro autista. Existem várias pessoas no espectro que atuam na área de enfermagem e medicina e em outros tipos de cuidados de saúde, com bastante senso de propósito e satisfação com o que fazem. Entretanto, mesmo quem gosta desse tipo de trabalho pode se estafar, em razão da carga física, mental e emocional que suas tarefas acarretam, como todos nós vimos acontecer entre os profissionais que atuaram na linha de frente nos quadros graves de covid-19.

Como sociedade, precisamos ter compaixão por todas as pessoas afligidas por doenças e deficiências — o que envolve tanto as pessoas que recebem cuidados como aquelas que prestam cuidados. Todos somos importantes, e ninguém deveria sentir que não pode pedir ajuda quando precisa. Se alguém disser que está sofrendo, por favor, escute. Por favor, leve a sério. Por favor, seja gentil. E, se você estiver sofrendo, por favor, se cuide.

Centro de Valorização da Vida: Ligue 188

Agradecimentos

Agradeço a vocês, leitores, pela paciência que tiveram ao esperar por este livro! Por motivos que você já deve imaginar depois da leitura, não consegui concluir o romance na data prevista. Peço desculpas pela decepção que posso ter causado — mas também sinto uma certa alegria perversa por saber que alguém gosta tanto do meu livro a ponto de *se decepcionar* quando o lançamento é adiado. Torço para que a espera tenha valido a pena.

Este livro demorou *bastante* para ser escrito, então existem muitas pessoas a quem eu gostaria de agradecer nominalmente. Em primeiro lugar, um agradecimento enorme, imenso, ao meu marido. Você me levantou quando estava para baixo (o que aconteceu com frequência — me desculpa). Você me ouviu falar sem parar sobre este livro mesmo quando eu sabia que você estava entediado. Você me abraçou, me alimentou, ajudou nossos filhos na escola no período de isolamento, na pandemia, para eu poder escrever. E cobriu nosso pequeno jardim de asclépias e passifloras para eu poder ver as borboletas. Amo você do fundo do meu coração.

Agradeço à minha irmã mais nova, 7. É muita sorte minha que nossa mãe e nosso pai tenham concebido você acidentalmente durante aquelas férias nas Bermudas, porque assim pude ter a minha melhor amiga do meu lado pela vida toda (a não ser durante o período de um ano, um mês e um dia em que vivi sozinha antes de você nascer). Obrigada pelos jantares, pelos donuts, pelo borboletário e pelos milhões de formas como você demonstra sua consideração. Acima de tudo, obrigada por ser *você*. Te amo, *em*.

Também gostaria de agradecer às minhas amigas escritoras por ficarem do meu lado durante todo o processo: Roselle Lim, você é divertida e sábia e bondosa. As fotos da sua gata me enchem de vida. Suzanne Park, você é uma inspiração para mim. A. R. Lucas, valorizo demais você, que me diz as verdades duras que preciso ouvir, mas sempre com gentileza e compaixão. Gwynne Jackson, me sinto grata por todas as vezes que você me ouviu abrir meu coração sem me julgar. Conversar com você equivale a receber um abraço apertado. Rachel Simon, fico feliz por ter conhecido você cada vez melhor ao longo dos anos. Sua amizade, sinceridade e consideração significam muito para mim. Mazey Eddings, sua personalidade vivaz tornou este último ano bem mais tolerável. Chloe Liese, tenho um respeito imenso por você e seu trabalho. Você faz deste mundo um lugar melhor. Brighton Walsh, minha mentora, eu não teria confiança de entregar este original à editora sem a sua ajuda. Obrigada, mais uma vez, pela orientação.

Quando estava sofrendo profundamente para escrever este livro, Julia Quinn me aconselhou a dar um tempo, tirar um ano de folga se pudesse para redescobrir pouco a pouco meu amor pela escrita. Era exatamente o conselho de que eu precisava e, mais do que isso, fez com que me sentisse vista e compreendida e comovida de uma forma inexplicável por alguém como ela topar conversar comigo. Foi um pequeno gesto para ela, mas que teve um tremendo impacto na minha vida. OBRIGADA, JQ!!!

Mais tarde, entrei em contato com outra autora que idolatro, Jayne Ann Krentz, perguntando como conseguiu escrever tantos livros maravilhosos, e ela também me deu conselhos muito úteis. Com ela, aprendi que precisava confiar em mim mesma quando escrevo e que, se houver temas recorrentes nos meus romances, *tudo bem*. Não preciso me reinventar a cada livro para transmitir uma nova mensagem. Inclusive, esses temas recorrentes podem ser exatamente os elementos que levam os leitores a sentir uma conexão com os meus livros. Eu precisava ouvir isso, e levei essas palavras comigo enquanto escrevia. OBRIGADA, JAK!!!

Um enorme agradecimento a Rebecca Ong, Nancy Huynh e Yimin Lai (que como eu é fã de *wuxia*) por me ajudar na representação dos sino-americanos neste livro. Foi um privilégio entrevistar vocês. Me desculpa por ter sido tão chata e incomodado vocês com perguntas aleatórias a qualquer hora do dia ou da noite.

Obrigada à minha amiga de tae kwon do da época de faculdade, e que hoje é cirurgiã cardiotorácica, a dra. Burg, por me pôr em contato com um colega seu que é urologista, a quem pude fazer todas as perguntas relacionadas ao câncer testicular e à orquiectomia inguinal radical. Obrigada, dr. Witten, por dividir comigo seu tempo e seu conhecimento.

Obrigada a Kaija Rayne por ler o manuscrito do livro com um prazo curtíssimo e me dar seu feedback. Agradeço muito.

Obrigada à minha agente, Kim Lionetti, por fazer tudo o que podia para me dar suporte ao longo da minha jornada com este livro, mesmo quando sua vida estava complicada também.

Por último, mas não menos importante, meus agradecimentos à equipe editorial da Berkley — Cindy Hwang, Jessica Brock, Fareeda Bullert e companhia — por terem sido tão compreensivas e pacientes comigo. Pretendo voltar a ser uma autora que se destaca pelo profissionalismo e pelo cumprimento de prazos daqui em diante. Me sinto mais do que grata por vocês terem sido tão bondosas comigo quando pisei na bola, e estou animada para trabalharmos juntas em novos projetos.

TIPOGRAFIA Adriane por Marconi Lima
DIAGRAMAÇÃO Vanessa Lima
PAPEL Pólen Natural, Suzano S.A.
IMPRESSÃO Lis Gráfica, abril de 2023

A marca FSC® é a garantia de que a madeira utilizada na fabricação do papel deste livro provém de florestas que foram gerenciadas de maneira ambientalmente correta, socialmente justa e economicamente viável, além de outras fontes de origem controlada.